L'ÉCOLE DES ROBINSONS

Paru dans Le Livre de Poche :

Avec les illustrations originales de la collection Hetzel :

Autour de la Lune

Le Chancellor

Le Château des Carpathes

Les Cinq Cents Millions de la Bégum

Cinq semaines en ballon

De la Terre à la Lune

Deux ans de vacances

Les Enfants du capitaine Grant

L'Île mystérieuse

Les Indes noires

Michel Strogoff

L'Oncle Robinson

Paris au xxe siècle

Le Rayon-Vert

Robur-le-Conquérant

Le Sphinx des glaces

Le Tour du monde en 80 jours

Les Tribulations d'un Chinois en Chine

Un capitaine de quinze ans

Vingt mille lieues sous les mers

Voyage au centre de la Terre

L'ÉCOLE

DES

ROBINSONS

PAR

JULES VERNE

---

51 DESSINS PAR L. BENETT

BIBLIOTHÈQUE
D'ÉDUCATION ET DE RÉCRÉATION
J. HETZEL ET Cie, 18, RUE JACOB
PARIS

ISBN : 978-2-253-16376-3 – 1re publication LGF

I

OÙ LE LECTEUR TROUVERA, S'IL LE VEUT, L'OCCASION D'ACHETER UNE ÎLE DE L'OCÉAN PACIFIQUE

« Île à vendre, au comptant, frais en sus, au plus offrant et dernier enchérisseur ! » redisait coup sur coup, sans reprendre haleine, Dean Felporg, commissaire-priseur de l'« auction », où se débattaient les conditions de cette vente singulière.

« Île à vendre ! île à vendre ! » répétait d'une voix plus éclatante encore le crieur Gingrass, qui allait et venait au milieu d'une foule véritablement très excitée.

Foule, en effet, qui se pressait dans la vaste salle de l'hôtel des ventes, au numéro 10 de la rue Sacramento. Il y avait là, non seulement un certain nombre d'Américains des États de Californie, de l'Oregon, de l'Utah, mais aussi quelques-uns de ces Français qui forment un bon sixième de la population, des Mexicains enveloppés de leur sarape, des Chinois avec leur tunique à larges manches, leurs souliers pointus, leur bonnet en cône, des Canaques de l'Océanie, même quelques Pieds-Noirs, Gros-Ventres ou Têtes-Plates, accourus des bords de la rivière Trinité.

Hâtons-nous d'ajouter que la scène se passait dans la capitale de l'État californien, à San Francisco, mais non à cette époque où l'exploitation des nouveaux placers attirait les chercheurs d'or des deux mondes – de 1849 à 1852. San Francisco n'était plus ce qu'elle avait été au début, un caravansérail, un débarcadère, une auberge, où couchaient pour une nuit les affairés qui se hâtaient vers les terrains aurifères du versant occidental de la Sierra Nevada. Non, depuis quelque vingt ans, l'ancienne et inconnue Yerba-Buena avait fait place à une ville unique en son genre, riche de cent mille habitants, bâtie au revers de deux collines, la place lui ayant manqué sur la plage du littoral, mais toute disposée à s'étendre jusqu'aux dernières hauteurs de l'arrière-plan – une cité, enfin, qui a détrôné Lima, Santiago, Valparaiso, toutes ses autres rivales de l'Ouest, dont les Américains ont fait la reine du Pacifique, la « gloire de la côte occidentale » !

Ce jour-là – 15 mai –, il faisait encore froid. En ce pays, soumis directement à l'action des courants polaires, les premières semaines de ce mois rappellent

« Île à vendre ! » répétait le crieur. (Voir p. 8.)

plutôt les dernières semaines de mars dans l'Europe moyenne. Pourtant on ne s'en serait pas aperçu, au fond de cette salle d'encans publics. La cloche, avec son branle incessant, y avait appelé un grand concours de populaire, et une température estivale faisait perler au front de chacun des gouttes de sueur que le froid du dehors eût vite solidifiées.

Ne pensez pas que tous ces empressés fussent venus à la salle des « auctions » dans l'intention d'acquérir. Je dirai même qu'il n'y avait là que des curieux. Qui aurait été assez fou, s'il eût été assez riche, pour acheter une île du Pacifique, que le gouvernement avait la bizarre idée de mettre en vente ? On se disait donc que la mise à prix ne serait pas couverte, qu'aucun amateur ne se laisserait entraîner au feu des enchères. Cependant ce n'était pas la faute au crieur public, qui tentait d'allumer les chalands par ses exclamations, ses gestes et le débit de ses boniments enguirlandés des plus séduisantes métaphores.

On riait, mais on ne poussait pas.

« Une île ! une île à vendre ! répéta Gingrass.

— Mais pas à acheter, répondit un Irlandais, dont la poche n'eût pas fourni de quoi en payer un seul galet.

— Une île qui, sur la mise à prix ne reviendrait pas à six dollars l'acre ! cria le commissaire Dean Felporg.

— Et qui ne rapporterait pas un demi-quart pour cent ! riposta un gros fermier, très connaisseur en fait d'exploitations agricoles.

— Une île qui ne mesure pas moins de soixante-quatre milles[1] de tour et deux cent vingt-cinq mille acres[2] de surface !

1. Cent vingt kilomètres. 2. Quatre-vingt-dix mille hectares.

La rue Sacramento. (Voir p. 8.)

— Est-elle au moins solide sur son fond ? demanda un Mexicain, vieil habitué des bars, et dont la solidité personnelle semblait être fort contestable en ce moment.

— Une île avec forêts encore vierges, répéta le crieur, avec prairies, collines, cours d'eau…

— Garantis ? s'écria un Français, qui paraissait peu disposé à se laisser prendre à l'amorce.

— Oui ! garantis ! répondait le commissaire Felporg, trop vieux dans le métier pour s'émouvoir des plaisanteries du public.

— Deux ans ?

— Jusqu'à la fin du monde.

— Et même au-delà !

— Une île en toute propriété ! reprit le crieur. Une île sans un seul animal malfaisant, ni fauves, ni reptiles !…

— Ni oiseaux ? ajouta un loustic.

— Ni insectes ? s'écria un autre.

— Une île au plus offrant ! reprit de plus belle Dean Felporg. Allons, citoyens ! Un peu de courage à la poche ! Qui veut d'une île en bon état, n'ayant presque pas servi, une île du Pacifique, de cet océan des océans ? Sa mise à prix est pour rien ! Onze cent mille dollars ! À onze cent mille dollars, y a-t-il marchand ?… Qui parle ?… Est-ce vous, monsieur ? Est-ce vous là-bas… vous qui remuez la tête comme un mandarin de porcelaine ?… J'ai une île !… Voilà une île !… Qui veut d'une île ?

— Passez l'objet ! » dit une voix, comme s'il se fût agi d'un tableau ou d'une potiche.

Et toute la salle d'éclater de rire, mais sans que la mise à prix fût couverte même d'un demi-dollar.

Cependant, si l'objet en question ne pouvait passer de main en main, le plan de l'île avait été tenu à la disposition du public. Les amateurs devaient savoir à quoi s'en tenir sur ce morceau du globe mis en adjudication. Aucune surprise n'était à craindre, aucune déconvenue. Situation, orientation, disposition des terrains, relief du sol, réseau hydrographique, climatologie, liens de communication, tout était facile à vérifier d'avance. On n'achèterait pas chat en poche, et l'on me croira si j'affirme qu'il ne pouvait y avoir de tromperie sur la nature de la marchandise vendue. D'ailleurs, les innombrables journaux des États-Unis, aussi bien ceux de Californie que les feuilles quotidiennes, bihebdomadaires, hebdomadaires, bi-mensuelles ou mensuelles, revues, magazines, bulletins, etc., ne cessaient depuis quelques mois d'attirer l'attention publique sur cette île, dont la licitation avait été autorisée par un vote du Congrès.

Cette île était l'île Spencer, qui se trouve située dans l'ouest-sud-ouest de la baie de San Francisco, à quatre cent soixante milles environ du littoral californien[1], par 32° 15' de latitude nord, et 142° 18' de longitude à l'ouest du méridien de Greenwich.

Impossible, d'ailleurs, d'imaginer une position plus isolée, en dehors de tout mouvement maritime ou commercial, bien que l'île Spencer fût à une distance relativement courte et se trouvât pour ainsi dire dans les eaux américaines. Mais là, les courants réguliers, obliquant au nord ou au sud, ont ménagé une sorte de lac aux eaux tranquilles, qui est quelquefois désigné sous le nom de « Tournant de Fleurieu ».

---

1. Deux cent seize lieues terrestres environ.

C'est au centre de cet énorme remous, sans direction appréciable, que gît l'île Spencer. Aussi, peu de navires passent-ils en vue. Les grandes routes du Pacifique, qui relient le nouveau continent à l'ancien, qu'elles conduisent soit au Japon soit à la Chine, se déroulent toutes dans une zone plus méridionale. Les bâtiments à voile trouveraient des calmes sans fin à la surface de ce Tournant de Fleurieu, et les steamers, qui coupent au plus court, ne pourraient avoir aucun avantage à le traverser. Donc, ni les uns ni les autres ne viennent prendre connaissance de l'île Spencer, qui se dresse là comme le sommet isolé de l'une des montagnes sous-marines du Pacifique. Vraiment, pour un homme voulant fuir les bruits du monde, cherchant la tranquillité dans la solitude, quoi de mieux que cette Islande perdue à quelques centaines de lieues du littoral ! Pour un Robinson volontaire, c'eût été l'idéal du genre ! Seulement, il fallait y mettre le prix.

Et maintenant, pourquoi les États-Unis voulaient-ils se défaire de cette île ? Était-ce une fantaisie ? Non. Une grande nation ne peut agir par caprice comme un simple particulier. La vérité, la voici : Dans la situation qu'elle occupait, l'île Spencer avait depuis longtemps paru une station absolument inutile. La coloniser eût été sans résultat pratique. Au point de vue militaire, elle n'offrait aucun intérêt, puisqu'elle n'aurait commandé qu'une portion absolument déserte du Pacifique. Au point de vue commercial, même insuffisance, puisque ses produits n'auraient pas payé la valeur du fret, ni à l'aller ni au retour. Y établir une colonie pénitentiaire, elle eût été trop rapprochée du littoral. Enfin l'occuper dans un intérêt quelconque, besogne beaucoup trop dispendieuse. Aussi demeurait-elle déserte depuis un temps immémorial, et le Congrès, composé d'hommes

« éminemment pratiques », avait-il résolu de mettre cette île Spencer en adjudication – à une condition, toutefois, c'est que l'adjudicataire fût un citoyen de la libre Amérique.

Seulement, cette île, on ne voulait pas la donner pour rien. Aussi la mise à prix avait-elle été fixée à onze cent mille dollars. Cette somme, pour une société financière qui eût mis en actions l'achat et l'exploitation de cette propriété, n'aurait été qu'une bagatelle, si l'affaire eût offert quelques avantages ; mais, on ne saurait trop le répéter, elle n'en offrait aucun ; les hommes compétents ne faisaient pas plus cas de ce morceau détaché des États-Unis que d'un îlot perdu dans les glaces du pôle. Toutefois, pour un particulier, la somme ne laissait pas d'être considérable. Il fallait donc être riche, pour se payer cette fantaisie, qui, en aucun cas, ne pouvait rapporter un centième pour cent ! Il fallait même être immensément riche, car l'affaire ne devait se traiter qu'au comptant, « cash », suivant l'expression américaine, et il est certain que, même aux États-Unis, ils sont encore rares les citoyens qui ont onze cent mille dollars, comme argent de poche, à jeter à l'eau sans espoir de retour.

Et pourtant le Congrès était bien décidé à ne pas vendre au-dessous de ce prix. Onze cent mille dollars ! Pas un cent de moins, ou l'île Spencer resterait la propriété de l'Union.

On devait donc supposer qu'aucun acquéreur ne serait assez fou pour y mettre un tel prix.

Il était, d'ailleurs, expressément réservé que le propriétaire, s'il s'en présentait jamais un, ne serait pas roi de l'île Spencer, mais président de république. Il n'aurait aucunement le droit d'avoir des sujets, mais seulement des concitoyens, qui le nommeraient pour un temps déterminé, quitte à le réélire indéfiniment. En tout cas, il lui serait interdit de faire souche de monarques. Jamais l'Union n'eût toléré la fondation d'un royaume, si petit qu'il fût, dans les eaux américaines.

Cette réserve était peut-être de nature à éloigner quelque millionnaire ambitieux, quelque nabab déchu, qui aurait voulu rivaliser avec les rois sauvages des Sandwich, des Marquises, des Pomotou ou autres archipels de l'océan Pacifique.

Bref, pour une raison ou pour une autre, personne ne se présentait. L'heure s'avançait, le crieur s'essoufflait à provoquer les enchères, le commissaire-priseur usait son organe, sans obtenir un seul de ces signes de tête que ces estimables agents sont si perspicaces à découvrir, et la mise à prix n'était pas même en discussion.

Il faut dire, cependant, que, si le marteau ne se lassait pas de se lever au-dessus du bureau, la foule ne se lassait pas d'attendre. Les plaisanteries continuaient à se croiser, les quolibets ne cessaient de circuler à la ronde. Ceux-ci offraient deux dollars de l'île, frais compris. Ceux-là demandaient du retour pour s'en rendre acquéreurs.

Et toujours les vociférations du crieur :

« Île à vendre ! île à vendre ! »

Et personne pour acheter.

« Garantissez-vous qu'il s'y trouve des « flats[1] ? » demanda l'épicier Stumpy, de Merchant-Street.

— Non, répondit le commissaire-priseur, mais il n'est pas impossible qu'il y en ait, et l'État abandonne à l'acquéreur tous ses droits sur ces terrains aurifères.

1. Nom que prennent les terrains bas, lorsqu'ils contiennent des dépôts d'alluvions aurifères.

— Y a-t-il au moins un volcan ? demanda Oakhurst, le cabaretier de la rue Montgomery.

— Non, pas de volcan, répliqua Dean Felporg ; sans cela, ce serait plus cher ! »

Un immense éclat de rire suivit cette réponse.

« Île à vendre ! île à vendre ! » hurlait Gingrass, dont les poumons se fatiguaient en pure perte.

« Rien qu'un dollar, rien qu'un demi-dollar, rien qu'un cent au-dessus de la mise à prix, dit une dernière fois le commissaire-priseur, et j'adjuge ! Une fois !... Deux fois... ! »

Silence complet.

« Si personne ne dit mot, l'adjudication va être retirée !... Une fois !... Deux fois !...

— Douze cent mille dollars ! »

Ces quatre mots retentirent, au milieu de la salle, comme les quatre coups d'un revolver.

Toute l'assemblée, muette un instant, se retourna vers l'audacieux, qui avait osé jeter ce chiffre...

C'était William W. Kolderup, de San Francisco.

II

COMMENT WILLIAM W. KOLDERUP DE SAN FRANCISCO FUT AUX PRISES AVEC J.-R. TASKINAR, DE STOCKTON

Il était une fois un homme extraordinairement riche, qui comptait par millions de dollars comme d'autres comptent par milliers. C'était William W. Kolderup.

On le disait plus riche que le duc de Westminster, dont le revenu s'élève à huit cent mille livres, et qui peut dépenser cinquante mille francs par jour, soit trente-six francs par minute – plus riche que le sénateur Jones, de Nevada, qui possède trente-cinq millions de rentes –, plus riche que M. Mackay lui-même, auquel ses deux millions sept cent cinquante mille livres de rente annuelle assurent sept mille huit cents francs par heure, ou deux francs et quelques centimes par seconde.

Je ne parle pas de ces petits millionnaires, les Rothschild, les Van Der Bilt, les ducs de Northumberland, les Stewart ; ni des directeurs de la puissante banque de Californie et autres personnages bien rentés de l'ancien et du nouveau monde, auxquels William W. Kolderup eût été en situation de pouvoir faire l'aumône. Il aurait, sans se gêner, donné un million, comme vous ou moi nous donnerions cent sous.

C'était dans l'exploitation des premiers placers de la Californie que cet honorable spéculateur avait jeté les solides fondements de son incalculable fortune. Il fut le principal associé du capitaine suisse Sutter, sur les terrains duquel, en 1848, fut découvert le premier filon. Depuis cette époque, chance et intelligence aidant, on le trouve intéressé dans toutes les grandes exploitations des deux mondes. Il se jeta alors hardiment à travers les spéculations du commerce et de l'industrie. Ses fonds inépuisables alimentèrent des centaines d'usines, ses navires en exportèrent les produits dans l'univers entier. Sa richesse s'accrut donc dans une progression non seulement arithmétique, mais géométrique. On disait de lui ce que l'on dit généralement de ces « milliardaires », qu'il ne connaissait pas sa fortune. En réalité, il la connaissait à un dollar près, mais il ne s'en vantait guère.

Au moment où nous le présentons à nos lecteurs avec tous les égards que mérite un homme de « tant de surface », William W. Kolderup comptait deux mille comptoirs, répartis sur tous les points du globe ; quatre-vingt mille employés dans ses divers bureaux d'Amérique, d'Europe et d'Australie ; trois cent mille correspondants ; une flotte de cinq cents navires qui couraient incessamment les mers à son profit, et il ne dépensait pas moins d'un million par an rien qu'en timbres d'effets et ports de lettres. Enfin c'était l'honneur et la gloire de l'opulente Frisco – petit nom d'amitié que les Américains donnent familièrement à la capitale de la Californie.

Une enchère, jetée par William W. Kolderup, ne pouvait donc être qu'une enchère des plus sérieuses. Aussi, lorsque les spectateurs de l'« auction » eurent reconnu celui qui venait de couvrir, avec cent mille dollars, la mise à prix de l'île Spencer, il se fit un mouvement irrésistible, les plaisanteries cessèrent à l'instant, les quolibets firent place à des interjections admiratives, des hurrahs éclatèrent dans la salle de vente.

Puis un grand silence succéda à ce brouhaha. Les yeux s'agrandirent, les oreilles se dressèrent. Pour notre part, si nous avions été là, notre souffle se serait arrêté, afin de ne rien perdre de l'émouvante scène qui allait se dérouler, si quelque autre amateur osait entrer en lutte avec William W. Kolderup.

Mais était-ce probable ? Était-ce même possible ?

Non ! Et tout d'abord, il suffisait de regarder William W. Kolderup pour se faire cette conviction, qu'il ne céderait jamais dans une question où sa valeur financière serait en jeu.

C'était un homme grand, fort, tête volumineuse, épaules larges, membres bien attachés, charpente de fer, solidement boulonnée. Son regard bon, mais résolu, ne se baissait pas volontiers. Sa chevelure grisonnante

« touffait » autour de son crâne, abondante comme au premier âge. Les lignes droites de son nez formaient un triangle rectangle géométriquement dessiné. Pas de moustaches. Une barbe taillée à l'américaine, rudement fournie au menton, dont les deux pointes supérieures se raccordaient à la commissure des lèvres, et qui remontait aux tempes en favoris poivre et sel. Des dents blanches, rangées symétriquement sur les bords d'une bouche fine et serrée. Une de ces vraies têtes de commodore, qui se redressent dans la tempête et font face à l'orage. Aucun ouragan ne l'eût courbée, tant elle était solide sur le cou puissant qui lui servait de pivot. Dans cette bataille de surenchères, chaque mouvement qu'elle ferait de haut en bas signifierait cent mille dollars de plus.

Il n'y avait pas à lutter.

« Douze cent mille dollars, douze cent mille ! dit le commissaire-priseur, avec l'accent particulier d'un agent qui voit enfin que sa vacation lui sera profitable.

— A douze cent mille dollars, il y a marchand ! répéta le crieur Gingrass.

— Oh ! on peut surenchérir sans crainte ! murmura le cabaretier Oakhurst, William Kolderup ne cédera pas !

— Il sait bien que personne ne s'y hasardera ! » répondit l'épicier de Merchant-Street.

Des « chut ! » répétés invitèrent les deux honorables commerçants à garder un complet silence. On voulait entendre. Les cœurs palpitaient. Une voix oserait-elle s'élever, qui répondrait à la voix de William W. Kolderup ? Lui, superbe à voir, ne bougeait pas. Il restait là, aussi calme que si l'affaire ne l'eût pas intéressé. Mais – ce que ses voisins pouvaient observer – ses deux yeux étaient comme deux pistolets, chargés de dollars, prêts à faire feu.

« Personne ne dit mot ? » demanda Dean Felporg.

Personne ne dit mot.

« Une fois ! deux fois !...

— Une fois ! deux fois !... répéta Gingrass, très habitué à ce petit dialogue avec le commissaire.

— Je vais adjuger !

— Nous allons adjuger !

— A douze cent mille dollars l'île Spencer, telle qu'elle se poursuit et comporte !

— A douze cent mille dollars !

— C'est bien vu ?... bien entendu ?

— Il n'y a pas de regret ?

— A douze cent mille dollars l'île Spencer !... »

Les poitrines oppressées se soulevaient et s'abaissaient convulsivement. À la dernière seconde, une surenchère allait-elle enfin se produire ?

Le commissaire Felporg, la main droite tendue au-dessus de sa table, agitait le marteau d'ivoire... Un coup, un seul coup, et l'adjudication serait définitive !

Le public n'eût pas été plus impressionné devant une application sommaire de la loi de Lynch !

Le marteau s'abaissa lentement, toucha presque la table, se releva, tremblota un instant, comme une épée qui s'engage au moment où le tireur va se fendre à fond ; puis il s'abattit rapidement...

Mais, avant que le coup sec n'eût été porté, une voix avait fait entendre ces quatre mots :

« Treize cent mille dollars ! »

Il y eut un premier « ah ! » général de stupéfaction, et un second « ah ! » non moins général, de satisfaction. Un surenchérisseur s'était présenté. Donc il y aurait bataille.

Mais quel était ce téméraire qui osait venir lutter à coups de dollars contre William W. Kolderup, de San Francisco ?

C'était J.-R. Taskinar, de Stockton.

J.-R. Taskinar était riche, mais il était encore plus gros. Il pesait quatre cent quatre-vingt-dix livres. S'il n'était arrivé que « second » au dernier concours des hommes gras de Chicago, c'est qu'on né lui avait pas laissé le temps d'achever son dîner, et il avait perdu une dizaine de livres.

Ce colosse, auquel il fallait des sièges spéciaux pour qu'il pût y asseoir son énorme personne, habitait Stockton, sur le San Joachim. C'est là une des plus importantes villes de la Californie, l'un des centres d'entrepôts pour les mines du Sud, une rivale de Sacramento, où se concentrent les produits des mines du Nord. Là, aussi, les navires embarquent la plus grande quantité du blé californien.

Non seulement l'exploitation des mines et le commerce des céréales avaient fourni à J.-R. Taskinar l'occasion de gagner une fortune énorme, mais le pétrole avait coulé comme un autre Pactole à travers sa caisse. De plus, il était grand joueur, joueur heureux, et le « poker », la roulette de l'Ouest-Amérique, s'était toujours montré prodigue envers lui de ses numéros pleins. Mais, si riche qu'il fût, c'était un vilain homme, au nom duquel on n'accolait pas volontiers l'épithète d'« honorable », si communément en usage dans le pays. Après tout, comme on dit, c'était un bon cheval de bataille, et peut-être lui en mettait-on sur le dos plus qu'il ne convenait. Ce qui est certain, c'est qu'en mainte occasion il ne se gênait pas pour user du « derringer », qui est le revolver californien.

Quoi qu'il en soit, J.-R. Taskinar haïssait tout particulièrement William W. Kolderup. Il le jalousait pour sa fortune, pour sa situation, pour son honorabilité. Il le méprisait comme un homme gras méprise un homme

« Treize cent mille dollars ! » (Voir p. 24.)

qu'il a le droit de trouver maigre. Ce n'était pas la première fois que le commerçant de Stockton cherchait à enlever au commerçant de San Francisco une affaire, bonne ou mauvaise, par pur esprit de rivalité. William W. Kolderup le connaissait à fond, et lui témoignait en toute rencontre un dédain bien fait pour l'exaspérer.

Un dernier succès que J.-R. Taskinar ne pardonnait pas à son adversaire, c'est que ce dernier l'avait proprement battu aux dernières élections de l'État. Malgré ses efforts, ses menaces, ses diffamations – sans compter les milliers de dollars vainement prodigués par ses courtiers électoraux –, c'était William W. Kolderup qui siégeait à sa place au Conseil législatif de Sacramento.

Or, J.-R. Taskinar avait appris – comment ? je ne pourrais le dire – que l'intention de William Kolderup était de se porter acquéreur de l'île Spencer. Cette île, sans doute, lui serait aussi inutile qu'elle le serait à son rival. Peu importait. Il y avait là une nouvelle occasion d'entrer en lutte, de combattre, de vaincre peut-être : J.-R. Taskinar ne pouvait la laisser échapper.

Et voilà pourquoi J.-R. Taskinar était venu à la salle de l'« auction », au milieu de cette foule de curieux, qui ne pouvait pressentir ses desseins ; pourquoi, à tout le moins, il avait préparé ses batteries ; pourquoi, avant d'agir, il avait attendu que son adversaire eût couvert la mise à prix, si haute qu'elle fût.

Enfin William W. Kolderup avait lancé cette surenchère :

« Douze cent mille dollars ! »

Et J.-R. Taskinar, au moment où William W. Kolderup pouvait se croire définitivement adjudicataire de l'île, s'était révélé par ces mots jetés d'une voix de stentor :

« Treize cent mille dollars ! »

Tout le monde, on l'a vu, s'était retourné.

« Le gros Taskinar ! »

Ce fut le nom qui passa de bouche en bouche. Oui ! le gros Taskinar ! Il était bien connu ! Sa corpulence avait fourni le sujet de plus d'un article dans les journaux de l'Union. Je ne sais quel mathématicien avait même démontré, par de transcendants calculs, que sa masse était assez considérable pour influencer celle de notre satellite, et troubler, dans une proportion appréciable, les éléments de l'orbite lunaire.

Mais la composition physique de J.-R. Taskinar n'était pas en ce moment pour intéresser les spectateurs de la salle. Ce qui allait être bien autrement émouvant, c'est qu'il entrait en rivalité directe et publique avec William W. Kolderup. C'est qu'un combat héroïque, à coups de dollars, menaçait de s'engager, et je ne sais trop pour lequel de ces deux coffres-forts les parieurs auraient montré le plus d'entrain. Énormément riches tous les deux, ces mortels ennemis ! Ce ne serait donc plus qu'une question d'amour-propre.

Après le premier mouvement d'agitation, rapidement comprimé, un nouveau silence s'était fait dans toute l'assemblée. On aurait entendu une araignée tisser sa toile.

Ce fut la voix du commissaire-priseur Dean Felporg, qui rompit ce pesant silence.

« À treize cent mille dollars l'île Spencer ! » cria-t-il, en se levant, afin de mieux suivre la série des enchères.

William W. Kolderup s'était tourné du côté de J.-R. Taskinar. Les assistants venaient de s'écarter pour faire place aux deux adversaires. L'homme de Stockton et l'homme de San Francisco pouvaient se voir en face, se dévisager à leur aise. La vérité nous oblige à dire qu'ils ne s'en faisaient pas faute. Jamais le regard de l'un n'eût consenti à se baisser devant le regard de l'autre.

« Quatorze cent mille dollars, dit William W. Kolderup.

— Quinze cent mille ! répondit J.-R. Taskinar.

— Seize cent mille !

— Dix-sept cent mille ! »

Cela ne vous rappelle-t-il pas l'histoire de ces deux industriels de Glasgow, luttant à qui élèverait l'un plus haut que l'autre la cheminée de son usine, au risque d'une catastrophe ? Seulement, là, c'étaient des cheminées en lingots d'or.

Toutefois, après les surenchères de J.-R. Taskinar, William W. Kolderup mettait un certain temps à réfléchir avant de s'engager à nouveau. Au contraire, lui, Taskinar, partait comme une bombe et semblait ne pas vouloir prendre une seconde de réflexion.

« Dix-sept cent mille dollars ! répéta le commissaire-priseur. Allons, messieurs, c'est pour rien !... C'est donné ! »

Et on eût pu croire qu'emporté par les habitudes de la profession, il allait ajouter, ce digne Felporg : « Le cadre vaut mieux que cela ! »

« Dix-sept cent mille dollars ! hurla le crieur Gingrass.

— Dix-huit cent mille, répondit William W. Kolderup.

— Dix-neuf cent mille ! répliqua J.-R. Taskinar.

— Deux millions ! » répliqua aussitôt William W. Kolderup, sans attendre cette fois.

Son visage avait un peu pâli lorsque ces derniers mots s'échappèrent de sa bouche, mais toute son attitude fut celle d'un homme qui ne veut point abandonner la lutte.

J.-R. Taskinar était enflammé, lui. Son énorme figure ressemblait à ces disques de chemin de fer dont la face, tournée au rouge, commande l'arrêt d'un train. Mais, très probablement, son rival ne tiendrait pas compte des signaux et forcerait sa vapeur.

J.-R. Taskinar sentait cela. Le sang montait à son visage, apoplectiquement congestionné. Il tortillait de ses gros doigts, chargés de brillants de grand prix, l'énorme chaîne d'or qui se rattachait à sa montre. Il regardait son adversaire, puis fermait un instant les yeux, pour les rouvrir plus haineux que jamais.

« Deux millions cinq cent mille dollars ! dit-il enfin, espérant dérouter toute surenchère par ce bond prodigieux.

— Deux millions sept cent mille ! répondit d'une voix très calme William W. Kolderup.

— Deux millions neuf cent mille !

— Trois millions. »

Oui ! William W. Kolderup, de San Francisco, avait dit trois millions de dollars !

Les applaudissements allaient éclater. Ils se continrent, cependant, à la voix du commissaire-priseur, qui répétait l'enchère, et dont le marteau levé menaçait de s'abaisser par un involontaire mouvement des muscles. On eût dit que Dean Felporg, si blasé qu'il fût devant les surprises d'une vente publique, était incapable de se contenir plus longtemps.

Tous les regards s'étaient portés sur J.-R. Taskinar. Le volumineux personnage en sentait le poids, mais bien plus encore le poids de ces trois millions de dollars, qui semblait l'écraser. Il voulait parler, sans doute, pour surenchérir, il ne le pouvait plus. Il voulait remuer la tête… il ne le pouvait pas davantage.

Enfin sa voix se fit entendre, faiblement, mais suffisamment pour l'engager.

« Trois millions cinq cent mille ! murmura-t-il.

— Quatre millions ! » répondit William W. Kolderup.

Ce fut le dernier coup de massue. J.-R. Taskinar s'affaissa. Le marteau frappa d'un coup sec le marbre de la table…

L'île Spencer était adjugée pour quatre millions de dollars, à William W. Kolderup, de San Francisco.

« Je me vengerai ! » murmura J.-R. Taskinar.

Et, après avoir jeté un regard plein de haine sur son vainqueur, il s'en retourna à Occidental-Hotel.

Cependant, les hurrahs, les « hip » retentissaient par trois fois à l'oreille de William W. Kolderup ; ils l'accompagnèrent jusqu'à Montgomery-Street, et, tel était l'enthousiasme de ces Américains en délire, qu'ils en oublièrent même de chanter le *Yankee Doodle*.

III

OÙ LA CONVERSATION DE PHINA HOLLANEY ET DE GODFREY MORGAN EST ACCOMPAGNÉE AU PIANO

William W. Kolderup était rentré dans son hôtel de la rue Montgomery. Cette rue, c'est le Regent-Street, le Broadway, le boulevard des Italiens de San Francisco. Tout le long de cette grande artère, qui traverse la ville parallèlement à ses quais, est le mouvement, l'entrain,

Ils l'accompagnèrent jusqu'à
Montgomery-Street… (Voir p. 28.)

la vie : tramways multiples, voitures attelées de chevaux ou de mules, gens affairés qui se pressent sur les trottoirs de pierre, devant les magasins richement achalandés, amateurs plus nombreux encore aux portes des « bars », où se débitent des boissons on ne peut plus californiennes.

Inutile de décrire l'hôtel du nabab de Frisco. Ayant trop de millions, il avait trop de luxe. Plus de confort que de goût. Moins de sens artistique que de sens pratique. On ne saurait tout avoir.

Que le lecteur se contente de savoir qu'il y avait un magnifique salon de réception, et, dans ce salon, un piano, dont les accords se propageaient à travers la chaude atmosphère de l'hôtel, au moment où y rentrait l'opulent Kolderup.

« Bon ! se dit-il, elle et lui sont là ! Un mot à mon caissier, puis nous causerons tout à l'heure ! »

Et il se dirigea vers son cabinet, afin d'en finir avec cette petite affaire de l'île Spencer et n'y plus penser. En finir, c'était tout simplement réaliser quelques valeurs de portefeuille afin de payer l'acquisition. Quatre lignes à son agent de change, il n'en fallait pas davantage. Puis William W. Kolderup s'occuperait d'une autre « combinaison », qui lui tenait bien autrement au cœur.

Oui ! elle et lui étaient dans le salon : elle, devant son piano ; lui, à demi étendu sur un canapé, écoutant vaguement les notes perlées des arpèges, qui s'échappaient des doigts de cette charmante personne.

« M'écoutes-tu ? dit-elle.

— Sans doute.

— Oui ! mais m'entends-tu ?

— Si je t'entends, Phina ! Jamais tu n'as si bien joué ces variations de l'*Auld Robin Gray*.

— Ce n'est pas *Auld Robin Gray* que je joue, Godfrey... c'est *Happy moment*...

— Ah ! j'avais cru ! » répondit Godfrey d'un ton d'indifférence, auquel il eût été difficile de se méprendre.

La jeune fille leva ses deux mains, laissa un instant ses doigts écartés, suspendus au-dessus du clavier, comme s'ils allaient retomber pour saisir un accord. Puis, donnant un demi-tour à son tabouret, elle resta, quelques instants, à regarder le trop tranquille Godfrey, dont les regards cherchèrent à éviter les siens.

Phina Hollaney était la filleule de William W. Kolderup. Orpheline, élevée par ses soins, il lui avait donné le droit de se considérer comme sa fille, le devoir de l'aimer comme un père. Elle n'y manquait pas.

C'était une jeune personne, « jolie à sa manière », comme on dit, mais à coup sûr charmante, une blonde de seize ans avec des idées de brune, ce qui se lisait dans le cristal de ses yeux d'un bleu noir. Nous ne saurions manquer de la comparer à un lis, puisque c'est une comparaison invariablement employée dans la meilleure société pour désigner les beautés américaines. C'était donc un lis, si vous le voulez bien, mais un lis greffé sur quelque églantier résistant et solide. Certainement elle avait beaucoup de cœur, cette jeune miss, mais elle avait aussi beaucoup d'esprit pratique, une allure très personnelle, et ne se laissait pas entraîner plus qu'il ne convenait dans les illusions ou les rêves qui sont de son sexe et de son âge.

Les rêves, c'est bien quand on dort, non quand on veille. Or, elle ne dormait pas, en ce moment, et ne songeait aucunement à dormir.

« Godfrey ? reprit-elle.

— Phina ? répondit le jeune homme.

— Où es-tu, maintenant ?

— Près de toi... dans ce salon...

— Non, pas près de moi, Godfrey ! Pas dans ce salon !... Mais loin, bien loin... au-delà des mers, n'est-ce pas ? ».

Et machinalement, la main de Phina, cherchant le clavier, s'égara en une série de septièmes diminuées, dont la tristesse en disait long et que ne comprit peut-être pas le neveu de William W. Kolderup.

Car tel était ce jeune homme, tel le lien de parenté qui l'unissait au riche maître de céans. Fils d'une sœur de cet acheteur d'île, sans parents, depuis bien des années, Godfrey Morgan avait été, comme Phina, élevé dans la maison de son oncle, auquel la fièvre des affaires n'avait jamais laissé une intermittence pour songer à se marier.

Godfrey comptait alors vingt-deux ans. Son éducation achevée l'avait laissé absolument oisif. Gradué d'université, il n'en était pas beaucoup plus savant pour cela. La vie ne lui ouvrait que des voies de communication faciles. Il pouvait prendre à droite, à gauche : cela le mènerait toujours quelque part, où la fortune ne lui manquerait pas.

D'ailleurs Godfrey était bien de sa personne, distingué, élégant, n'ayant jamais passé sa cravate dans une bague, et ne constellant ni ses doigts, ni ses manchettes, ni le plastron de sa chemise, de toutes les fantaisies joaillières si appréciées de ses concitoyens.

Je ne surprendrai personne en disant que Godfrey Morgan devait épouser Phina Hollaney. Aurait-il pu en être autrement ? Toutes les convenances y étaient. D'ailleurs, William W. Kolderup voulait ce mariage. Il assurait ainsi sa fortune aux deux êtres qu'il chérissait

« Où es-tu, maintenant ? » (Voir p. 32.)

le plus au monde, sans compter que Phina plaisait à Godfrey, et que Godfrey ne déplaisait point à Phina. Il fallait qu'il en fût ainsi pour la bonne comptabilité de la maison de commerce. Depuis leur naissance, un compte était ouvert au jeune homme, un autre à la jeune fille : il n'y avait plus qu'à les solder, à passer les écritures d'un compte nouveau pour les deux époux. Le digne négociant espérait bien que cela se ferait fin courant, et que la situation serait définitivement balancée, sauf erreur ou omission.

Or, précisément, il y avait omission, et peut-être erreur, ainsi qu'on va le démontrer.

Erreur, puisque Godfrey ne se sentait pas encore tout à fait mûr pour la grande affaire du mariage ; omission, puisqu'on avait omis de le pressentir à ce sujet.

En effet, ses études terminées, Godfrey éprouvait comme une lassitude prématurée du monde et de la vie toute faite, où rien ne lui manquerait, où il n'aurait pas un désir à former, où il n'aurait rien à faire ! La pensée de courir le monde l'envahit alors : il s'aperçut qu'il avait tout appris, sauf à voyager. De l'ancien et du nouveau continent, il ne connaissait, à vrai dire, qu'un seul point, San Francisco, où il était né, qu'il n'avait jamais quitté, si ce n'est en rêve. Or, qu'est-ce donc, je vous le demande, qu'un jeune homme qui n'a pas fait deux ou trois fois le tour du globe – surtout s'il est américain ? À quoi peut-il être bon par la suite ? Sait-il s'il pourra se tirer d'affaire dans les diverses conjonctures où le jetterait un voyage de longue haleine ? S'il n'a pas un peu goûté à la vie d'aventures, comment oserait-il répondre de lui ? Enfin quelques milliers de lieues, parcourues à la surface de la terre, pour voir, pour observer, pour s'instruire, ne sont-elles pas l'indispensable complément d'une bonne éducation de jeune homme ?

Il était donc arrivé ceci : c'est que, depuis tantôt un an Godfrey s'était plongé dans les livres de voyages, qui pullulent à notre époque, et cette lecture l'avait passionné. Il avait découvert le Céleste Empire avec Marco Polo, l'Amérique avec Colomb, le Pacifique avec Cook, le pôle Sud avec Dumont-d'Urville. Il s'était pris de l'idée d'aller là où ces illustres voyageurs avaient été sans lui. En vérité, il n'eût pas trouvé payer trop cher une exploration de quelques années au prix d'un certain nombre d'attaques de pirates malais, de collisions en mer, de naufrages sur une côte déserte, dût-il y mener la vie d'un Selkirk ou d'un Robinson Crusoé ! Un Robinson ! devenir un Robinson ! Quelle jeune imagination n'a pas un peu rêvé cela, en lisant, ainsi que Godfrey l'avait fait souvent, trop souvent, les aventures des héros imaginaires de Daniel de Foe ou de Wiss ?

Oui ! le propre neveu de William W. Kolderup en était là au moment où son oncle songeait à l'enchaîner, comme on dit, dans les liens du mariage. Quant à voyager avec Phina, devenue Mrs. Godfrey Morgan, non, ce n'était pas possible ! Il fallait le faire seul ou ne pas le faire. Et, d'ailleurs, sa fantaisie passée, Godfrey ne serait-il pas dans des conditions meilleures pour signer son contrat ? Est-on propre au bonheur d'une femme, quand, préalablement, on n'est même pas allé au Japon ni en Chine, pas même en Europe ? Non ! assurément.

Et voilà pourquoi Godfrey était maintenant distrait près de Miss Phina, indifférent quand elle lui parlait, sourd lorsqu'elle lui jouait les airs qui le charmaient autrefois.

Phina, en fille sérieuse et réfléchie, s'en était bien aperçue. Dire qu'elle n'en éprouvait pas quelque dépit mêlé d'un peu de chagrin, ce serait la calomnier gratuitement. Mais, habituée à envisager les choses par leur côté positif, elle s'était déjà fait ce raisonnement :

« S'il faut absolument qu'il parte, mieux vaut que ce soit avant le mariage qu'après ! »

Et voilà pourquoi Godfrey était maintenant distrait près de Miss Phina, indifférent quand elle lui parlait.

« Non !... tu n'es pas près de moi en ce moment... mais au-delà des mers ! »

Godfrey s'était levé. Il avait fait quelques pas dans le salon, sans regarder Phina, et, inconsciemment, son index était venu s'appuyer sur une des touches du piano.

C'était un gros *ré* bémol, de l'octave au-dessous de la portée, note bien lamentable, qui répondait pour lui.

Phina avait compris, et, sans plus ample discussion, elle allait mettre son fiancé au pied du mur, en attendant qu'elle l'aidât à y pratiquer une brèche, afin qu'il pût s'enfuir où sa fantaisie l'entraînait, lorsque la porte du salon s'ouvrit.

William W. Kolderup parut, un peu affairé, comme toujours. C'était le commerçant qui venait de terminer une opération et s'apprêtait à en commencer une autre.

« Eh bien, dit-il, il ne s'agit plus, maintenant, que de fixer définitivement la date.

— La date ? répondit Godfrey en tressautant. Quelle date, s'il vous plaît, mon oncle ?

— La date de votre mariage à tous deux ! répliqua William W. Kolderup. Ce n'est pas la date du mien, je suppose !

— Ce serait peut-être plus urgent ! dit Phina.

— Hein !... Quoi ?... s'écria l'oncle. Qu'est-ce que cela signifie ?... Nous disons fin courant, n'est-ce pas ?

— Parrain Will, répondit la jeune fille, ce n'est pas la date d'un mariage qu'il s'agit de fixer aujourd'hui, c'est la date d'un départ !

— D'un départ ?...

— Oui, le départ de Godfrey, reprit Miss Phina, de Godfrey, qui, avant de se marier, éprouve le besoin de courir un peu le monde !

— Tu veux partir... toi ?... s'écria William W. Kolderup, en marchant vers le jeune homme, dont il saisit le bras, comme s'il avait peur que ce « coquin de neveu » ne lui échappât.

— Oui, oncle Will, répondit bravement Godfrey.

— Et pour combien de temps ?

— Pour dix-huit mois, ou deux ans, au plus, si...

— Si ?...

— Si vous voulez bien le permettre, et si Phina veut bien m'attendre jusque-là !

— T'attendre ! Voyez-vous ce prétendu qui ne prétend qu'à s'en aller ! s'écria William W. Kolderup.

— Il faut laisser faire Godfrey, répondit la jeune fille. Parrain Will, j'ai bien réfléchi à tout cela. Je suis jeune, mais, en vérité, Godfrey est encore plus jeune que moi ! Les voyages le vieilliront, et je pense qu'il ne faut pas contrarier ses goûts ! Il veut voyager, qu'il voyage ! Le besoin du repos lui viendra ensuite, et il me retrouvera au retour.

— Quoi ! s'écria William W. Kolderup, tu consens à donner la volée à cet étourneau ?

— Oui, pour les deux ans qu'il demande !

— Et tu l'attendras ?...

— Oncle Will, si je n'étais pas capable de l'attendre, c'est que je ne l'aimerais pas ! »

Cela dit, Miss Phina était revenue vers son piano, et, soit qu'elle le voulût ou non, ses doigts jouaient en sourdine un morceau très à la mode, *Le Départ du Fiancé*, qui était bien de circonstance, on en conviendra. Mais Phina, sans s'en apercevoir peut-être, le jouait en *la* mineur, bien qu'il fût écrit en *la* majeur. Aussi, tout le sentiment de la mélodie se transformait avec ce mode, et sa couleur plaintive rendait bien les intimes impressions de la jeune fille.

Cependant Godfrey, embarrassé, ne disait mot. Son oncle lui avait pris la tête, et, la tournant en pleine lumière, il le regardait. De cette façon, il l'interrogeait, sans avoir besoin de parler, et lui, répondait sans avoir besoin de répondre.

Et les lamentations de ce *Départ du Fiancé* se faisaient toujours tristement entendre. Enfin William W. Kolderup, après avoir fait un tour de salon, revint vers Godfrey, qui était planté là comme un coupable devant son juge. Puis, élevant la voix :

« C'est très sérieux ? demanda-t-il.

— Très sérieux, répondit Miss Phina, sans s'interrompre, tandis que Godfrey se contentait de faire un signe affirmatif.

— *All right !* » répliqua William W. Kolderup, en fixant sur son neveu un regard singulier.

Puis, on aurait pu l'entendre murmurer entre ses dents :

« Ah ! tu veux tâter des voyages avant d'épouser Phina ! Eh bien, tu en tâteras, mon neveu ! »

Il fit encore deux ou trois pas, et, s'arrêtant, les bras croisés, devant Godfrey :

« Où veux-tu aller ? lui demanda-t-il.

— Partout.

— Et quand comptes-tu partir ?

— Quand vous voudrez, oncle Will.

— Soit, le plus tôt possible ! »

S'arrêtant, les bras croisés, devant Godfrey… (Voir p. 38.)

Sur ces derniers mots, Phina s'était interrompue brusquement. Le petit doigt de sa main gauche venait de toucher un *sol* dièse… et le quatrième ne l'avait pas résolu sur la tonique du ton. Elle était restée sur la « sensible », comme le Raoul des *Huguenots*, lorsqu'il s'enfuit à la fin de son duo avec Valentine.

Peut-être Miss Phina avait-elle le cœur un peu gros, mais son parti était bien pris de ne rien dire.

Ce fut alors que William W. Kolderup, sans regarder Godfrey, s'approcha du piano :

« Phina, dit-il gravement, il ne faut jamais rester sur la "sensible !" »

Et, de son gros doigt qui s'abattit verticalement sur une des touches, il fit résonner un *la* naturel.

IV

DANS LEQUEL T. ARTELETT, DIT TARTELETT, EST CORRECTEMENT PRÉSENTÉ AU LECTEUR

Si T. Artelett eût été français, ses compatriotes n'auraient pas manqué de le nommer plaisamment Tartelett. Mais, comme ce nom lui convient, nous n'hésiterons pas à le désigner ainsi. D'ailleurs, si Tartelett n'était pas français, il était digne de l'être.

Dans son *Itinéraire de Paris à Jérusalem*, Chateaubriand parle d'un petit homme « poudré et frisé comme autrefois, habit vert pomme, veste de droguet, jabot et manchettes de mousseline, qui raclait un violon de poche, et faisait danser *Madelon Friquet* aux Iroquois. »

Les Californiens ne sont pas des Iroquois, il s'en faut, mais Tartelett n'en était pas moins professeur de danse et de maintien dans la capitale de la Californie. Si on ne lui soldait pas ses leçons, comme à son prédécesseur, en peaux de castor et en jambons d'ours, on les lui payait en dollars. Si, en parlant de ses élèves, il ne disait pas : « Ces messieurs sauvages et ces dames sauvagesses », c'est que ses élèves étaient fort civilisés, et, à l'en croire, il n'avait pas peu contribué à leur civilisation.

Tartelett, célibataire, se donnait quarante-cinq ans à l'époque où nous le présentons aux lecteurs. Mais, il y a quelque dizaine d'années, son mariage avec une demoiselle déjà mûre avait été sur le point de s'accomplir.

À cette époque, et à ce propos, on lui demanda « deux ou trois lignes », touchant son âge, sa personne, sa situation : Voici ce qu'il crut devoir répondre. Cela nous dispensera de faire son portrait, au double point de vue du moral et du physique.

« Il est né le 17 juillet 1835, à trois heures un quart du matin.

« Sa taille est de cinq pieds, deux pouces, trois lignes.

« Sa grosseur, prise au-dessus des hanches, est exactement de deux pieds, trois pouces.

« Son poids, augmenté depuis l'an dernier de six livres, est de cent cinquante et une livres et deux onces.

« Il a la tête oblongue.

« Ses cheveux, rares au-dessus du front, sont châtains grisonnants ; son front est haut, son visage ovale, son teint coloré.

« Ses yeux – vue excellente – sont gris châtain, les cils et les sourcils châtain clair ; les paupières sont un peu enfoncées dans leur orbite sous l'arcade sourcilière.

« Le nez, de moyenne grandeur, est fendu par une gerçure vers le bout de la narine gauche.

« Ses tempes et ses joues sont plates et imberbes.

« Ses oreilles sont grandes et plates.

« Sa bouche, de moyenne grandeur, est absolument pure de mauvaises dents.

« Ses lèvres, minces et un peu pincées, sont recouvertes d'une moustache et d'une impériale épaisses ; son menton rond est aussi ombragé d'une barbe multicolore.

« Un petit grain de beauté orne son cou potelé – à la nuque.

« Enfin, lorsqu'il est au bain, on peut voir qu'il a la peau blanche et peu velue.

« Son existence est calme et réglée. Sans être d'une santé robuste, grâce à sa grande sobriété, il a su la conserver intacte depuis sa naissance. Il a les bronches très faciles à irriter : c'est ce qui est cause qu'il n'a pas la mauvaise habitude du tabac. Il n'use pas non plus de spiritueux, pas de café, pas de liqueur, pas de vin pur. En un mot, tout ce qui pourrait réagir sur le système nerveux est rigoureusement supprimé de son hygiène. La bière légère, l'eau rougie, sont les seules boissons qu'il puisse prendre sans danger. C'est à sa prudence qu'il doit de n'avoir jamais consulté de médecin depuis qu'il est au monde.

« Son geste est prompt, sa démarche vive, son caractère franc et ouvert. Il pousse, en outre, la délicatesse jusqu'à l'extrême, et jusqu'ici c'est la crainte de rendre une femme malheureuse qui l'a fait hésiter à s'engager dans les liens du mariage. »

Telle fut la note produite par Tartelett ; mais, si engageante qu'elle pût être pour une demoiselle d'un certain âge, l'union projetée manqua. Le professeur demeura donc célibataire, et continua à donner ses leçons de danse et de maintien.

Ce fut vers cette époque qu'il entra, à ce titre, dans l'hôtel de William W. Kolderup ; puis, le temps aidant, ses élèves l'abandonnant peu à peu, il finit par compter comme un rouage de plus dans le personnel de l'opulente maison.

Après tout, c'était un brave homme, malgré ses ridicules. On s'attacha à lui. Il aimait Godfrey, il aimait Phina, qui le lui rendaient d'ailleurs. Aussi n'avait-il plus qu'une seule ambition au monde : leur inculquer toutes les délicatesses de son art, en faire, en ce qui concerne la bonne tenue, deux êtres accomplis.

Or, le croira-t-on ? ce fut lui, le professeur Tartelett, que William W. Kolderup choisit pour être le compagnon de son neveu pendant ce voyage projeté. Oui ! il avait quelque raison de croire que Tartelett n'avait pas peu contribué à pousser Godfrey à cette manie de déplacement, afin d'achever de se perfectionner en courant le monde. William W. Kolderup résolut donc de les faire courir à deux. Dès le lendemain, 16 avril, il fit prévenir le professeur de venir le trouver dans son cabinet.

Une prière du nabab était un ordre pour Tartelett. Le professeur quitta sa chambre, muni de ce petit violon de poche qu'on appelle *pochette*, afin d'être prêt à tout événement ; il monta le grand escalier de l'hôtel, les pieds académiquement posés, comme il convient à un maître de danse, frappa à la porte du cabinet, entra, le corps à demi incliné, les coudes arrondis, la bouche souriante, et il attendit dans la troisième position, après avoir croisé l'un devant l'autre, à la moitié de leur longueur, ses pieds dont les chevilles se touchaient et dont les pointes étaient tournées en dehors.

Tout autre que le professeur Tartelett, placé dans cette sorte d'équilibre instable, aurait vacillé sur sa base, mais lui sut conserver une rectitude absolue.

« Monsieur Tartelett, dit William W. Kolderup, je vous ai fait venir pour vous apprendre une nouvelle qui, je le crois, n'aura pas lieu de vous surprendre.

— À vos souhaits ! répondit le professeur, bien que William W. Kolderup n'eût point éternué, ainsi qu'on pourrait le croire.

— Le mariage de mon neveu est retardé d'un an ou dix-huit mois, reprit l'oncle, et Godfrey, sur sa demande, va partir pour visiter les divers États du nouveau et de l'ancien monde.

— Monsieur, répondit Tartelett, mon élève Godfrey fera honneur au pays qui l'a vu naître, et…

— Et aussi au professeur de maintien qui l'a initié aux bonnes manières », répondit le négociant, d'un ton dont le naïf Tartelett ne sentit aucunement l'ironie.

Et, en effet, croyant devoir exécuter un « assemblé », il déplaça alternativement ses pieds par une sorte de glissade de côté ; puis, pliant légèrement le genou avec souplesse, il salua William W. Kolderup.

« J'ai pensé, reprit celui-ci, que vous auriez sans doute quelque peine à vous séparer de votre élève ?

— La peine sera douloureuse, répondit Tartelett, et, cependant, s'il le faut…

— Il ne le faudra pas, répondit William W. Kolderup, dont l'épais sourcil se fronça.

— Ah !... » répondit Tartelett.

Légèrement troublé, il fit un temps levé en arrière, de manière à passer de la troisième à la quatrième position ; puis, il mit entre ses deux pieds la distance d'une largeur – sans peut-être avoir absolument conscience de ce qu'il faisait.

« Oui ! ajouta le négociant d'une voix brève et d'un ton qui n'admettait pas l'ombre de réplique, j'ai pensé qu'il serait vraiment cruel de séparer un professeur et un élève si bien faits pour s'entendre !

— Assurément... les voyages !... répondit Tartelett, qui semblait ne pas vouloir comprendre.

— Oui !... assurément !... reprit William W. Kolderup, non seulement les voyages mettront en relief les talents de mon neveu, mais aussi les talents du professeur auquel il doit une tenue si correcte ! »

Jamais la pensée n'était venue à ce grand enfant qu'un jour il lui faudrait quitter San Francisco, la Californie et l'Amérique pour courir les mers. Ces idées n'auraient pu entrer dans le cerveau d'un homme plus ferré sur la chorégraphie que sur les voyages, et qui en était encore à connaître les environs de la capitale dans un rayon de dix milles. Et maintenant on lui offrait, non ! on lui faisait entendre que, bon gré mal gré, il allait avoir à s'expatrier, à exécuter de sa personne, avec toutes les charges et inconvénients qu'ils comportent, ces déplacements conseillés par lui à son élève ! Il y avait là, certainement, de quoi troubler une cervelle aussi peu solide que la sienne, et l'infortuné Tartelett, pour la première fois de sa vie, sentit un frémissement involontaire dans les muscles de ses jambes, assouplis par trente-cinq ans d'exercices !

« Vous les rectifierez ! » (Voir p. 47.)

« Peut-être... dit-il, en essayant de rappeler sur ses lèvres ce sourire stéréotypé du danseur, qui s'était un instant effacé, peut-être... ne suis-je pas fait pour...

— Vous vous ferez ! » répondit William W. Kolderup, en homme avec lequel il n'y a pas à discuter.

Refuser, c'était impossible. Tartelett n'y pensait même pas. Qu'était-il dans la maison ? Une chose, un ballot, un colis, pouvant être expédié à tous les coins du monde ! Mais l'expédition en projet n'était pas sans le troubler quelque peu.

« Et quand doit s'effectuer le départ ? demanda-t-il en essayant de reprendre une position académique.

— Dans un mois.

— Et sur quelle mer orageuse M. Kolderup a-t-il décidé que le vaisseau emporterait mon élève et moi ?

— Sur le Pacifique, d'abord.

— Et sur quel point du globe terrestre aurai-je à poser le pied pour la première fois ?

— Sur le sol de la Nouvelle-Zélande, répondit William W. Kolderup. J'ai remarqué que les Néo-Zélandais n'arrondissent pas convenablement les coudes !... Vous les rectifierez ! »

Voilà comment le professeur Tartelett fut choisi pour être compagnon de voyage de Godfrey Morgan.

Un signe du négociant lui fit alors comprendre que l'audience était terminée. Il se retira donc assez ému, pour que sa sortie et les grâces spéciales qu'il déployait habituellement dans cet acte difficile laissassent tant soit peu à désirer.

En effet, pour la première fois de sa vie, le professeur Tartelett, oubliant, dans sa préoccupation, les plus élémentaires préceptes de son art, s'en allait les pieds en dedans !

V

DANS LEQUEL ON SE PRÉPARE À PARTIR, ET À LA FIN DUQUEL ON PART POUR TOUT DE BON

Il n'y avait plus à y revenir. Avant ce long voyage, à deux, à travers la vie, qu'on appelle mariage, Godfrey allait faire le tour du monde – ce qui est quelquefois plus périlleux. Mais il comptait en revenir très aguerri, et, parti un jeune homme, ramener un homme au retour. Il aurait vu, observé, comparé. Sa curiosité serait satisfaite. Il ne lui resterait plus qu'à demeurer tranquille et sédentaire, à vivre heureux au foyer conjugal, que nulle tentation ne le porterait plus à quitter. Avait-il tort ou raison ? Courait-il à quelque bonne et solide leçon dont il ferait son profit ? Nous laisserons à l'avenir le soin de répondre.

Bref, Godfrey était enchanté.

Phina, anxieuse, sans en rien laisser paraître, se résignait à cet apprentissage.

Le professeur Tartelett, lui, d'habitude si ferme sur ses jambes, rompues à tous les équilibres de la danse, avait perdu son aplomb ordinaire et cherchait en vain à le retrouver. Il vacillait même sur le parquet de sa chambre, comme s'il eût été déjà sur le plancher d'une cabine, remuée par les coups de roulis et de tangage.

Quant à William W. Kolderup, depuis la décision prise, il était devenu peu communicatif, surtout avec son neveu. Ses lèvres serrées, ses yeux à demi cachés sous ses paupières, indiquaient qu'une idée fixe s'était implantée dans cette tête, où bouillonnaient habituellement les hautes spéculations du commerce.

« Ah ! tu veux voyager, murmurait-il parfois, voyager au lieu de te marier, au lieu de rester chez toi, d'être heureux tout bêtement !... Eh bien, tu voyageras ! »

Les préparatifs furent aussitôt commencés.

Tout d'abord, la question de l'itinéraire dut être soulevée, discutée et, finalement, résolue.

Godfrey s'en irait-il par le sud, l'est ou l'ouest ? Cela était à décider en premier lieu.

S'il débutait par les routes du sud, la compagnie « Panama to California and British Columbia », puis la compagnie « Packet Shouthampton Rio-Janeiro », se chargeraient de le conduire en Europe.

S'il prenait par l'est, le grand chemin de fer du Pacifique pouvait l'amener en quelques jours à New York, et de là, les lignes Cunard, Inman, White-Star, Hamburg-American ou Transatlantique française, iraient le déposer sur le littoral de l'ancien monde.

S'il voulait prendre à l'ouest, par la « Steam Transoceanic Golden Age », il lui serait facile de gagner Melbourne, puis l'isthme de Suez, avec les bateaux de la « Peninsular Oriental Steam Co ».

Les moyens de transport ne manquaient pas, et, grâce à leur concordance mathématique, le tour du monde n'est plus qu'une simple promenade de touriste.

Mais ce n'est pas ainsi que devait voyager le neveu-héritier du nabab de Frisco.

Non ! William W. Kolderup possédait, pour les besoins de son commerce, toute une flotte de navires à voiles et à vapeur. Il avait donc décidé qu'un de ses bâtiments serait « mis à la disposition du jeune Godfrey Morgan », comme s'il se fût agi d'un prince du sang, voyageant pour son plaisir – aux frais des sujets de son père.

Par ses ordres, le *Dream*, solide steamer de six cents tonnes et de la force de deux cents chevaux, entra aussitôt en armement. Il devait être commandé par le capitaine Turcotte, un loup de mer, qui avait déjà couru tous les océans sous toutes les latitudes. Bon et hardi marin, cet habitué des tornades, des typhons et des cyclones, comptait déjà quarante ans de navigation sur cinquante ans d'âge. Se mettre à la cape et faire tête à l'ouragan n'était qu'un jeu pour ce « matelot », qui n'avait jamais été éprouvé que par le « mal de terre », c'est-à-dire lorsqu'il était en relâche. Aussi, de cette existence incessamment secouée sur le pont d'un bâtiment, avait-il conservé l'habitude de toujours se balancer à droite, à gauche, en avant, en arrière : il avait le tic du tangage et du roulis.

Un second, un mécanicien, quatre chauffeurs, douze matelots, en tout dix-huit hommes, devaient former l'équipage du *Dream*, qui, s'il se contentait de faire tranquillement ses huit milles à l'heure, n'en possédait pas moins d'excellentes qualités nautiques. Qu'il n'eût pas assez de vitesse pour passer dans la lame lorsque la mer était grosse, soit ! mais aussi la lame ne lui passait pas dessus, avantage qui compense bien la médiocrité de la marche, surtout quand on n'est pas autrement pressé. D'ailleurs, le *Dream* était gréé en goélette, et, par un vent favorable, avec ses cinq cents yards carrés de toile, il pouvait toujours venir en aide à sa vapeur.

Il ne faudrait pas croire, toutefois, que le voyage du *Dream* ne dût être qu'un voyage d'agrément. William W. Kolderup était un homme trop pratique pour ne pas chercher à utiliser un parcours de quinze ou seize mille lieues à travers toutes les mers du globe. Son navire devait partir sans cargaison, sans doute, mais il lui était facile de se conserver dans de bonnes conditions de flottabilité, en remplissant d'eau ses « water-ballasts[1] », qui auraient pu l'immerger jusqu'au ras du pont au cas où cela eût été nécessaire. Aussi le *Dream* comptait-il charger en route et visiter les divers comptoirs du riche négociant. Il s'en irait ainsi d'un marché à un autre. N'ayez pas peur, le capitaine Turcotte ne serait pas embarrassé de faire ses frais de voyage ! La fantaisie de Godfrey Morgan ne coûterait pas un dollar à la caisse avunculaire ! Ainsi agit-on dans les bonnes maisons de commerce.

Tout cela fut décidé dans de longs entretiens, très secrets, que William W. Kolderup et le capitaine Turcotte eurent ensemble. Mais il paraît que le règlement de cette affaire, si simple cependant, n'allait pas tout seul, car le capitaine dut faire de nombreuses visites au cabinet du négociant. Lorsqu'il en sortait, de plus perspicaces que les habitués de l'hôtel auraient observé qu'il avait une figure singulière, que ses cheveux étaient hérissés en coup de vent, comme s'il les eût tracassés d'une main fébrile, que toute sa personne, enfin, roulait et tanguait plus violemment que d'ordinaire. On avait pu entendre, aussi, des éclats de voix singuliers, qui prouvaient que les séances ne s'étaient pas passées sans orage. C'est que le capitaine Turcotte, avec son franc-parler, savait fort bien tenir tête à William W. Kolderup, qui l'aimait et l'estimait assez pour lui permettre de le contredire.

---

1. Compartiments que l'on peut remplir d'eau lorsque le navire est lège, de manière à le maintenir dans sa ligne de flottaison.

Enfin, paraît-il, tout s'arrangea. Qui avait cédé, de William W. Kolderup ou de Turcotte ? je n'oserais encore me prononcer, ne connaissant pas le sujet même de leurs discussions. Cependant je parierais plutôt pour le capitaine.

Quoi qu'il en soit, après huit jours d'entretiens, le négociant et le marin parurent être d'accord ; mais Turcotte ne cessait pas de grommeler entre ses dents :

« Que les cinq cent mille diables du surouet m'envoient par le fond du pot au noir, si jamais je me serais attendu, moi Turcotte, à faire de pareille besogne ! »

Cependant l'armement du *Dream* avançait rapidement, et son capitaine ne négligeait rien pour qu'il fût en état de prendre la mer dès la première quinzaine du mois de juin. On l'avait passé à la forme, et sa carène, soigneusement repeinte au minium, tranchait par son rouge vif avec le noir de ses œuvres mortes.

Il vient un grand nombre de bâtiments de toutes sortes et de toutes nationalités dans le port de San Francisco. Aussi, depuis bien des années, les quais de la ville, régulièrement construits sur le littoral, n'auraient-ils pu suffire à l'embarquement et au débarquement des marchandises, si les ingénieurs n'étaient parvenus à établir plusieurs quais factices. Des pilotis de sapin rouge furent enfoncés dans les eaux, quelques milles carrés de planchers les recouvrirent de larges plates-formes. C'était autant de pris sur la baie, mais la baie est vaste. On eut ainsi de véritables cales de déchargement, couvertes de grues et de ballots, près desquelles steamers des deux océans, steamboats des fleuves californiens, clippers de tous pays, caboteurs des côtes américaines, purent se ranger dans un ordre parfait, sans s'écraser les uns les autres.

C'était à l'un de ces quais artificiels, à l'extrémité de Wharf-Mission-Street, qu'avait été solidement amarré le *Dream*, après son passage au bassin de carénage.

Rien ne fut négligé pour que le steamer, affecté au voyage de Godfrey, pût naviguer dans les meilleures conditions. Approvisionnements, aménagement, tout fut minutieusement étudié. Le gréement était en parfait état, la chaudière éprouvée, la machine à hélice excellente. On embarqua même, pour les besoins du bord et la facilité des communications avec la terre, une chaloupe à vapeur, rapide et insubmersible, qui devait rendre de grands services au cours de la navigation.

Enfin, bref, tout était prêt à la date du 10 juin. Il n'y avait plus qu'à prendre la mer. Les hommes, embarqués par le capitaine Turcotte pour la manœuvre des voiles ou la conduite de la machine, formaient un équipage de choix, et il eût été difficile d'en trouver un meilleur sur la place. Un véritable stock d'animaux vivants, agoutis, moutons, chèvres, coqs et poules, etc., était parqué dans l'entrepont ; les besoins de la vie matérielle se voyaient, en outre, assurés par un certain nombre de caisses de conserves des meilleures marques.

Quant à l'itinéraire que devait suivre le *Dream*, ce fut sans doute l'objet des longues conférences que William W. Kolderup et son capitaine eurent ensemble. Tout ce que l'on sut, c'est que le premier point de relâche indiqué devait être Auckland, capitale de la Nouvelle-Zélande – sauf le cas où le besoin de charbon, nécessité par la prolongation de vents contraires, obligerait à se réapprovisionner, soit à l'un des archipels du Pacifique, soit à l'un des ports de la Chine.

Tout ce détail, d'ailleurs, importait peu à Godfrey, du moment qu'il s'en allait en mer, et pas du tout à

C'était à l'un de ces quais artificiels. (Voir p. 53.)

Tartelett, dont l'esprit troublé s'exagérait de jour en jour les éventualités de navigation.

Il n'y avait plus qu'une formalité à remplir : la formalité des photographies.

Un fiancé ne peut décemment partir pour un long voyage autour du monde sans emporter l'image de celle qu'il aime, et, en revanche, sans lui laisser la sienne.

Godfrey, en costume de touriste, se livra donc aux mains de Stephenson et Co, photographes de Montgomery-Street, et Phina, dans sa toilette de ville, confia également au soleil le soin de fixer ses traits charmants, mais un peu attristés, sur la plaque des habiles opérateurs.

Ce serait encore une façon de voyager ensemble. Le portrait de Phina avait sa place tout indiquée dans la cabine de Godfrey ; celui de Godfrey, dans la chambre de la jeune fille.

Quant à Tartelett, qui n'était pas fiancé et ne songeait aucunement à l'être, on jugea convenable, cependant, de confier son image au papier sensibilisé. Mais, quel que fût le talent des photographes, ils ne purent obtenir une épreuve satisfaisante. Le cliché oscillant ne fut jamais qu'un brouillard confus, dans lequel il eût été impossible de reconnaître le célèbre professeur de danse et de maintien.

C'est que le patient, quoi qu'il en eût, ne pouvait s'empêcher de bouger – en dépit de la recommandation en usage dans tous les ateliers consacrés aux opérations de ce genre.

On essaya d'autres moyens plus rapides, d'épreuves instantanées. Impossible. Tartelett tanguait et roulait déjà par anticipation, tout comme le capitaine du *Dream*.

Il fallut renoncer à conserver les traits de cet homme remarquable. Irréparable malheur pour la postérité, si – mais éloignons cette pensée ! – si, tout en croyant ne partir que pour l'ancien monde, Tartelett partait pour cet autre monde dont on ne revient pas.

Le 9 juin, on était prêt. Le *Dream* n'avait plus qu'à appareiller. Ses papiers, connaissement, charte-partie, police d'assurance, étaient en règle, et, deux jours avant, le courtier de la maison Kolderup avait envoyé les dernières signatures.

Ce jour-là, un grand déjeuner d'adieu fut donné à l'hôtel de Montgomery-Street. On but à l'heureux voyage de Godfrey et à son prompt retour.

Godfrey ne laissait pas d'être assez ému, et il ne chercha point à le cacher. Phina se montra plus ferme que lui. Quant à Tartelett, il noya ses appréhensions dans quelques verres de champagne, dont l'influence se prolongea jusqu'au moment du départ. Il faillit même oublier sa pochette, qui lui fut rapportée à l'instant où on larguait les amarres du *Dream*.

Les derniers adieux furent faits à bord, les dernières poignées de main s'échangèrent sur la dunette ; puis, la machine donna quelques tours d'hélice, qui firent déborder le steamer.

« Adieu ! Phina.

— Adieu ! Godfrey.

— Que le Ciel vous conduise ! dit l'oncle.

— Et surtout qu'il nous ramène ! murmura le professeur Tartelett.

— Et n'oublie jamais, Godfrey, ajouta William W. Kolderup, la devise que le *Dream* porte à son tableau d'arrière :

Confide, recte agens.

— Jamais, oncle Will ! Adieu, Phina !

— Adieu ! Godfrey. »

Le steamer s'éloigna, les mouchoirs s'agitèrent, tant qu'il resta en vue du quai, même un peu au-delà.

Bientôt cette baie de San Francisco, la plus vaste du monde, était traversée, le *Dream* franchissait l'étroit goulet de Golden-Gate, puis il tranchait de son étrave les eaux du Pacifique : c'était comme si cette « Porte d'or » venait de se refermer sur lui.

VI

DANS LEQUEL LE LECTEUR EST APPELÉ À FAIRE CONNAISSANCE AVEC UN NOUVEAU PERSONNAGE

Le voyage était commencé. Ce n'était pas le difficile, on en conviendra volontiers.

Ainsi que le répétait souvent le professeur Tartelett, avec une incontestable logique :

« Un voyage commence toujours ! Mais où et comment il finit, c'est l'important ! »

La cabine occupée par Godfrey s'ouvrait, au fond de la dunette du *Dream*, sur le carré d'arrière, qui servait de salle à manger. Notre jeune voyageur était installé là aussi confortablement que possible. Il avait offert à la photographie de Phina la meilleure place sur le mieux éclairé des panneaux de sa chambre. Un cadre pour dormir, un lavabo pour sa toilette, quelques armoires pour ses vêtements et son linge, une table pour travailler, un

Le steamer s'éloigna. (Voir p. 57.)

fauteuil pour s'asseoir, que lui fallait-il de plus, à ce passager de vingt-deux ans ? Dans ces conditions, il aurait fait vingt-deux fois le tour du monde ! N'était-il pas à l'âge de cette philosophie pratique que constituent la belle santé et la bonne humeur ? Ah ! jeunes gens, voyagez si vous le pouvez, et si vous ne le pouvez pas... voyagez tout de même !

Tartelett, lui, n'était plus de bonne humeur. Sa cabine, près de la cabine de son élève, lui semblait bien étroite, son cadre bien dur, les six yards superficiels qu'elle occupait en abord, bien insuffisants pour qu'il y pût répéter ses battus et ses pas de bourrée. Le voyageur, en lui, n'absorberait-il donc pas le professeur de danse et de maintien ? Non ! C'était dans le sang, et, lorsque Tartelett arrivera à l'heure de se coucher pour le dernier sommeil, ses pieds se trouveront encore placés en ligne horizontale, les talons l'un contre l'autre, à la première position.

Les repas devaient se prendre en commun, et c'est ce qui fut fait – Godfrey et Tartelett vis-à-vis l'un de l'autre, le capitaine et le second occupant chacun l'un des bouts de la table de roulis. Cette effrayante dénomination, « table de roulis », laissait déjà comprendre que la place du professeur serait trop souvent vide !

Au départ, dans ce beau mois de juin, il faisait une belle brise du nord-est. Le capitaine Turcotte avait pu faire établir la voilure, afin d'accroître sa vitesse, et le *Dream*, tout dessus, bien appuyé, ne roulait pas trop d'un bord sur l'autre. En outre, comme la lame le prenait par l'arrière, le tangage ne le fatiguait point outre mesure. Cette allure n'est pas celle qui fait, sur le visage des passagers, les nez pincés, les yeux caves, les fronts livides, les joues sans couleur. C'était donc supportable. On piquait droit dans le sud-ouest sur une jolie mer, moutonnant à peine : le littoral américain n'avait pas tardé à disparaître sous l'horizon.

Pendant deux jours, aucun incident de navigation ne se produisit, qui soit digne d'être relaté. Le *Dream* faisait bonne route. Le début de ce voyage était donc favorable – bien que le capitaine Turcotte laissât percer quelquefois une inquiétude qu'il eût en vain essayé de dissimuler. Chaque jour, lorsque le soleil passait au méridien, il relevait exactement la situation du navire. Mais on pouvait observer qu'aussitôt il emmenait le second dans sa cabine, et là, tous deux restaient en conférence secrète, comme s'ils avaient eu à discuter en vue de quelque éventualité grave. Ce détail, sans doute, passait inaperçu pour Godfrey, qui n'entendait rien aux choses de la navigation, mais le maître d'équipage et quelques-uns des matelots ne laissaient pas d'en être surpris.

Ces braves gens le furent d'autant plus, que, deux ou trois fois, dès la première semaine, pendant la nuit, sans que rien ne nécessitât cette manœuvre, la direction du *Dream* fut sensiblement modifiée, puis reprise au jour. Ce qui se fût expliqué avec un navire à voiles, soumis aux variations des courants atmosphériques, ne s'expliquait plus avec un steamer, qui peut suivre la ligne des grands cercles et serre ses voiles lorsque le vent ne lui est plus favorable.

Le 12 juin, dans la matinée, un incident très inattendu se produisit à bord.

Le capitaine Turcotte, son second et Godfrey allaient se mettre à table pour déjeuner, lorsqu'un bruit insolite se fit entendre sur le pont. Presque aussitôt le maître d'équipage, poussant la porte, parut sur le seuil du carré.

« Capitaine ! dit-il.

— Qu'y a-t-il donc ? répondit vivement Turcotte, comme un marin toujours sur le qui-vive.

— Il y a... un Chinois ! dit le maître d'équipage.

— Un Chinois ?

— Oui ! un vrai Chinois que nous venons de découvrir, par hasard, à fond de cale !

— À fond de cale ! s'écria le capitaine Turcotte. De par tous les diables du Sacramento, qu'on l'envoie à fond de mer !

— *All right !* » répondit le maître d'équipage.

Et l'excellent homme, avec le mépris que doit ressentir tout Californien pour un fils du Céleste Empire, trouvant cet ordre on ne peut plus naturel, ne se fût fait aucun scrupule de l'exécuter.

Cependant le capitaine Turcotte s'était levé ; puis, suivi de Godfrey et du second, il quittait le carré de la dunette et se dirigeait vers le gaillard d'avant du *Dream.*

Là, en effet, un Chinois, étroitement tenu, se débattait aux mains de deux ou trois matelots, qui ne lui épargnaient pas les bourrades. C'était un homme de trente-cinq à quarante ans, de physionomie intelligente, bien constitué, la figure glabre, mais un peu hâve par suite de ce séjour de soixante heures au fond d'une cale mal aérée. Le hasard seul l'avait fait découvrir dans son obscure retraite.

Le capitaine Turcotte fit aussitôt signe à ses hommes de lâcher le malheureux intrus.

« Qui es-tu ? lui demanda-t-il.

— Un fils du Soleil.

— Et comment te nommes-tu ?

— Seng-Vou, répondit le Chinois, dont le nom, en langue célestiale, signifie : qui ne vit pas.

— Et que fais-tu ici, à bord ?

« Qui es-tu ? » lui demanda-t-il. (Voir p. 61.)

— Je navigue !... répondit tranquillement Seng-Vou, mais en ne vous causant que le moins de tort possible.

— Vraiment ! le moins de tort !... Et tu t'es caché dans la cale au moment du départ ?

— Comme vous dites, capitaine.

— Afin de te faire reconduire gratis d'Amérique en Chine, de l'autre côté du Pacifique ?

— Si vous le voulez bien.

— Et si je ne le veux pas, moricaud à peau jaune, si je te priais de vouloir bien regagner la Chine à la nage ?

— J'essaierais, répondit le Chinois en souriant, mais il est probable que je coulerais en route !

— Eh bien, maudit John[1], s'écria le capitaine Turcotte, je vais t'apprendre à vouloir économiser les frais de passage ! »

Et le capitaine Turcotte, beaucoup plus en colère que la circonstance ne le comportait, allait peut-être mettre sa menace à exécution, lorsque Godfrey intervint.

« Capitaine, dit-il, un Chinois de plus à bord du *Dream*, c'est un Chinois de moins en Californie, où il y en a tant !

— Où il y en a trop ! répondit le capitaine Turcotte.

— Trop, en effet, reprit Godfrey. Eh bien, puisque ce pauvre diable a jugé à propos de délivrer San Francisco de sa présence, cela mérite quelque pitié !... Bah ! nous le jetterons en passant du côté de Shanghai, et il n'en sera plus jamais question ! »

En disant qu'il y a trop de Chinois dans l'État de Californie, Godfrey tenait là le langage d'un vrai Californien. Il est certain que l'émigration des fils du

1. Surnom que les Américains donnent aux Chinois.

Céleste Empire – ils sont trois cents millions en Chine contre trente millions d'Américains aux États-Unis –, est devenue un danger pour les provinces du Far-West. Aussi les législateurs de ces États, Californie, Basse-Californie, Oregon, Nevada, Utah, et le Congrès lui-même, se sont-ils préoccupés de l'invasion de ce nouveau genre d'épidémie, à laquelle les Yankees ont donné le nom significatif de « peste jaune ».

À cette époque, on comptait plus de cinquante mille Célestiaux, rien que dans l'État de Californie. Ces gens, très industrieux en matière de lavage d'or, très patients aussi, vivant d'une pincée de riz, d'une gorgée de thé, d'une bouffée d'opium, tendaient à faire baisser le prix de la main-d'œuvre au détriment des ouvriers indigènes. Aussi avait-on dû les soumettre à des lois spéciales, contrairement à la Constitution américaine – lois qui réglaient leur immigration, et ne leur donnaient pas le droit de se faire naturaliser, de crainte qu'ils ne finissent par obtenir la majorité au Congrès. D'ailleurs, généralement maltraités, à l'égal des Indiens et des Nègres, afin de justifier cette qualification de « pestiférés » dont on les gratifiait, sont-ils le plus souvent parqués en une sorte de ghetto, où ils conservent soigneusement les mœurs et les habitudes du Céleste Empire.

Dans la capitale de la Californie, c'est vers le quartier de la rue Sacramento, orné de leurs enseignes et de leurs lanternes, que la pression des gens d'autre race les a concentrés. C'est là qu'on les rencontre par milliers, trottinant avec leur blouse à larges manches, leur bonnet conique, leurs souliers à pointe relevée. C'est là qu'ils se font, pour la plupart, épiciers, jardiniers ou blanchisseurs – à moins qu'ils ne servent comme cuisiniers, ou n'appartiennent à ces troupes dramatiques, qui représentent des pièces chinoises sur le théâtre français de San Francisco.

Et – il n'y a aucune raison pour le cacher – Seng-Vou faisait partie d'une de ces troupes hétérogènes, dans laquelle il tenait l'emploi de premier comique – si toutefois cette expression du théâtre européen peut s'appliquer à n'importe quel artiste chinois. En effet, ils sont tellement sérieux, même lorsqu'ils plaisantent, que le romancier californien Hart-Bret a pu dire qu'il n'avait jamais vu rire un acteur chinois, et même avoue-t-il n'avoir pu reconnaître si l'une de ces pièces à laquelle il assistait était une tragédie ou une simple farce.

Bref, Seng-Vou était un comique. La saison terminée, riche de succès, plus peut-être que d'espèces sonnantes, il avait voulu regagner son pays autrement qu'à l'état de cadavre[1]. C'est pourquoi, à tout hasard, il s'était glissé subrepticement dans la cale du *Dream.*

Muni de provisions, espérait-il donc faire incognito cette traversée de quelques semaines ; puis débarquer sur un point de la côte chinoise, comme il s'était embarqué, sans être vu ?

C'est possible, après tout. En somme, le cas n'était certainement pas pendable.

Aussi Godfrey avait-il eu raison d'intervenir en faveur de l'intrus, et le capitaine Turcotte, qui se faisait plus méchant qu'il n'était, renonça-t-il, sans trop de peine, à envoyer Seng-Vou par-dessus le bord, s'ébattre dans les eaux du Pacifique.

Seng-Vou ne réintégra donc pas sa cachette au fond du navire, mais il ne devait pas être bien gênant à bord.

---

1. L'habitude des Chinois est de se faire enterrer dans leur pays, et il y a des navires qui sont uniquement affectés à ce transport de cadavres.

Flegmatique, méthodique, peu communicatif, il évitait soigneusement les matelots, qui avaient toujours quelque bourrade à sa disposition ; il se nourrissait sur sa réserve de provisions. Tout compte fait, il était assez maigre pour que son poids, ajouté en surcharge, n'accrût pas sensiblement les frais de navigation du *Dream.* Si Seng-Vou passait gratuitement, à coup sûr son passage ne coûterait pas un cent à la caisse de William W. Kolderup.

Sa présence à bord, cependant, amena de la part du capitaine Turcotte une réflexion, dont son second, sans doute, fut seul à comprendre le sens particulier :

« Il va bien nous gêner, ce damné Chinois, quand il faudra !... Après tout, tant pis pour lui !

— Pourquoi s'est-il embarqué frauduleusement sur le *Dream* ! répondit le second.

— Surtout pour aller à Shanghai ! répliqua le capitaine Turcotte. Au diable John et les fils de John ! »

VII

DANS LEQUEL ON VERRA QUE WILLIAM W. KOLDERUP N'A PEUT-ÊTRE PAS EU TORT DE FAIRE ASSURER SON NAVIRE

Pendant les jours qui suivirent, 13, 14 et 15 juin, le baromètre descendit lentement, mais d'une façon continue, sans reprise, ce qui indiquait une tendance à se maintenir au-dessous de variable, entre pluie ou vent et tempête. La brise fraîchit sensiblement en passant dans le sud-ouest. C'était vent debout pour le *Dream* ; il eut à lutter contre des lames assez fortes, qui le prenaient par l'avant. Les voiles furent donc serrées dans leurs étuis, et il fallut marcher avec l'hélice, mais sous médiocre pression, afin d'éviter les mauvais coups.

Godfrey supporta très bien ces épreuves du tangage et du roulis, sans même perdre un seul instant de sa belle humeur. Très évidemment, ce brave garçon aimait la mer.

Mais Tartelett, lui, n'aimait pas la mer, et elle le lui rendait bien. Il fallait voir l'infortuné professeur de maintien ne se maintenant plus, le professeur de danse dansant contrairement à toutes les règles de l'art. Rester dans sa cabine, par ces secousses qui ébranlaient le steamer jusqu'à ses varangues il ne le pouvait pas.

« De l'air ! de l'air ! » soupirait-il.

Aussi ne quittait-il plus le pont. Un coup de roulis, et il allait d'un bord sur l'autre. Un coup de tangage, et il était projeté en avant, quitte à être reprojeté presque aussitôt en arrière. Il s'appuyait aux lisses, il se raccrochait aux cordages, il prenait des attitudes absolument condamnées par les principes de la chorégraphie moderne ! Ah ! que ne pouvait-il s'élever dans l'air par un mouvement de ballon pour échapper aux dénivellations de ce plancher mouvant ! Un danseur de ses ancêtres disait que, s'il consentait à reprendre pied sur la scène, c'était uniquement pour ne pas humilier ses camarades. Lui, Tartelett, il aurait voulu ne jamais redescendre sur ce pont que les coups de tangage semblaient entraîner dans l'abîme.

Quelle idée le riche William W. Kolderup avait-il eue de l'envoyer là-dessus !

« Est-ce que ce mauvais temps va durer ? demandait-il vingt fois par jour au capitaine Turcotte.

— Hum ! le baromètre n'est pas rassurant ! répondait invariablement le capitaine, en fronçant le sourcil.

Il fallait voir l'infortuné professeur. (Voir p. 67.)

— Est-ce que nous arriverons bientôt ?

— Bientôt, monsieur Tartelett !... Hum ! bientôt !... Encore faut-il le temps de se rendre !

— Et l'on appelle cela l'océan Pacifique ! » répétait l'infortuné entre deux hoquets et deux oscillations.

Nous dirons, en outre, que non seulement le professeur Tartelett souffrait du mal de mer, mais aussi que la peur le prenait à voir ces grandes lames écumantes, qui déferlaient à la hauteur des pavois du *Dream*, à entendre les soupapes, soulevées par de violents chocs, qui laissaient fuir la vapeur par les tuyaux d'échappement, à sentir le steamer ballotté comme un bouchon de liège sur ces montagnes d'eau.

« Non ! il n'est pas possible que ça ne chavire pas ! répétait-il, en fixant sur son élève un regard inerte.

— Du calme, Tartelett ! répondait Godfrey. Un navire est fait pour flotter, que diable ! Il y a des raisons pour cela !

— Je vous dis qu'il n'y en a pas ! »

Et, dans cette pensée, le professeur avait revêtu sa ceinture de sauvetage. Il la portait, jour et nuit, étroitement sanglée sur sa poitrine. On ne la lui aurait pas fait quitter à prix d'or. Toutes les fois que la mer lui laissait un instant de répit, il la regonflait par une forte expiration d'air. En vérité, jamais il ne la trouvait assez pleine !

Nous demandons l'indulgence pour les terreurs de Tartelett. À qui n'a pas l'habitude de la mer, ses déchaînements sont de nature à causer un certain effroi, et, on le sait, ce passager malgré lui ne s'était pas même hasardé jusqu'à ce jour sur les eaux paisibles de la baie de San Francisco. Donc, malaise à bord d'un navire par grande brise, épouvante au choc des lames, on peut lui passer cela.

Au reste, le temps devenait de plus en plus mauvais et menaçait le *Dream* de quelque coup de vent prochain, que les sémaphores lui auraient annoncé, s'il eût été en vue du littoral.

Si, pendant le jour, le navire était effroyablement secoué, s'il ne marchait plus qu'à petite vapeur, afin de ne point faire d'avarie à sa machine, il arrivait néanmoins que, dans les fortes dénivellations des couches liquides, l'hélice émergeait ou s'immergeait successivement. De là, battements formidables de ses branches dans les eaux plus profondes, ou affolements au-dessus de la ligne de flottaison, qui pouvaient compromettre la solidité du système. C'étaient alors comme des détonations sourdes qui se produisaient sous l'arrière du *Dream*, et les pistons s'emportaient avec une vitesse que le mécanicien ne maîtrisait pas sans peine.

Toutefois, Godfrey fut amené à faire une observation, dont il ne trouva pas la cause tout d'abord : c'est que, pendant la nuit, les secousses du steamer étaient infiniment moins rudes que pendant le jour. Devait-il donc en conclure que le vent mollissait alors, qu'il se faisait quelque accalmie après le coucher du soleil ?

Cela même fut si marqué, que, dans la nuit du 21 au 22 juin, il voulut se rendre compte de ce qui se passait. Précisément, la journée avait été particulièrement mauvaise, le vent avait fraîchi, et il ne semblait pas que la nuit dût laisser tomber la mer, si capricieusement fouettée pendant de longues heures.

Godfrey se releva donc vers minuit, il se vêtit chaudement et monta sur le pont.

La bordée de quart veillait à l'avant. Le capitaine Turcotte se tenait sur la passerelle.

Mais, en levant les yeux… (Voir p. 72.)

La violence de la brise n'avait certainement pas diminué. Pourtant le choc des lames, que devait couper l'étrave du *Dream*, était très amoindri.

Mais, en levant les yeux vers le haut de la cheminée, tout empanachée de fumée noire, Godfrey vit que cette fumée, au lieu de fuir de l'avant à l'arrière, s'emportait de l'arrière à l'avant au contraire, et suivait la même direction que le navire.

« Le vent a donc changé ? » se dit-il.

Et, très heureux de cette circonstance, il monta sur la passerelle ; puis, s'approchant du capitaine :

« Capitaine ! » dit-il.

Celui-ci, encapuchonné dans sa capote cirée, ne l'avait pas entendu venir, et, tout d'abord, ne put dissimuler un mouvement de contrariété en le voyant près de lui.

« Vous, monsieur Godfrey, vous... sur la passerelle ?

— Moi, capitaine, et je viens vous demander...

— Quoi donc ? répondit vivement le capitaine Turcotte.

— Si le vent n'a pas changé ?

— Non, monsieur Godfrey, non... et, malheureusement, je crains qu'il ne tourne en tempête !

— Cependant nous sommes maintenant vent arrière !

— Vent arrière... en effet... vent arrière !... répliqua le capitaine visiblement dépité par cette observation. Mais c'est bien malgré moi !

— Que voulez-vous dire ?

— Je veux dire que, pour ne pas compromettre la sécurité du bâtiment, j'ai dû virer cap pour cap et fuir devant le temps !

— Voilà qui va nous causer des retards extrêmement regrettables ! dit Godfrey.

— Très regrettables, en effet, répondit le capitaine Turcotte ; mais, dès qu'il fera jour, si la mer tombe un peu, j'en profiterai pour reprendre ma route à l'ouest. Je vous engage donc, monsieur Godfrey, à regagner votre cabine. Croyez-moi ! Essayez de dormir, pendant que nous courons avec la mer ! Vous serez moins secoué ! »

Godfrey fit un signe affirmatif, il jeta un dernier coup d'œil anxieux sur les nuages bas qui chassaient avec une extrême vitesse ; puis, quittant la passerelle, il rentra dans sa cabine, où il ne tarda pas à reprendre son sommeil interrompu.

Le lendemain matin, 22 juin, ainsi que l'avait dit le capitaine Turcotte, bien que le vent n'eût pas sensiblement molli, le *Dream* s'était remis en bonne direction.

Cette navigation dans l'ouest pendant le jour, dans l'est pendant la nuit, dura quarante-huit heures encore ; mais le baromètre annonçait quelque tendance à remonter, ses oscillations devenaient moins fréquentes ; il était à présumer que ce mauvais temps allait prendre fin avec les vents qui commençaient à haler la partie du nord.

C'est ce qui arriva, en effet.

Aussi le 25 juin, vers huit heures du matin, lorsque Godfrey monta sur le pont, une jolie brise du nord-est avait balayé les nuages, les rayons de soleil se jouant à travers le gréement mettaient leurs touches de feu sur toutes les saillies du bord.

La mer, d'un vert profond, resplendissait alors sur un large secteur, directement frappé par la lumière radieuse. Le vent ne passait plus que par folles volées, qui galonnaient d'une légère écume la crête des lames, et les basses voiles furent larguées.

À proprement parler, même, ce n'était plus en véritables lames que se soulevait la mer, mais seulement en longues ondulations, qui berçaient doucement le steamer.

Ondulations ou lames, il est vrai, c'était tout un pour le professeur Tartelett, malade, aussi bien lorsque c'était « trop mou », que lorsque c'était « trop dur » ! Il se tenait donc là, à demi couché sur le pont, la bouche entrouverte, comme une carpe qui se pâme hors de l'eau.

Le second, sur la dunette, sa longue-vue aux yeux, regardait dans la direction du nord-est.

Godfrey s'approcha de lui.

« Eh bien, monsieur, lui dit-il gaiement, aujourd'hui est un peu meilleur qu'hier !

— Oui, monsieur Godfrey, répondit le second, nous nous trouvons maintenant en eau calme.

— Et le *Dream* s'est remis en bonne route !

— Pas encore !

— Pas encore ! Et pourquoi ?

— Parce qu'il a été évidemment rejeté dans le nord-est pendant cette dernière tourmente, et il faut que nous relevions exactement sa position. Mais voilà un beau soleil, un horizon parfaitement net. À midi, en prenant hauteur, nous obtiendrons une bonne observation, et le capitaine nous donnera la route.

— Où donc est le capitaine ? demanda Godfrey.

— Il a quitté le bord.

— Quitté le bord ?

— Oui !... Nos hommes de quart ont cru apercevoir, à la blancheur de la mer, quelques brisants dans l'est, des brisants qui ne sont point portés sur les cartes du bord. La chaloupe à vapeur a donc été armée, et, suivi du maître d'équipage et de trois matelots, le capitaine Turcotte a été en reconnaissance.

— Depuis longtemps ?

— Depuis une heure et demie environ !

— Ah ! dit Godfrey, je suis fâché de ne pas avoir été prévenu. J'aurais eu grand plaisir à l'accompagner.

— Vous dormiez, monsieur Godfrey, répondit le second, et le capitaine n'a pas voulu vous réveiller.

— Je le regrette ; mais, dites-moi, dans quelle direction la chaloupe a-t-elle couru ?

— Par là, répondit le second, droit par le bossoir de tribord... dans le nord-est.

— Et avec une longue-vue on ne peut l'apercevoir ?

— Non ! elle est encore trop loin.

— Mais elle ne peut tarder à revenir ?

— Elle ne peut tarder, répondit le second, car le capitaine tient à faire son point lui-même, et il faut, pour cela, qu'il soit de retour à bord avant midi ! »

Sur cette réponse, Godfrey alla s'asseoir à l'extrémité du gaillard d'avant, après s'être fait apporter sa lunette marine. Il voulait guetter le retour de la chaloupe. Quant à cette reconnaissance que le capitaine Turcotte était allé faire, elle ne pouvait l'étonner. Il était naturel, en effet, que le *Dream* ne se hasardât pas sur une partie de la mer où des brisants avaient été signalés.

Deux heures se passèrent. Ce fut seulement vers dix heures et demie qu'une légère fumée, déliée comme un trait, commença à se détacher au-dessus de l'horizon.

C'était évidemment la chaloupe à vapeur qui, la reconnaissance opérée, ralliait le bord.

Godfrey se plut à la suivre dans le champ de sa lunette. Il la vit s'accuser peu à peu par des lignes plus franches, grandir à la surface de la mer, dessiner plus nettement sa fumée, à laquelle se mêlaient quelques volutes de vapeur sur le fond clair de l'horizon. C'était une embarcation excellente, de grande vitesse, et, comme elle marchait à toute pression, elle fut bientôt visible à l'œil nu : Vers onze heures, on apercevait à l'avant la « ouache » blanche que soulevait son étrave, à l'arrière le long sillage écumeux qui s'élargissait comme la queue d'une comète.

À onze heures et quart, le capitaine Turcotte accostait et sautait sur le pont du *Dream.*

« Eh bien, capitaine, qu'y a-t-il de nouveau ? demanda Godfrey, qui vint lui serrer la main.

— Ah ! bonjour, monsieur Godfrey !

— Et ces brisants ?…

— Pure apparence ! répondit le capitaine Turcotte. Nous n'avons rien vu de suspect. Nos hommes se seront trompés. Aussi cela m'étonnait bien, pour ma part !

— En route alors ? dit Godfrey.

— Oui, nous allons nous remettre en route ; mais, auparavant, il faut que je fasse mon point.

— Donnez-vous l'ordre d'embarquer la chaloupe ? demanda le second.

— Non, répondit le capitaine, elle pourra nous servir encore. Mettez-la à la remorque ! »

Les ordres du capitaine furent exécutés, et la chaloupe à vapeur, qui fut laissée en pression, vint se ranger à l'arrière du *Dream.*

Trois quarts d'heure après, le capitaine Turcotte, son sextant à la main, prenait la hauteur du soleil, et, le point établi, il donna la route à suivre.

Cela fait, après avoir jeté un dernier regard sur l'horizon, il appela son second, et il l'emmena dans sa cabine, où tous deux restèrent en assez longue conférence.

Elle marchait à toute pression… (Voir p. 76.)

La journée fut très belle. Le *Dream* put marcher rapidement, sans le secours de ses voiles qu'il fallut serrer. Le vent était très faible, et, avec la vitesse imprimée par la machine, il n'aurait pas eu assez de force pour les enfler.

Godfrey était tout joyeux. Cette navigation par une belle mer, sous un beau soleil, est-il rien de plus réconfortant, rien qui donne plus d'essor à la pensée, plus de satisfaction à l'âme ? Et pourtant, c'est à peine si, dans ces circonstances favorables, le professeur Tartelett parvenait à se ragaillardir un peu. Si l'état de la mer ne lui inspirait plus d'immédiates inquiétudes, son être physique ne parvenait guère à réagir. Il essaya de manger, mais sans goût ni appétit. Godfrey voulut lui faire enlever cette ceinture de sauvetage qui lui serrait la poitrine ; il s'y refusa absolument. Est-ce que cet assemblage de fer et de bois qu'on appelle un bâtiment ne risquait pas de s'entrouvrir d'un instant à l'autre ?

Le soir vint. D'épaisses vapeurs se maintenaient, sans descendre jusqu'au niveau de la mer. La nuit allait être beaucoup plus obscure que le beau temps diurne ne l'avait fait prévoir.

En somme, il n'y avait aucun écueil à craindre dans ces parages, dont le capitaine Turcotte venait de relever exactement la position sur ses cartes ; mais des abordages sont toujours possibles, et on doit les redouter pendant les nuits brumeuses.

Aussi les fanaux du bord furent-ils soigneusement mis en état, peu après le coucher du soleil ; le feu blanc fut hissé en tête du mât de misaine, et les feux de position, vert à droite, rouge à gauche, brillèrent dans les haubans. Si le *Dream* était abordé, du moins ne serait-il pas dans son tort – ce qui n'est qu'une insuffisante consolation. Couler, même lorsqu'on est en règle, c'est toujours couler. Et si quelqu'un à bord devait faire cette réflexion, à coup sûr c'était le professeur Tartelett.

Cependant le digne homme, toujours roulant, toujours tanguant, avait regagné sa cabine, Godfrey la sienne : l'un avec la certitude, l'autre avec l'espoir, seulement, de passer une bonne nuit, car le *Dream* se balançait à peine sur les longues lames.

Le capitaine Turcotte, après avoir remis le quart au second, rentra également sous la dunette, afin de prendre quelques heures de repos. Tout était en état. Le steamer pouvait naviguer en parfaite sécurité, puisqu'il ne semblait pas que la brume dût s'épaissir.

Au bout de vingt minutes, Godfrey dormait, et l'insomnie de Tartelett, qui s'était couché tout habillé, suivant son habitude, ne se trahissait plus que par de lointains soupirs.

Tout à coup – il devait être une heure du matin –, Godfrey fut réveillé par des clameurs épouvantables.

Il sauta de son cadre, revêtit, en une seconde, son pantalon, sa vareuse et chaussa ses bottes de mer.

Presque aussitôt, ces cris effrayants se faisaient entendre sur le pont :

« Nous coulons ! nous coulons ! »

En un instant, Godfrey fut hors de sa cabine et se jeta dans le carré. Là, il heurta une masse informe qu'il ne reconnut pas. Ce devait être le professeur Tartelett.

Tout l'équipage était sur le pont, courant au milieu des ordres que donnaient le second et le capitaine.

« Un abordage ? demanda Godfrey.

— Je ne sais... je ne sais... par cette brume maudite... répondit le second, mais nous coulons !

Là, appelant vainement dans l'ombre… (Voir p. 81-82.)

— Nous coulons ?... » répondit Godfrey.

Et, en effet, le *Dream*, qui avait sans doute donné contre un écueil, s'était enfoncé sensiblement. L'eau arrivait presque à la hauteur du pont. Nul doute que les feux de la machine ne fussent déjà noyés dans les profondeurs de la chaufferie.

« À la mer ! à la mer ! monsieur Godfrey, s'écria le capitaine. Il n'y a pas un instant à perdre ! Le navire sombre à vue d'œil ! Il vous entraînerait dans son tourbillon !...

— Et Tartelett ?

— Je m'en charge !... Nous ne sommes qu'à une demi-encablure d'une côte !...

— Mais vous ?...

— Mon devoir m'oblige à rester le dernier à bord, et je reste ! dit le capitaine. Mais fuyez !... fuyez ! »

Godfrey hésitait encore à se jeter à la mer ; cependant l'eau atteignait déjà le niveau des pavois du *Dream*.

Le capitaine Turcotte, sachant que Godfrey nageait comme un poisson, le saisit alors par les épaules et lui rendit le service de le précipiter par-dessus le bord.

Il était temps ! Sans les ténèbres, on eût vu, sans doute, un gouffre se creuser à la place qu'occupait le *Dream*.

Mais Godfrey, en quelques brasses au milieu de cette eau calme, avait pu s'éloigner rapidement de cet entonnoir, qui attire comme les remous d'un Maëlstrom !

Tout cela s'était fait en moins d'une minute.

Quelques instants après, au milieu de cris de désespoir, les feux du bord s'éteignaient l'un après l'autre.

Il n'y avait plus de doute : le *Dream* venait de couler à pic !

Quant à Godfrey, il avait pu atteindre une haute et large roche, à l'abri du ressac. Là, appelant vainement dans l'ombre, n'entendant aucune voix répondre à la sienne, ne sachant s'il se trouvait sur un roc isolé ou à l'extrémité d'un banc de récifs, seul survivant peut-être de cette catastrophe, il attendit le jour.

VIII

QUI CONDUIT GODFREY À DE CHAGRINES RÉFLEXIONS SUR LA MANIE DES VOYAGES

Trois longues heures devaient encore se passer avant que le soleil ne reparût au-dessus de l'horizon. Ce sont ces heures-là dont on peut dire qu'elles durent des siècles.

L'épreuve était rude pour un début ; mais, en somme, nous le répétons, Godfrey n'était pas parti pour une simple promenade. Il s'était bien dit, en prenant la mer, qu'il laissait derrière lui toute une existence de bonheur et de repos, qu'il ne la retrouverait pas en courant les aventures. Il s'agissait donc d'être à la hauteur de la situation.

Temporairement il était à l'abri. La mer, après tout, ne pouvait le reprendre sur cette roche, que mouillaient seuls les embruns du ressac. Devait-il craindre que le flux ne l'atteignît bientôt ? Non, car en réfléchissant, il put établir que ce naufrage s'était fait au plus haut de la marée de nouvelle lune.

Mais cette roche était-elle isolée ? Dominait-elle une ligne de brisants épars en cette portion de mer ? Quelle était cette côte que le capitaine Turcotte croyait avoir entrevue dans les ténèbres ? À quel continent appartenait-elle ? Il n'était que trop certain que le *Dream* avait été rejeté hors de sa route pendant la tourmente des jours précédents. La situation du navire n'avait donc pu être exactement relevée. Comment en douter, puisque le capitaine, deux heures auparavant, affirmait que ses cartes ne portaient aucune indication de brisants dans ces parages ! Il avait même fait mieux en allant reconnaître lui-même s'ils existaient, ces prétendus écueils, que ses vigies avaient cru voir dans l'est.

Il n'était que trop vrai, pourtant, et la reconnaissance opérée par le capitaine Turcotte, s'il l'eût poussée plus loin, aurait certainement évité la catastrophe. Mais à quoi bon ces retours vers le passé !

L'importante question devant le fait accompli – question de vie ou de mort – était donc pour Godfrey de savoir s'il se trouvait à proximité d'une terre quelconque. Dans quelle partie du Pacifique, il serait temps plus tard de raisonner à ce sujet. Avant tout, il faudrait songer, le jour venu, à quitter cette roche, qui, à sa partie supérieure, ne mesurait pas vingt pas de largeur et de longueur. Mais on n'abandonne un endroit que pour aller sur un autre. Et si cet autre n'existait pas, si le capitaine s'était trompé au milieu de ces brumes, si autour de ce brisant s'étendait une mer sans limites, si, à l'extrême portée de vue, le ciel et l'eau se confondaient circulairement sur le même horizon !

Les pensées du jeune naufragé se concentraient donc en ce point. Toute sa puissance de vision, il l'employait à chercher, au milieu de cette nuit noire, si quelque masse confuse, entassement de roches ou falaise, ne révèlerait pas le voisinage d'une terre dans la partie est du récif.

Godfrey ne vit rien. Pas une senteur terrestre n'arrivait à son nez, pas une sensation de lumière à ses yeux, pas un bruit à ses oreilles. Aucun oiseau ne traversait cette ombre. Il semblait qu'autour de lui ce ne fût qu'un vaste désert d'eau.

Godfrey ne se dissimula pas qu'il y avait mille chances contre une pour qu'il fût perdu. Il ne s'agissait plus, maintenant, de faire tranquillement le tour du monde, mais de faire face à la mort. Aussi, avec calme, avec courage, sa pensée s'éleva-t-elle vers cette Providence, qui peut tout encore pour la plus faible de ses créatures, alors que cette créature ne peut plus rien par elle-même.

Pour ce qui dépendait de lui, Godfrey n'avait plus qu'à attendre le jour, à se résigner, si le salut était impossible, mais à tout tenter, au contraire, s'il y avait quelque chance de se sauver.

Calmé par la gravité même de ses réflexions, Godfrey s'était assis sur la roche. Il avait ôté une partie de ses vêtements imprégnés d'eau de mer, sa vareuse de laine, ses bottes alourdies, afin d'être prêt à se rejeter à la nage, s'il le fallait.

Cependant, était-il possible que personne n'eût survécu au naufrage ? Quoi ! pas un des hommes du *Dream* n'aurait été porté à terre ! Avaient-ils donc été tous entraînés dans cet irrésistible tourbillon que creuse un navire en sombrant ? Le dernier auquel Godfrey eut parlé, c'était le capitaine Turcotte, résolu à ne pas quitter son bâtiment, tant qu'un de ses matelots y serait encore ! C'était même le capitaine qui l'avait jeté à la mer, au moment où le pont du *Dream* allait disparaître.

Mais les autres, et l'infortuné Tartelett, et le malheureux Chinois, surpris sans doute par l'engloutissement, l'un dans la dunette, l'autre dans les profondeurs de la cale, qu'étaient-ils devenus ? De tous ceux que portait le *Dream* il se serait donc sauvé seul ? Et cependant la chaloupe était restée à la traîne du steamer ! Quelques marins, passagers et matelots ne pouvaient-ils y avoir trouvé refuge, assez à temps pour fuir le lieu du naufrage ? Oui ! mais n'était-il pas plutôt à craindre que la chaloupe n'eût été entraînée avec le navire et ne fût maintenant par le fond, sous quelques vingtaines de brasses d'eau ?

Godfrey se dit alors que, dans cette nuit obscure, s'il ne pouvait voir, il pouvait du moins se faire entendre. Rien ne l'empêchait d'appeler, de héler au milieu de ce profond silence. Peut-être la voix d'un de ses compagnons répondrait-elle à la sienne.

Il appela donc à plusieurs reprises, jetant un cri prolongé, qui devait être entendu dans un assez large rayon.

Pas un cri ne répondit au sien.

Il recommença plusieurs fois, en se tournant successivement à tous les points de l'horizon.

Silence absolu.

« Seul ! seul ! » murmura-t-il.

Non seulement aucun appel n'avait répondu au sien, mais aucun écho ne lui avait renvoyé le son de sa voix. Or, s'il eût été près d'une falaise, non loin d'un groupe de roches, tels qu'en présentent le plus souvent les cordons littoraux, il était certain que ses cris, répercutés par l'obstacle, seraient revenus à lui. Donc, ou vers l'est du récif s'étendait une côte basse, impropre à produire un écho, ou, ce qui était plus probable, aucune terre ne s'étendait dans le voisinage. Le semis de brisants, sur lequel le naufragé avait trouvé refuge, était isolé.

Trois heures s'écoulèrent dans ces transes. Godfrey, glacé, allant et venant sur le sommet de l'étroite roche, cherchait à réagir contre le froid. Enfin quelques lueurs blanchâtres teignirent les nuages du zénith. C'était le reflet des premières colorations de l'horizon.

Godfrey, tourné de ce côté – le seul vers lequel pût être la terre –, cherchait à voir si quelque falaise ne se dessinerait pas dans l'ombre. En la profilant de ses premiers rayons, le soleil levant devait en accuser plus vivement les contours.

Mais rien n'apparaissait encore à travers cette aube indécise. Une légère brume s'élevait de la mer, qui ne permettait pas même de reconnaître l'étendue des brisants.

Il n'y avait donc pas à se faire d'illusions. Si Godfrey avait été, en effet, jeté sur un roc isolé du Pacifique, c'était la mort à bref délai, la mort par la faim, par la soif, ou, s'il le fallait, la mort au fond de l'eau, comme dernier recours !

Cependant il regardait toujours, et il semblait que l'intensité de son regard devait s'accroître démesurément, tant toute sa volonté se concentrait en lui.

Enfin la brume matinale commença à se fondre. Godfrey vit successivement les roches qui formaient l'écueil se dessiner en relief sur la mer, comme un troupeau de monstres marins. C'était un long et irrégulier semis de pierres noirâtres, bizarrement découpées, de toute taille, de toutes formes, dont la projection était à peu près ouest et est. L'énorme caillou, au sommet duquel se trouvait Godfrey, émergeait à la lisière occidentale du banc, à moins de trente brasses de l'endroit où le *Dream* avait sombré. La mer, en cet endroit, devait être très profonde, car du steamer on ne voyait plus rien, pas même l'extrémité de ses mâts. Peut-être, par l'effet d'un glissement sur un fond de roches sous-marines, avait-il été entraîné au large de l'écueil.

Un regard avait suffi à Godfrey pour constater cet état de choses. Le salut ne pouvait être de ce côté. Toute son attention se porta donc vers l'autre pointe des brisants que la brume, en se levant, débarrassait peu à peu. Il faut ajouter que la mer, basse en ce moment, permettait aux roches de se découvrir plus complètement. On les voyait s'allonger en élargissant leur base humide. Ici, d'assez vastes intervalles liquides, là, de simples flaques d'eau, les séparaient. Si elles se raccordaient à quelque littoral, il ne serait pas difficile d'y accoster.

Du reste, nulle apparence de côte. Rien qui indiquât encore la proximité d'une haute terre, même dans cette direction.

La brume se dissipait toujours en agrandissant le champ de vision, auquel s'attachait obstinément l'œil de Godfrey. Ses volutes roulèrent ainsi sur un espace d'un demi-mille. Déjà quelques plaques sablonneuses apparaissaient entre les roches que tapissait un visqueux varech. Ce sable n'indiquait-il pas, tout au moins, la présence d'une grève, et, si la grève existait, pouvait-on douter qu'elle ne fût rattachée au rivage d'une terre plus importante ?

Enfin, un long profil de dunes basses, contrebutées de grosses roches granitiques, se dessinant plus nettement, sembla fermer l'horizon dans l'est. Le soleil avait bu toutes les vapeurs matinales, et son disque débordait alors en plein feu.

« Terre ! terre ! » s'écria Godfrey.

Et il tendit les mains vers ce plan solide, en s'agenouillant sur l'écueil dans un mouvement de reconnaissance envers Dieu.

C'était la terre, en effet. En cet endroit, les brisants ne formaient qu'une pointe avancée, quelque chose comme le cap méridional d'une baie, qui s'arrondissait sur un périmètre de deux milles au plus. Le fond de cette échancrure se montrait sous l'apparence d'une grève plate, que bordait une succession de petites dunes, capricieusement ondées de lignes d'herbes, mais peu élevées.

De la place qu'occupait Godfrey, son regard put saisir l'ensemble de cette côte.

Bornée au nord et au sud par deux promontoires inégaux, elle ne présentait pas un développement de plus de cinq à six milles. Il était possible, cependant, qu'elle appartînt à quelque grande terre. Quoi qu'il en fût, c'était au moins le salut momentané. Godfrey, à cet égard, ne pouvait concevoir aucun doute, il n'avait pas été jeté sur quelque brisant solitaire, il devait croire que ce bout de sol inconnu ne lui refuserait pas de pourvoir à ses premiers besoins.

« À terre ! terre ! » se dit-il.

Mais, avant de quitter l'écueil, il se retourna une dernière fois. Ses yeux interrogèrent encore la mer jusqu'à l'horizon du large. Quelque épave apparaîtrait-elle à la surface des flots, quelque débris du *Dream*, quelque survivant peut-être ?

Rien.

La chaloupe elle-même n'était plus là, et devait avoir été entraînée dans le commun abîme.

L'idée vint alors à Godfrey que, sur ces brisants, quelqu'un de ses compagnons avait pu trouver refuge, qui, comme lui, attendait le jour pour essayer de gagner la côte ?

Personne, ni sur les rochers, ni sur la grève ! Le récif était aussi désert que l'Océan !

Mais enfin, à défaut de survivants, la mer n'avait-elle pas, au moins, rejeté plusieurs cadavres ? Godfrey n'allait-il pas retrouver entre les écueils, à la dernière limite du ressac, le corps inanimé de quelques-uns de ses compagnons ?

Non ! rien sur toute l'étendue des brisants, que les dernières nappes du jusant laissaient alors à découvert.

Godfrey était seul ! Il ne pouvait compter que sur lui pour lutter contre les dangers de toute sorte qui le menaçaient !

Devant cette réalité, cependant, disons-le à sa louange, Godfrey ne voulut pas faiblir. Mais comme, avant tout, il lui convenait d'être fixé sur la nature de la terre, dont une courte distance le séparait, il quitta le sommet de l'écueil et commença à se rapprocher du rivage.

Lorsque l'intervalle qui séparait les roches était trop considérable pour être franchi d'un bond, il se jetait à l'eau, et, soit qu'il eût pied, soit qu'il fût obligé de se soutenir en nageant, il gagnait aisément le rocher le plus proche. Au contraire, lorsqu'il n'avait devant lui que l'espace d'un yard ou deux, il sautait d'un roc à l'autre. La marche sur ces pierres visqueuses, tapissées de goémons glissants, n'était pas facile et fut longue. Il y avait près d'un quart de mille à faire dans ces conditions.

Toutefois, Godfrey, adroit et agile, mit enfin le pied sur cette terre, où l'attendait peut-être, sinon la mort prompte, du moins une vie misérable, pire que la mort. La faim, la soif, le froid, le dénuement, les périls de toute espèce, sans une arme pour se défendre, sans un fusil pour chasser le gibier, sans vêtements de rechange, voilà à quelles extrémités il allait être réduit !

La marche n'était pas facile… (Voir p. 89.)

Ah ! l'imprudent ! Il avait voulu savoir s'il était capable de se tirer d'affaire en de graves conjonctures ! Eh bien, il en ferait l'épreuve ! Il avait envié le sort d'un Robinson ! Eh bien, il verrait si c'est un sort enviable !

Et alors la pensée de cette existence heureuse, de cette vie facile de San Francisco, au milieu d'une riche et aimante famille, qu'il avait abandonnée pour se jeter dans les aventures, lui revint à l'esprit. Il se rappela son oncle Will, sa fiancée Phina, ses amis, qu'il ne reverrait plus, sans doute ! À l'évocation de ces souvenirs, son cœur se serra, et, en dépit de sa résolution, une larme lui vint aux yeux.

Et encore s'il n'eût pas été seul, si quelque autre survivant du naufrage avait pu, comme lui, atteindre cette côte, et même, à défaut du capitaine ou du second, n'eût-ce été que le dernier de ses matelots, n'eût-ce été que le professeur Tartelett, quelque peu de fond qu'il fallût faire sur cet être frivole, combien les éventualités de l'avenir lui auraient paru moins redoutables ! Aussi, à cet égard, il voulait encore espérer. S'il n'avait trouvé aucune trace à la surface des brisants, ne pouvait-il en rencontrer sur le sable de cette grève ? Quelque autre que lui n'avait-il pas déjà accosté ce littoral, cherchant un compagnon comme il en cherchait un lui-même ?

Godfrey embrassa encore d'un long regard toute la partie du nord et du sud. Il n'aperçut pas un seul être humain. Évidemment cette portion de la terre était inhabitée. De case, il n'y avait pas apparence, de fumée s'élevant dans l'air, pas trace.

« Allons ! allons ! » se dit Godfrey.

Et le voilà remontant la grève, vers le nord, avant de s'aventurer à gravir ces dunes sablonneuses, qui lui permettraient de reconnaître le pays sur un plus large espace.

Le silence était absolu. Le sable n'avait reçu aucune empreinte. Quelques oiseaux de mer, mouettes ou goélands, s'ébattaient à la lisière des rochers, seuls êtres vivants de cette solitude.

Godfrey marcha ainsi pendant un quart d'heure. Enfin, il allait s'élancer sur le talus de la plus élevée de ces dunes, semées de joncs et de broussailles, lorsqu'il s'arrêta brusquement.

Un objet informe, extraordinairement gonflé, quelque chose comme le cadavre d'un monstre marin, jeté là sans doute par la dernière tempête, gisait à cinquante pas de lui à la lisière du récif.

Godfrey se hâta de courir dans cette direction.

À mesure qu'il se rapprochait, son cœur se mit à battre plus rapidement. En vérité, dans cet animal échoué il lui semblait reconnaître une forme humaine !

Godfrey n'en était pas à dix pas qu'il s'arrêtait, comme s'il eût été cloué au sol, et s'écriait :

« Tartelett ! »

C'était le professeur de danse et de maintien.

Godfrey se précipita vers son compagnon, à qui, peut-être, il restait encore quelque souffle !

Un instant après, il reconnaissait que c'était la ceinture de sauvetage qui produisait ce gonflement et donnait l'aspect d'un monstre marin à l'infortuné professeur. Mais, bien que Tartelett fût sans mouvement, peut-être n'était-il pas mort ! Peut-être cet appareil natatoire l'avait-il soutenu au-dessus des eaux, pendant que les ondulations du ressac le portaient au rivage !

Godfrey se mit à l'œuvre. Il s'agenouilla près de Tartelett, il le débarrassa de sa ceinture, il le frictionna

« Tartelett ! » s'écriait Godfrey. (Voir p. 92.)

d'une main vigoureuse, il surprit enfin un léger souffle sur ses lèvres entrouvertes !… Il lui mit la main sur le cœur !… Le cœur battait encore.

Godfrey l'appela.

Tartelett remua la tête, puis il fit entendre un son rauque, suivi d'incohérentes paroles.

Godfrey le secoua violemment.

Tartelett ouvrit alors les yeux, passa sa main gauche sur son front, releva la main droite, et s'assura que sa précieuse pochette et son archet qu'il tenait étroitement ne l'avaient point abandonné.

« Tartelett ! mon cher Tartelett ! » s'écria Godfrey, en lui soulevant légèrement la tête.

Cette tête, avec son reste de cheveux ébouriffés, fit un petit signe affirmatif de haut en bas.

« C'est moi ! moi ! Godfrey !

— Godfrey ? » répondit le professeur.

Puis, le voilà qui se retourne, qui se met sur ses genoux, qui regarde, qui sourit, qui se relève !… Il a senti qu'il a enfin un point d'appui solide ! Il a compris qu'il n'est plus sur le pont d'un navire, soumis à toutes les incertitudes du roulis et du tangage ! La mer a cessé de le porter ! Il repose sur un sol ferme !

Et alors le professeur Tartelett retrouve cet aplomb qu'il avait perdu depuis son départ, ses pieds se placent naturellement en dehors, dans la position réglementaire, sa main gauche saisit la pochette, sa main droite brandit l'archet ; puis, tandis que les cordes, vigoureusement attaquées, rendent un son humide, d'une sonorité mélancolique, ces mots s'échappent de ses lèvres souriantes :

« En place, mademoiselle ! »

Le brave homme pensait à Phina.

IX

OÙ IL EST DÉMONTRÉ QUE TOUT N'EST PAS ROSE DANS LE MÉTIER DE ROBINSON

Cela fait, le professeur et l'élève se jetèrent dans les bras l'un de l'autre. « Mon cher Godfrey ! s'écria Tartelett.

— Mon bon Tartelett ! répondit Godfrey.

— Enfin, nous sommes donc arrivés au port ! » s'écria le professeur du ton d'un homme qui en a assez de la navigation et de ses accidents.

Il appelait cela : être arrivé au port !

Godfrey ne voulut pas discuter à ce sujet.

« Enlevez votre ceinture de sauvetage, dit-il. Cette machine vous étouffe et gêne vos mouvements !

— Pensez-vous donc que je puisse le faire sans inconvénients ? demanda Tartelett.

— Sans inconvénient, répondit Godfrey. Maintenant, serrez votre pochette et allons à la découverte.

— Allons, répliqua le professeur ; mais, s'il vous plaît, Godfrey, nous nous arrêterons au premier bar. Je meurs de faim, et une douzaine de sandwiches, arrosés de quelques verres de porto, me remettraient tout à fait sur mes jambes !

— Oui ! au premier bar !... répondit Godfrey en hochant la tête, et même au dernier... si le premier ne nous convient pas !

— Puis, reprit Tartelett, nous demanderons à quelque passant où se trouve le bureau télégraphique, afin de lancer immédiatement une dépêche à votre oncle Kolderup. J'imagine que cet excellent homme ne refusera pas de nous envoyer l'argent nécessaire pour regagner l'hôtel de Montgomery-Street, car je n'ai pas un cent sur moi !

— C'est convenu, au premier bureau télégraphique, répondit Godfrey, ou, s'il n'y en a pas dans ce pays, au premier bureau du Post-Office. En route, Tartelett ! »

Le professeur, se débarrassant de son appareil natatoire, le passa autour de lui comme un cor de chasse, et les voilà se dirigeant tous les deux vers la lisière de dunes qui bordaient le littoral.

Ce qui intéressait plus particulièrement Godfrey, à qui la rencontre de Tartelett avait rendu quelque espoir, c'était de reconnaître s'ils avaient seuls survécu au naufrage du *Dream*.

Un quart d'heure après avoir quitté le seuil du récif, nos deux explorateurs gravissaient une dune haute de soixante à quatre-vingts pieds et arrivaient à sa crête. De là, ils dominaient le littoral sur une large étendue, et leurs regards interrogeaient cet horizon de l'est, que les tumescences de la côte avaient caché jusqu'alors.

À une distance de deux ou trois milles dans cette direction, une seconde ligne de collines formait l'arrière-plan, et, au-delà, ne laissait rien voir de l'horizon.

Vers le nord, il semblait bien que la côte s'effilait en pointe, mais, si elle se raccordait à quelque cap projeté en arrière, on ne pouvait alors l'affirmer. Au sud, une crique creusait assez profondément le littoral, et, de ce côté, du moins, il semblait que l'Océan se dessinât à perte de vue. D'où la conclusion que cette terre du Pacifique devait être une presqu'île ; dans ce cas,

« Je n'aperçois pas la ville, fit observer Tartelett… » (Voir p. 98.)

l'isthme, qui la rattachait à un continent quelconque, il fallait le chercher vers le nord ou le nord-est.

Quoi qu'il en soit, cette contrée, loin d'être aride, disparaissait sous une agréable couche de verdure, longues prairies où serpentaient quelques rios limpides, hautes et épaisses forêts, dont les arbres s'étageaient jusque sur l'arrière-plan de collines. C'était d'un charmant aspect.

Mais, de maisons formant bourgade, village ou hameau, pas une en vue ! De bâtiments agglomérés et disposés pour l'exploitation d'un établissement agricole, d'une métairie, d'une ferme, pas l'apparence ! De fumée s'élevant dans l'air et trahissant quelque habitation enfouie sous les arbres, nulle échappée ! Ni un clocher dans le fouillis des arbres, ni un moulin sur quelque éminence isolée. Pas même, à défaut de maisons, une cabane, une case, un ajoupa, un wigwam ? Non ! rien. Si des êtres humains habitaient ce sol inconnu, ce ne pouvait être que dessous, non dessus, à la façon des troglodytes. Nulle route frayée, d'ailleurs, pas même un sentier, pas même une sente. Il semblait que le pied de l'homme n'eût jamais foulé ni un caillou de cette grève, ni un brin d'herbe de ces prairies.

« Je n'aperçois pas la ville, fit observer Tartelett, qui se haussait, cependant, sur ses pointes.

— Cela tient probablement à ce qu'il n'y en a pas dans cette partie de la province ! répondit Godfrey.

— Mais un village ?...

— Pas davantage !

— Où sommes-nous donc ?

— Je n'en sais rien.

— Comment ! vous n'en savez rien !... Mais, Godfrey, nous ne pouvons tarder à le savoir ?

— Qui peut le dire !

— Qu'allons-nous devenir alors ? s'écria Tartelett, en arrondissant ses bras qu'il leva vers le ciel.

— Des Robinsons peut-être ! »

Sur cette réponse, le professeur fit un bond tel qu'aucun clown n'en avait peut-être fait avant lui.

Des Robinsons ! eux ! Un Robinson ! lui ! Des descendants de ce Selkirck, qui vécut pendant de longues années à l'île Juan-Fernandez ! Des imitateurs de ces héros imaginaires de Daniel de Foe et de Wyss, dont ils avaient si souvent lu les aventures ! Des abandonnés, éloignés de leurs parents, de leurs amis, séparés de leurs semblables par des milliers de milles, destinés à disputer leur vie peut-être à des fauves, peut-être à des sauvages qui pouvaient aborder sur cette terre, des misérables sans ressources, souffrant de la faim, souffrant de la soif, sans armes, sans outils, presque sans vêtements, livrés à eux-mêmes !

Non ! c'était impossible !

« Ne me dites pas de ces choses-là, Godfrey, s'écria Tartelett. Non ! ne faites pas de ces plaisanteries ! La supposition seule suffirait à me tuer ! Vous avez voulu rire, n'est-ce pas ?

— Oui, mon brave Tartelett, répondit Godfrey, rassurez-vous ; mais d'abord, avisons au plus pressé ! »

En effet, il s'agissait de trouver une caverne, une grotte, un trou quelconque, afin d'y passer la nuit ; puis, on chercherait à ramasser ce que l'on pourrait trouver de coquillages comestibles, afin de calmer tant bien que mal les exigences de l'estomac.

Godfrey et Tartelett commencèrent donc à redescendre le talus des dunes, de manière à se diriger vers le récif. Godfrey se montrait très ardent en ses recherches ; Tartelett, très hébété dans ses transes de naufragé. Le premier regardait devant lui, derrière lui, de tous côtés ; le second n'était pas même capable de voir à dix pas.

Voici ce que se demandait Godfrey :

« S'il n'y a pas d'habitants sur cette terre, s'y trouve-t-il au moins des animaux ? »

Il entendait dire, par là, des animaux domestiques, c'est-à-dire du gibier de poil et de plume, non de ces fauves, qui abondent dans les régions de la zone tropicale et dont il n'avait que faire.

Ce serait ce que des recherches ultérieures lui permettraient seules de constater.

En tout cas, quelques bandes d'oiseaux animaient alors le littoral, des butors, des bernaches, des courlis, des sarcelles, qui voletaient, pépiaient, emplissaient l'air de leur vol et de leurs cris – une façon sans doute de protester contre l'envahissement de ce domaine.

Godfrey put avec raison conclure des oiseaux aux nids et des nids aux œufs. Puisque ces volatiles se réunissaient par troupes nombreuses, c'est que les roches devaient leur fournir des milliers de trous pour leur demeure habituelle. Au lointain, quelques hérons et des volées de bécassines indiquaient le voisinage d'un marais.

Les volatiles ne manquaient donc pas : la difficulté serait uniquement de s'en emparer sans une arme à feu pour les abattre. Or, en attendant, le mieux était de les utiliser à l'état d'œufs, et de se résoudre à les consommer sous cette forme élémentaire, mais nourrissante.

Toutefois si le dîner était là, comment le ferait-on cuire ? Comment parviendrait-on à se procurer du feu ? Importante question, dont la solution fut remise à plus tard.

Godfrey et Tartelett revinrent directement vers le récif, au-dessus duquel tournoyaient des bandes d'oiseaux de mer.

Une agréable surprise les y attendait.

En effet, parmi ceux des volatiles indigènes qui couraient sur le sable de la grève, qui picoraient au milieu des varechs et sous les touffes de plantes aquatiques, est-ce qu'ils n'apercevaient pas une douzaine de poules et deux ou trois coqs de race américaine ? Non ! ce n'était point une illusion, puisque, à leur approche, d'éclatants cocoricos retentirent dans l'air comme un appel de clairon !

Et plus loin, quels étaient donc ces quadrupèdes qui se glissaient entre les roches et cherchaient à atteindre les premières rampes des dunes, où foisonnaient quelques verdoyants arbustes ? Godfrey ne put s'y méprendre non plus. Il y avait là une douzaine d'agoutis, cinq ou six moutons, autant de chèvres, qui broutaient tranquillement les premières herbes, à la lisière même de la prairie.

« Ah ! Tartelett, s'écria-t-il, voyez donc ! »

Et le professeur regarda, mais sans rien voir, tant le sentiment de cette situation inattendue l'absorbait.

Une réflexion vint à l'esprit de Godfrey et elle était juste : c'est que ces animaux, poules, agoutis, chèvres, moutons, devaient appartenir au personnel animal du *Dream*. En effet, au moment où le bâtiment sombrait, les volatiles avaient facilement pu gagner le récif, puis la grève. Quant aux quadrupèdes, en nageant, ils s'étaient aisément transportés jusqu'aux premières roches du littoral.

« Ainsi, observa Godfrey, ce qu'aucun de nos infortunés compagnons n'a fait, de simples animaux, guidés par leur instinct, ont pu le faire ! Et de tous ceux que portait le *Dream*, il n'y a eu de salut que pour les bêtes !...

— En nous comptant ! » répondit naïvement Tartelett.

En effet, en ce qui le concernait, c'était bien comme un simple animal, inconsciemment, sans que son énergie morale y eût été pour rien, que le professeur avait pu se sauver !

Peu importait, d'ailleurs. C'était une circonstance très heureuse pour les deux naufragés qu'un certain nombre de ccs animaux eût atteint le rivage. On les rassemblerait, on les parquerait, et, avec la fécondité spéciale à leur espèce, si le séjour se prolongeait sur cette terre, il ne serait pas impossible d'avoir tout un troupeau de quadrupèdes et toute une basse-cour de volatiles.

Mais, ce jour-là, Godfrey voulut s'en tenir aux ressources alimentaires que pouvait fournir la côte, aussi bien en œufs qu'en coquillages. Le professeur Tartelett et lui se mirent donc à fouiller les interstices des pierres sous le tapis de varechs, non sans succès. Ils eurent bientôt recueilli une notable quantité de moules et de vignaux, que l'on pouvait à la rigueur manger crus. Quelques douzaines d'œufs de bernache furent aussi trouvés dans les hautes roches qui fermaient la baie à sa partie nord. Il y aurait eu là de quoi rassasier de plus nombreux convives. La faim pressant, Godfrey et Tartelett ne songeaient guère à se montrer trop difficiles pour ce premier repas.

« Et du feu ? dit celui-ci.

— Oui !... du feu !... » répondit celui-là.

C'était la plus grave des questions, et elle amena les deux naufragés à faire l'inventaire de leurs poches.

Ils se mirent à fouiller… (Voir p. 102.)

Celles du professeur étaient vides ou à peu près. Elles ne contenaient que quelques cordes de rechange pour sa pochette, et un morceau de colophane pour son archet. Le moyen, je vous le demande, de se procurer du feu avec cela !

Godfrey n'était guère mieux pourvu. Cependant, ce fut avec une extrême satisfaction qu'il retrouva dans sa poche un excellent couteau, que sa gaine de cuir avait soustrait au contact de la mer. Ce couteau, avec lame, vrille, serpe, scie, c'était un instrument précieux dans la circonstance. Mais, sauf cet outil, Godfrey et son compagnon n'avaient que leurs deux mains. Encore est-il que les mains du professeur ne s'étaient jamais exercées qu'à jouer de la pochette ou à faire des grâces. Godfrey pensa donc qu'il ne faudrait compter que sur les siennes.

Toutefois, il songea à utiliser celles de Tartelett pour se procurer du feu au moyen de deux morceaux de bois rapidement frottés l'un contre l'autre. Quelques œufs, durcis sous la cendre, auraient été singulièrement appréciés au second déjeuner de midi.

Donc, pendant que Godfrey s'occupait à dévaliser les nids, malgré les propriétaires qui essayaient de défendre leur progéniture en coquille, le professeur alla ramasser quelques morceaux de bois dont le sol était jonché au pied des dunes. Ce combustible fut rapporté au bas d'un rocher abrité du vent de mer. Tartelett choisit alors deux fragments bien secs, avec l'intention d'en dégager peu à peu le calorique au moyen d'un frottement vigoureux et continu.

Ce que font communément de simples sauvages polynésiens, pourquoi le professeur qui, dans son opinion, leur était de beaucoup supérieur, n'arriverait-il pas à le faire lui-même ?

Le voilà donc frottant, refrottant, à se disloquer les muscles du bras et de l'avant-bras. Il y mettait une sorte de rage, le pauvre homme ! Mais, soit que la qualité du bois ne fût pas convenable, soit qu'il n'eût pas un degré suffisant de siccité, soit enfin que le professeur s'y prît mal et n'eût pas le tour de main nécessaire à une opération de ce genre, s'il parvint à échauffer tant soit peu les deux morceaux ligneux, il réussit bien davantage à dégager de sa personne une chaleur intense. En somme, ce fut son front seul qui fuma sous les vapeurs de sa transpiration.

Lorsque Godfrey revint avec sa récolte d'œufs, il trouva Tartelett en nage, dans un état que ses exercices chorégraphiques n'avaient, sans doute, jamais provoqué.

« Ça ne va pas ? demanda-t-il.

— Non, Godfrey, ça ne va pas, répondit le professeur, et je commence à croire que ces inventions de sauvages ne sont que des imaginations pour tromper le pauvre monde !

— Non ! reprit Godfrey ; mais, en cela comme en toutes choses, il faut savoir s'y prendre.

— Alors, ces œufs ?...

— Il y aurait encore un autre moyen, répondit Godfrey. En attachant un de ces œufs au bout d'une ficelle, en le faisant tourner rapidement, puis en arrêtant brusquement le mouvement de rotation, peut-être ce mouvement se transformerait-il en chaleur, et alors...

— Alors l'œuf serait cuit ?

— Oui, si la rotation avait été considérable et l'arrêt brusque... mais comment produire cet arrêt sans écraser l'œuf ! Aussi, ce qu'il y a de plus simple, mon cher Tartelett, le voici. »

Et Godfrey, prenant délicatement un des œufs de bernache, en brisa la coquille à son extrémité, puis il le « goba » adroitement, sans plus de formalités.

Tartelett ne put se décider à l'imiter, et dut se contenter de sa part de coquillages.

Restait maintenant à chercher une grotte, une anfractuosité quelconque, afin d'y passer la nuit.

« Il est sans exemple, fit observer le professeur, que des Robinsons n'aient pas au moins trouvé une caverne, dont ils faisaient plus tard leur habitation.

— Cherchons donc », répondit Godfrey.

Si cela avait été jusqu'ici sans exemple, il faut bien avouer que, cette fois, la tradition fut rompue. En vain tous deux fouillèrent-ils la lisière rocheuse sur la partie septentrionale de la baie. Pas de caverne, pas de grotte, pas un seul trou qui pût servir d'abri. Il fallut y renoncer. Aussi Godfrey résolut-il d'aller en reconnaissance jusqu'aux premiers arbres de l'arrière-plan, au-delà de cette lisière sablonneuse.

Tartelett et lui remontèrent donc le talus de la première ligne des dunes, et ils s'engagèrent à travers les verdoyantes prairies qu'ils avaient entrevues quelques heures auparavant.

Circonstance bizarre et heureuse à la fois, les autres survivants du naufrage les suivaient volontairement. Évidemment, coqs, poules, moutons, chèvres, agoutis, poussés par leur instinct, avaient tenu à les accompagner. Sans doute ils se sentaient trop seuls sur cette grève, qui ne leur offrait de ressources suffisantes ni en herbes ni en vermisseaux.

Trois quarts d'heure plus tard, Godfrey et Tartelett – ils n'avaient guère causé pendant cette exploration – arrivaient à la lisière des arbres. Nulle trace d'habitations ni d'habitants. Solitude complète. On pouvait même se demander si cette partie de la contrée avait jamais reçu l'empreinte d'un pied humain !

En cet endroit, quelques beaux arbres poussaient par groupes isolés, et d'autres, plus pressés à un quart de mille en arrière, formaient une véritable forêt d'essences diverses.

Godfrey chercha quelque vieux tronc, évidé par les ans, qui pût offrir un abri entre ses parois ; mais ses recherches furent vaines, bien qu'il les eût poursuivies jusqu'à la nuit tombante.

La faim les aiguillonnait vivement alors, et tous deux durent se contenter des coquillages, dont ils avaient préalablement fait une ample récolte sur la grève. Puis, brisés de fatigue, ils se couchèrent au pied d'un arbre et s'endormirent, comme on dit, à la grâce de Dieu.

X

OÙ GODFREY FAIT CE QUE TOUT AUTRE NAUFRAGÉ EÛT FAIT EN PAREILLE CIRCONSTANCE

La nuit se passa sans aucun incident. Les deux naufragés, rompus par les émotions et la fatigue, avaient reposé aussi tranquillement que s'ils eussent été couchés dans la plus confortable chambre de l'hôtel de Montgomery-Street.

Le lendemain, 27 juin, aux premiers rayons du soleil levant, le chant du coq les réveillait.

Godfrey revint presque aussitôt au sentiment de la situation, tandis que Tartelett dut longtemps se frotter les yeux et s'étirer les bras, avant d'être rentré dans la réalité.

« Est-ce que le déjeuner de ce matin ressemblera au dîner d'hier ? demanda-t-il tout d'abord.

— Je le crains, répondit Godfrey, mais j'espère que nous dînerons mieux ce soir ! »

Le professeur ne put retenir une moue significative. Où étaient le thé et les sandwiches, qui jusqu'alors lui étaient apportés à son réveil ! Comment, sans ce repas préparatoire, pourrait-il attendre l'heure d'un déjeuner… qui ne sonnerait jamais peut-être !

Mais il fallait prendre un parti. Godfrey sentait bien maintenant la responsabilité qui pesait sur lui, sur lui seul, puisqu'il n'avait rien à attendre de son compagnon. Dans cette boîte vide qui servait de crâne au professeur, il ne pouvait naître aucune idée pratique : Godfrey devait penser, imaginer, décider pour deux.

Il donna un premier souvenir à Phina, sa fiancée, dont il avait si étourdiment refusé de faire sa femme, un second, à son oncle Will, qu'il avait si imprudemment quitté, et se retournant vers Tartelett :

« Pour varier notre ordinaire, dit-il, voici encore quelques coquillages et une demi-douzaine d'œufs !

— Et rien pour les faire cuire !

— Rien ! dit Godfrey. Mais si ces aliments mêmes nous manquaient, que diriez-vous donc, Tartelett ?

— Je dirais que rien n'est pas assez ! » répondit le professeur d'un ton sec.

Néanmoins, il fallut se contenter de ce repas plus que sommaire. C'est ce qui fut fait.

L'idée très naturelle qui vint alors à Godfrey, ce fut de pousser plus avant la reconnaissance commencée la veille. Avant tout, il importait de savoir, autant que possible, en quelle partie de l'océan Pacifique le *Dream* s'était perdu, afin de chercher à atteindre quelque endroit habité de ce littoral, où l'on pourrait, soit organiser un mode de rapatriement, soit attendre le passage d'un navire.

Godfrey observa que s'il pouvait dépasser la seconde ligne de collines, dont le profil pittoresque se dessinait au-dessus de la forêt, peut-être serait-il fixé à cet égard. Or, il ne pensait pas qu'il lui fallût plus d'une heure ou deux pour y arriver : c'est à cette urgente exploration qu'il résolut de consacrer les premières heures du jour.

Il regarda autour de lui. Les coqs et les poules étaient en train de picorer dans les hautes herbes. Agoutis, chèvres, moutons, allaient et venaient sur la lisière des arbres.

Or, Godfrey ne se souciait pas de traîner à sa suite toute cette troupe de volatiles et de quadrupèdes. Mais, pour les retenir plus sûrement en cet endroit, il fallait laisser Tartelett à leur garde.

Celui-ci consentit à rester seul et à se faire, pendant quelques heures, le berger de ce troupeau.

Il ne fit qu'une observation :

« Si vous alliez vous perdre, Godfrey ?

— N'ayez aucune crainte à cet égard, répondit le jeune homme. Je n'ai que cette forêt à traverser, et comme vous n'en quitterez pas la lisière, je suis certain de vous y retrouver.

— N'oubliez pas la dépêche à votre oncle Will, et demandez-lui plusieurs centaines de dollars !

— La dépêche… ou la lettre ! C'est convenu ! » répondit Godfrey, qui, tant qu'il ne serait pas fixé sur la situation de cette terre, voulait laisser à Tartelett toutes ses illusions.

Puis, après avoir serré la main du professeur, il s'enfonça sous le couvert de ces arbres, dont l'épais feuillage laissait à peine filtrer quelques rayons solaires. C'était leur direction qui devait, cependant, guider notre jeune explorateur vers cette haute colline, dont le rideau dérobait encore à ses regards tout l'horizon de l'est.

De sentier, il n'y en avait pas. Le sol, cependant, n'était point vierge de toute empreinte. Godfrey remarqua, en de certains endroits, des passées d'animaux. À deux ou trois reprises, il crut même voir s'enfuir quelques rapides ruminants, élans, daims ou cerfs wapitis, mais il ne reconnut aucune trace de bêtes féroces, telles que tigres ou jaguars, dont il n'avait pas lieu, d'ailleurs, de regretter l'absence.

Le haut entresol de la forêt, c'est-à-dire toute cette portion des arbres comprise entre la première fourche et l'extrémité des branches, donnait asile à un grand nombre d'oiseaux : c'étaient des pigeons sauvages par centaines, puis, sous les futaies, des orfraies, des coqs de bruyère, des aracaris au bec en patte de homard, et plus haut, planant au-dessus des clairières, deux ou trois de ces gypaètes, dont l'œil ressemble à une cocarde. Toutefois, aucun de ces volatiles n'était d'une espèce assez spéciale pour qu'on en pût déduire quelle était la latitude de ce continent.

Il en était ainsi des arbres de cette forêt. Mêmes essences à peu près que celles de cette partie des États-Unis qui comprend la Basse-Californie, la baie de Monterey et le Nouveau-Mexique. Là poussaient des arbousiers, des cornouillers à grandes fleurs, des érables, des bouleaux, des chênes, quatre ou cinq variétés de magnolias et de pins maritimes, tels qu'il s'en

Il s'enfonça sous le couvert des arbres… (Voir p. 110.)

rencontre dans la Caroline du Sud ; puis, au milieu de vastes clairières, des oliviers, des châtaigniers, et, en fait d'arbrisseaux, des touffes de tamarins, de myrtes, de lentisques, ainsi qu'en produit le sud de la zone tempérée. En général, il y avait assez d'espace entre ces arbres pour que l'on pût passer, sans être obligé de recourir ni au feu ni à la hache. La brise de mer circulait facilement à travers le haut branchage, et, çà et là, de grandes plaques de lumière miroitaient sur le sol.

Godfrey allait donc ainsi, traversant en ligne oblique ces dessous de grands bois. De prendre quelques précautions, cela ne lui venait même pas à l'idée. Le désir d'atteindre les hauteurs qui bordaient la forêt dans l'est l'absorbait tout entier. Il cherchait, à travers le feuillage, la direction des rayons solaires, afin de marcher plus directement à son but. Il ne voyait même pas ces oiseaux-guides – ainsi nommés parce qu'ils volent devant les pas du voyageur –, s'arrêtant, retournant, repartant, comme s'ils voulaient lui indiquer sa route. Rien ne le pouvait distraire.

Cette contention d'esprit se comprend. Avant une heure, son sort allait être résolu ! Avant une heure, il saurait s'il était possible d'atteindre quelque portion habitée de ce continent !

Déjà Godfrey, raisonnant d'après ce qu'il connaissait de la route suivie et du chemin fait par le *Dream*, pendant une navigation de dix-sept jours, s'était dit qu'il n'y avait que le littoral japonais ou la côte chinoise sur lesquels le navire eût pu sombrer. D'ailleurs, la position du soleil, toujours dans le sud par rapport à lui, démontrait clairement que le *Dream* n'avait pas franchi la limite de l'hémisphère méridional.

Deux heures après son départ, Godfrey estimait à cinq milles environ le chemin parcouru, en tenant compte de quelques détours, auxquels l'épaisseur du bois l'avait parfois obligé. Le second plan de collines ne pouvait être loin. Déjà les arbres s'espaçaient, formant quelques groupes isolés, et les rayons de lumière pénétraient plus facilement à travers les hautes ramures. Le sol accusait aussi une certaine déclivité, qui ne tarda pas à se changer en rampe assez rude.

Quoiqu'il fût passablement fatigué, Godfrey eut assez de volonté pour ne pas ralentir sa marche. Courir, il l'eût fait, sans doute, n'eût été la raideur des premières pentes.

Bientôt il se fut assez élevé pour dominer la masse générale de ce dôme verdoyant qui s'étendait derrière lui, et dont quelques têtes d'arbres émergeaient çà et là.

Mais Godfrey ne songeait pas à regarder en arrière. Ses yeux ne quittaient plus cette ligne de faîte dénudée qui se profilait à quatre ou cinq cents pieds en avant et au-dessus de lui. C'était la barrière qui lui cachait toujours l'horizon oriental.

Un petit cône, obliquement tronqué, dépassait cette ligne accidentée, et se raccordait par des pentes douces à la crête sinueuse que dessinait l'ensemble des collines.

« Là !... Là !... se dit Godfrey. C'est ce point qu'il faut atteindre !... C'est le sommet de ce cône !... Et de là, que verrai-je ?... Une ville ?... un village ?... le désert ? »

Très surexcité, Godfrey montait toujours, serrant ses coudes à sa poitrine pour contenir les battements de son cœur. Sa respiration un peu haletante le fatiguait, mais il n'aurait pas eu la patience de s'arrêter pour reprendre haleine. Dût-il tomber, à demi pâmé, au sommet du cône, qui ne se dressait plus qu'à une centaine de pieds au-dessus de sa tête, il ne voulait pas perdre une minute à s'attarder.

Enfin, quelques instants encore, et il serait au but. La rampe lui semblait assez raide de ce côté, sous un angle de trente à trente-cinq degrés. Il s'aidait des pieds et des mains ; il se cramponnait aux touffes d'herbes grêles du talus, aux quelques maigres arbrisseaux de lentisques ou de myrtes, qui s'étageaient jusqu'à la crête.

Un dernier effort fut fait ! De la tête, enfin, il dépassa la plate-forme du cône, tandis que, couché à plat ventre, ses yeux parcouraient avidement tout l'horizon de l'est…

C'était la mer qui le formait et allait se confondre à une vingtaine de milles, au-delà, avec la ligne du ciel !

Il se retourna…

La mer encore, à l'ouest, au sud, au nord !… l'immense mer, l'entourant de toutes parts !

« Une île ! »

En jetant ce mot, Godfrey éprouva un vif serrement de cœur. La pensée ne lui était pas venue qu'il pût être dans une île ! Et cela était, cependant ! La chaîne terrestre, qui aurait pu le rattacher au continent, était brusquement rompue ! Il ressentait cette impression d'un homme endormi dans une embarcation entraînée à la dérive, qui se réveille sans avoir ni aviron ni voile pour regagner la terre !

Mais Godfrey se remit vite. Son parti fut pris d'accepter la situation. Quant aux chances de salut, puisqu'elles ne pouvaient venir du dehors, c'était à lui de les faire naître.

Il s'agissait, d'abord, de reconnaître aussi exactement que possible la disposition de cette île, que son regard

« Une île ! » (Voir p. 114.)

embrassait dans toute son étendue. Il estima qu'elle devait mesurer environ soixante milles de circonférence, ayant à vue d'œil vingt milles de longueur du sud au nord, sur douze milles de largeur de l'est à l'ouest.

Quant à sa partie centrale, elle se dérobait sous la verdoyante épaisse forêt, qui s'arrêtait à la ligne de faîte dominée par le cône, dont le talus venait mourir au littoral.

Tout le reste n'était que prairie avec des massifs d'arbres, ou grève avec des rochers, projetant leurs dernières assises sous la forme de caps et de promontoires capricieusement effilés. Quelques criques découpaient la côte, mais n'auraient pu donner refuge qu'à deux ou trois barques de pêche. Seule, la baie au fond de laquelle le *Dream* avait fait naufrage mesurait une étendue de sept à huit milles. Semblable à une rade foraine, elle s'ouvrait sur les deux tiers du compas ; un bâtiment n'y aurait pas trouvé d'abri sûr, à moins que le vent n'eût soufflé de l'est.

Mais quelle était cette île ? De quel groupe géographique relevait-elle ? Appartenait-elle à un archipel, ou n'était-ce qu'un accident isolé dans cette portion du Pacifique ?

En tout cas, aucune autre île, grande ou petite, haute ou basse, n'apparaissait dans le rayon de vue.

Godfrey s'était relevé et interrogeait l'horizon. Rien sur cette ligne circulaire où se confondaient la mer et le ciel. Si donc il existait au vent ou sous le vent quelque île ou quelque côte d'un continent, ce ne pouvait être qu'à une distance considérable.

Godfrey fit appel à tous ses souvenirs en géographie, afin de deviner quelle était cette île du Pacifique. Par raisonnement, il arriva à ceci : le *Dream*, pendant dix-sept jours, avait suivi, à peu de chose près, la direction du sud-ouest. Or, avec une vitesse de cent cinquante à cent quatre-vingts milles par vingt-quatre heures, il devait avoir parcouru près de cinquante degrés. D'autre part, il était établi qu'il n'avait pas dépassé la ligne équatoriale. Donc, il fallait chercher la situation de l'île ou du groupe duquel elle dépendait peut-être, dans la partie comprise entre les cent soixantième et cent soixante-dixième degrés nord.

Sur cette portion de l'océan Pacifique, il sembla bien à Godfrey qu'une carte ne lui eût pas offert d'autre archipel que celui des Sandwich ; mais, en dehors de cet archipel, n'y avait-il pas des îles isolées, dont les noms lui échappaient et qui formaient comme un grand semis jusqu'au littoral du Céleste Empire ?

Peu importait, d'ailleurs. Il n'existait aucun moyen d'aller chercher en un autre point de l'Océan une terre plus hospitalière.

« Eh bien, se dit Godfrey, puisque je ne connais pas le nom de cette île, qu'elle soit nommée île Phina, en souvenir de celle que je n'aurais pas dû abandonner pour aller courir le monde, et puisse ce nom nous porter bonheur ! »

Godfrey s'occupa alors de reconnaître si l'île était habitée dans la partie qu'il n'avait pu visiter encore.

Du sommet du cône, il ne vit rien qui décelât des traces d'indigènes, ni habitations dans la prairie, ni maisons à la lisière des arbres, ni même une seule case de pêcheur sur la côte.

Mais si l'île était déserte, cette mer qui l'entourait ne l'était pas moins, et aucun navire ne se montrait dans les limites d'une périphérie à laquelle la hauteur du cône donnait un développement considérable.

Godfrey, exploration faite, n'avait plus qu'à redescendre au pied de la colline et à reprendre le chemin de la forêt, afin d'y rejoindre Tartelett. Mais, avant de quitter la place, son regard fut attiré par une sorte de futaie d'arbres de grande taille, qui se dressait à la limite des prairies du nord. C'était un groupe gigantesque : il dépassait de la tête tous ceux que Godfrey avait vus jusqu'alors.

« Peut-être, se dit-il, y aura-t-il lieu de chercher à s'installer de ce côté, d'autant mieux que, si je ne me trompe, j'aperçois un ruisseau, qui doit prendre naissance à quelque source de la chaîne centrale et coule à travers la prairie. »

Ce serait à examiner dès le lendemain.

Vers le sud, l'aspect de l'île était un peu différent. Forêts et prairies faisaient plus vite place au tapis jaune des grèves, et, par endroits, le littoral se redressait en roches pittoresques.

Mais, quelle fut la surprise de Godfrey, lorsqu'il crut apercevoir une légère fumée, qui s'élevait dans l'air, au-delà de cette barrière rocheuse.

« Y a-t-il donc là quelques-uns de nos compagnons ! s'écria-t-il. Mais non ! ce n'est pas possible ! Pourquoi se seraient-ils éloignés de la baie depuis hier, et jusqu'à plusieurs milles du récif ? Serait-ce donc un village de pêcheurs ou le campement d'une tribu indigène ? »

Godfrey observa avec la plus extrême attention. Était-ce bien une fumée, cette vapeur déliée que la brise rabattait doucement vers l'ouest ? On pouvait s'y tromper. En tout cas, elle ne tarda pas à s'évanouir : quelques minutes après, on n'en pouvait plus rien voir.

C'était un espoir déçu.

Godfrey regarda une dernière fois dans cette direction ; puis, n'apercevant plus rien, il se laissa glisser le long du talus, redescendit les pentes de la colline et s'enfonça de nouveau sous les arbres.

Une heure plus tard, il avait traversé toute la forêt et se retrouvait à sa lisière.

Là attendait Tartelett, au milieu de son troupeau, à deux et quatre pattes. Et, à quelle occupation se livrait l'obstiné professeur? À la même, toujours. Un morceau de bois dans la main droite, un autre dans la main gauche, il s'exténuait encore à vouloir les enflammer. Il frottait, il frottait avec une constance digne d'un meilleur sort.

« Eh bien, demanda-t-il du plus loin qu'il aperçut Godfrey, et le bureau télégraphique?

— Il n'était pas ouvert! répondit Godfrey, qui n'osait encore rien dire de la situation.

— Et la poste?

— Elle était fermée! Mais déjeunons!... Je meurs de faim!... Nous causerons ensuite. »

Et ce matin-là Godfrey et son compagnon durent encore se contenter de ce trop maigre repas d'œufs crus et de coquillages!

« Régime très sain! » répétait Godfrey à Tartelett, qui n'était guère de cet avis et ne mangeait que du bout des lèvres.

XI

DANS LEQUEL LA QUESTION DU LOGEMENT EST RÉSOLUE AUTANT QU'ELLE PEUT L'ÊTRE

La journée était déjà assez avancée. Aussi Godfrey résolut-il de remettre au lendemain le soin de procéder à une installation nouvelle. Mais, aux questions pressantes que lui posa le professeur sur les résultats de son exploration, il finit par répondre que c'était une île – l'île Phina –, sur laquelle ils avaient été jetés tous les deux, et qu'il faudrait aviser aux moyens d'y vivre, avant de songer aux moyens de la quitter.

« Une île ! s'écria Tartelett.

— Oui !... c'est une île !

— Que la mer entoure ?

— Naturellement.

— Mais quelle est-elle ?

— Je vous l'ai dit, l'île Phina, et vous comprendrez pourquoi j'ai voulu lui donner ce nom !

— Non !... Je ne le comprends pas, répondit Tartelett, en faisant la grimace, et je ne vois pas la ressemblance ! Miss Phina est entourée de terre, elle ! »

Sur cette réflexion mélancolique, on se disposa à passer la nuit le moins mal possible. Godfrey retourna au récif faire une nouvelle provision d'œufs et de mollusques, dont il fallut bien se contenter ; puis, la fatigue aidant, il ne tarda pas à s'endormir au pied d'un arbre, pendant que Tartelett, dont la philosophie ne pouvait accepter un tel état de choses, se livrait aux plus amères réflexions.

Le lendemain, 28 juin, tous deux étaient sur pied, avant que le coq n'eût interrompu leur sommeil.

Et d'abord un déjeuner sommaire – le même que la veille. Seulement, l'eau fraîche d'un petit ruisseau fut avantageusement remplacée par un peu de lait, qu'une des chèvres se laissa traire.

Ah ! digne Tartelett ! où étaient ce « mint-julep », ce « portwine sangrie », ce « sherry-cobbler », ce « sherry-cocktail », dont il ne buvait guère, mais qu'il aurait pu se faire servir à toute heure dans les bars et

Pendant que Tartelett se livrait aux plus amères réflexions. (Voir p. 120.)

les tavernes de San Francisco ? Il en était à envier ces volatiles, ces agoutis, ces moutons, qui se désaltéraient, sans réclamer aucune adjonction de principes sucrés ou alcoolisés à l'eau claire ! À ces bêtes, il ne fallait pas de feu pour cuire leurs aliments : racines, herbes, graines, suffisaient, et leur déjeuner était toujours servi à point sur la table verte.

« En route », dit Godfrey.

Et les voilà tous deux partis, suivis de leur cortège d'animaux domestiques, qui, décidément, ne voulaient point les quitter.

Le projet de Godfrey était d'aller explorer, au nord de l'île, cette portion de la côte, sur laquelle s'élevait ce bouquet de grands arbres qu'il avait aperçu du haut du cône. Mais, pour s'y rendre, il résolut de suivre le littoral. Peut-être le ressac y aurait-il apporté quelque épave du naufrage ? Peut-être trouverait-il là, sur le sable de la grève, quelques-uns de ses compagnons du *Dream*, gisant sans sépulture, et auxquels il conviendrait de donner une inhumation chrétienne ? Quant à rencontrer vivant, après avoir été sauvé comme lui, un seul matelot de l'équipage, il ne l'espérait plus, trente-six heures après la catastrophe.

La première ligne des dunes fut donc franchie. Godfrey et son compagnon se retrouvèrent bientôt à la naissance du récif, et ils le revirent tout aussi désert qu'ils l'avaient laissé. Là, par précaution, ils renouvelèrent leur provision d'œufs et de coquillages, dans la prévision que ces maigres ressources pourraient leur manquer au nord de l'île. Puis, suivant la frange des varechs abandonnés par la dernière marée, ils remontèrent en interrogeant du regard toute cette portion de la côte.

Rien ! toujours rien !

Décidément, convenons que si la mauvaise fortune avait fait des Robinsons de ces deux survivants du *Dream*, elle s'était montrée plus rigoureuse à leur égard qu'envers leurs devanciers ! À ceux-ci, il restait toujours quelque chose du bâtiment naufragé. Après en avoir retiré une foule d'objets de première nécessité, ils pouvaient en utiliser les débris. C'étaient des vivres pour quelque temps, des vêtements, des outils, des armes, enfin de quoi pourvoir aux exigences les plus élémentaires de la vie. Mais ici, rien de tout cela ! Au milieu de cette nuit noire, le navire avait disparu dans les profondeurs de la mer, sans laisser au récif la moindre de ses épaves ! Il n'avait pas été possible d'en rien sauver... pas même une allumette – et en réalité, c'était surtout cette allumette qui faisait défaut.

Je le sais bien, de braves gens, confortablement installés dans leur chambre, devant une bonne cheminée, où flambent le charbon et le bois, vous disent volontiers :

« Mais rien de plus facile que de se procurer du feu ! Il y a mille moyens pour cela ! Deux cailloux !... Un peu de mousse sèche !... Un peu de linge brûlé... et comment le brûler, ce linge ?... Puis, la lame d'un couteau servant de briquet... ou deux morceaux de bois vivement frottés simplement, à la façon polynésienne !... »

Eh bien, essayez !

C'étaient là les réflexions que Godfrey se faisait tout en marchant, et ce qui, à bon droit, le préoccupait le plus. Peut-être, lui aussi, tisonnant devant sa grille chargée de coke, en lisant des récits de voyages, avait-il pensé comme ces braves gens ! Mais, à l'essai, il en était revenu, et il ne voyait pas sans une certaine inquiétude lui manquer le feu, cet indispensable élément, que rien ne peut remplacer.

Il allait donc, perdu dans ses pensées, précédant Tartelett, dont tout le soin consistait à rallier par ses cris le troupeau des moutons, des agoutis, des chèvres et des volatiles.

Soudain son regard fut attiré par les vives couleurs d'une grappe de petites pommes, qui pendaient aux branches de certains arbustes, disséminés par centaines au pied des dunes. Il reconnut aussitôt quelques-uns de ces « manzanillas », dont les Indiens se nourrissent volontiers dans certaines portions de la Californie.

« Enfin ! s'écria-t-il, voilà de quoi varier un peu nos repas d'œufs et de coquillages !

— Quoi ! cela se mange ? dit Tartelett, qui, suivant son habitude, commença par faire la grimace.

— Voyez plutôt ! » répondit Godfrey.

Et il se mit à cueillir quelques-unes de ces manzanillas, dans lesquelles il mordit avidement.

Ce n'étaient que des pommes sauvages, mais leur acidité même ne laissait pas d'être agréable. Le professeur ne tarda pas à imiter son compagnon, et ne se montra pas trop mécontent de la trouvaille. Godfrey pensa, avec raison, que l'on pourrait tirer de ces fruits une boisson fermentée, qui serait toujours préférable à l'eau claire.

La marche fut reprise. Bientôt l'extrémité de la dune sablonneuse vint mourir sur une prairie que traversait un petit rio aux eaux courantes. C'était celui que Godfrey avait aperçu du sommet du cône. Quant aux grands arbres, ils se massaient un peu plus loin, et, après une course de neuf milles environ, les deux explorateurs,

Une vingtaine d'arbres gigantesques… (Voir p. 126.)

assez fatigués de cette promenade de quatre heures, y arrivèrent, quelques minutes après midi.

Le site valait vraiment la peine d'être regardé, visité, choisi, et, sans doute, occupé.

Là, en effet, sur la lisière d'une vaste prairie, coupée de buissons de manzanillas et autres arbustes, s'élevaient une vingtaine d'arbres gigantesques, qui auraient pu supporter la comparaison avec les mêmes essences des forêts californiennes. Ils étaient disposés en demi-cercle. Le tapis de verdure qui s'étendait à leur pied, après avoir bordé le lit du rio pendant quelques centaines de pas encore, faisait place à une longue grève, semée de roches, de galets, de goémons, dont le prolongement se dessinait en mer par une pointe effilée de l'île vers le nord.

Ces arbres géants, ces « big-trees » – les gros arbres –, ainsi qu'on les appelle communément dans l'Ouest-Amérique, appartenaient au genre des séquoias, conifères de la famille des sapins. Si vous demandiez à des Anglais sous quel nom plus spécial ils les désignent : « des Wellingtonias », répondraient-ils. Si vous le demandiez à des Américains : « des Washingtonias » serait leur réponse.

On voit tout de suite la différence.

Mais, qu'ils rappellent le souvenir du flegmatique vainqueur de Waterloo ou la mémoire de l'illustre fondateur de la république américaine, ce sont toujours les plus énormes produits connus de la flore californienne et névadienne.

En effet, dans certaines parties de ces États, il y a des forêts entières de ces arbres, tels que les groupes de Mariposa et de Calavera, dont quelques-uns mesurent de soixante à quatre-vingts pieds de circonférence sur une hauteur de trois cents. L'un d'eux, à l'entrée de la vallée de Yosemiti, n'a pas moins de cent pieds de tour ; de son vivant – car il est maintenant couché à terre –, ses dernières branches auraient atteint la hauteur du Munster de Strasbourg, c'est-à-dire plus de quatre cents pieds. On cite encore la « Mère de la forêt », la « Beauté de la forêt », la « Cabane du pionnier », les « Deux Sentinelles », le « Général Grant », « Mademoiselle Emma », « Mademoiselle Marie », « Brigham Young et sa femme », les « Trois Grâces », l'« Ours », etc., qui sont de véritables phénomènes végétaux. Sur le tronc, scié à sa base, de l'un de ces arbres, on a construit un kiosque, dans lequel un quadrille de seize à vingt personnes peut manœuvrer à l'aise. Mais, en réalité, le géant de ces géants, au milieu d'une forêt qui est la propriété de l'État, à une quinzaine de milles de Murphy, c'est le « Père de la forêt », vieux séquoia âgé de quatre mille ans ; il s'élève à quatre cent cinquante-deux pieds du sol, plus haut que la croix de Saint-Pierre de Rome, plus haut que la grande pyramide de Gizeh, plus haut enfin que ce clocheton de fer qui se dresse maintenant sur une des tours de la cathédrale de Rouen et doit être tenu pour le plus haut monument du monde.

C'était un groupe d'une vingtaine de ces colosses que le caprice de la nature avait semés sur cette pointe de l'île, à l'époque peut-être où le roi Salomon construisait ce temple de Jérusalem, qui ne s'est jamais relevé de ses ruines. Les plus grands pouvaient avoir près de trois cents pieds, les plus petits deux cent cinquante. Quelques-uns, intérieurement évidés par la vieillesse, montraient à leur base une arche gigantesque, sous laquelle eût passé toute une troupe à cheval.

Godfrey fut frappé d'admiration en présence de ces phénomènes naturels, qui n'occupent généralement que les altitudes de cinq à six mille pieds au-dessus du niveau de la mer. Il trouva même que cette vue seule aurait valu le voyage. Rien de comparable, en effet, à ces colonnes d'un brun clair, qui se profilaient presque sans diminution sensible de leur diamètre, depuis la racine jusqu'à la première fourche. Ces fûts cylindriques, à une hauteur de quatre-vingts à cent pieds au-dessus du sol, se ramifiant en fortes branches, épaisses comme des troncs d'arbres déjà énormes, portaient ainsi toute une forêt dans les airs.

L'un de ces « sequoias giganteas » – c'était un des plus grands du groupe – attira plus particulièrement l'attention de Godfrey. Creusé à sa base, il présentait une ouverture large de quatre à cinq pieds, haute de dix, qui permettait de pénétrer à l'intérieur. Le cœur du géant avait disparu, l'aubier s'était dissipé en une poussière tendre et blanchâtre ; mais si l'arbre ne reposait plus sur ses puissantes racines que par sa solide écorce, il pouvait encore vivre ainsi pendant des siècles.

« À défaut de caverne ou de grotte, s'écria Godfrey, voilà une habitation toute trouvée, une maison de bois, une tour, comme il n'y en a pas dans les pays habités ! Là, nous pourrons être clos et couverts ! Venez, Tartelett, venez ! »

Et le jeune homme, entraînant son compagnon, s'introduisit à l'intérieur du séquoia.

Le sol était couvert d'un lit de poussière végétale, et son diamètre n'était pas inférieur à vingt pieds anglais. Quant à la hauteur à laquelle s'arrondissait la voûte, l'obscurité empêchait de l'estimer. Mais nul rayon de lumière ne se glissait à travers les parois d'écorce de cette sorte de cave. Donc, pas de fentes, pas de failles, par lesquelles la pluie ou le vent auraient pu pénétrer. Il était certain que nos deux Robinsons se trouveraient là dans des conditions supportables pour braver impunément les intempéries du ciel. Une caverne n'eût été ni plus solide, ni plus sèche, ni plus close. En vérité, il eût été difficile de trouver mieux !

« Hein, Tartelett, que pensez-vous de cette demeure naturelle ? demanda Godfrey.

— Oui, mais la cheminée ? dit Tartelett.

— Avant de réclamer la cheminée, répondit Godfrey, attendez au moins que nous ayons pu nous procurer du feu ! »

C'était on ne peut plus logique.

Godfrey alla reconnaître les environs du groupe d'arbres. Ainsi qu'il a été dit, la prairie s'étendait jusqu'à cet énorme massif de séquoias, qui en formait la lisière. Le petit rio, courant à travers son tapis verdoyant, entretenait au milieu de ces terres, un peu fortes, une salutaire fraîcheur. Des arbustes de diverses sortes croissaient sur ses bords, myrtes, lentisques, entre autres, quantité de ces manzanillas, qui devaient assurer la récolte des pommes sauvages.

Plus loin, en remontant, quelques bouquets d'arbres, des chênes, des hêtres, des sycomores, des micocouliers, s'éparpillaient sur toute cette vaste zone herbeuse ; mais bien qu'ils fussent, eux aussi, de grande taille, on les eût pris pour de simples arbrisseaux, auprès de ces « Mammoths-trees », dont le soleil levant devait prolonger les grandes ombres jusqu'à la mer. À travers ces prairies se dessinaient aussi de sinueuses lignes d'arbustes, de touffes végétales, de buissons verdoyants, que Godfrey se promit d'aller reconnaître le lendemain.

Si le site lui avait plu, il ne semblait pas déplaire aux animaux domestiques. Agoutis, chèvres, moutons,

« Oui, mais la cheminée ? » dit Tartelett. (Voir p. 129.)

avaient pris possession de ce domaine, qui leur offrait des racines à ronger ou de l'herbe à brouter au-delà de leur suffisance. Quant aux poules, elles becquetaient avidement des graines ou des vers sur les bords du ruisseau. La vie animale se manifestait déjà par des allées et venues, des gambades, des vols, des bêlements, des grognements, des gloussements, qui, sans doute, ne s'étaient jamais fait entendre en ces parages.

Puis, Godfrey revint au groupe des séquoias, et examina plus attentivement l'arbre dans lequel il allait faire élection de domicile. Il lui parut qu'il serait, sinon impossible, du moins bien difficile de se hisser jusqu'à ses premières branches, au moins par l'extérieur, puisque ce tronc ne présentait aucune saillie ; mais, à l'intérieur, peut-être l'ascension serait-elle plus aisée, si l'arbre se creusait jusqu'à la fourche entre le cœur et l'écorce.

Il pouvait être utile, en cas de danger, de chercher un refuge dans cette épaisse ramure que supportait l'énorme tronc. Ce serait une question à examiner plus tard.

Lorsque cette exploration fut terminée, le soleil était assez bas sur l'horizon, et il parut convenable de remettre au lendemain les préparatifs d'une installation définitive.

Mais, cette nuit, après un repas dont le dessert se composa de pommes sauvages, où pouvait-on mieux la passer que sur cette poussière végétale, qui couvrait le sol à l'intérieur du séquoia ?

C'est ce qui fut fait sous la garde de la Providence, non sans que Godfrey, en souvenir de l'oncle William W. Kolderup, n'eût donné le nom de Will-Tree à cet arbre gigantesque, dont les similaires des forêts de Californie et des États voisins portent tous le nom de l'un des grands citoyens de la république américaine.

XII

QUI SE TERMINE JUSTE À POINT PAR UN SUPERBE ET HEUREUX COUP DE FOUDRE

Pourquoi ne pas en convenir ? Godfrey était en train de devenir un nouvel homme dans cette situation nouvelle pour lui, si frivole, si léger, si peu réfléchi, alors qu'il n'avait qu'à se laisser vivre. En effet, jamais le souci du lendemain n'avait été pour inquiéter son repos. Dans le trop opulent hôtel de Montgomery-Street, où il dormait ses dix heures sans désemparer, le pli d'une feuille de rose n'avait pas encore troublé son sommeil.

Mais il n'en allait plus être ainsi. Sur cette île inconnue, il se voyait bel et bien séparé du reste du monde, livré à ses seules ressources, obligé de faire face aux nécessités de la vie, dans des conditions où un homme, même beaucoup plus pratique, eût été fort empêché. Sans doute, en ne voyant plus reparaître le *Dream*, on se mettrait à sa recherche. Mais qu'étaient-ils tous deux ? Moins mille fois qu'une épingle dans une botte de foin, qu'un grain de sable au fond de la mer ! L'incalculable fortune de l'oncle Kolderup n'était pas une réponse à tout !

Aussi, bien qu'il eût trouvé un abri à peu près acceptable, Godfrey n'y dormit-il que d'un sommeil agité. Son cerveau travaillait comme il ne l'avait jamais fait. C'est qu'il s'y associait des idées de toutes sortes : celles du passé qu'il regrettait amèrement, celles du présent dont il cherchait la réalisation, celles de l'avenir qui l'inquiétaient plus encore !

Mais, devant ces rudes épreuves, la raison et, par suite, le raisonnement qui tout naturellement en découle, se dégageaient peu à peu des limbes où ils avaient en lui sommeillé jusqu'alors. Godfrey était résolu à lutter contre la mauvaise fortune, à tout tenter dans la mesure du possible pour se tirer d'affaire. S'il en réchappait, cette leçon ne serait certainement pas perdue à l'avenir.

Dès l'aube, il fut debout avec l'intention de procéder à une installation plus complète. La question des vivres, surtout celle du feu qui lui était connexe, primait toutes les autres, outils ou armes quelconques à fabriquer, vêtements de rechange qu'il faudrait se procurer, sous peine de n'être bientôt vêtus qu'à la mode polynésienne.

Tartelett dormait encore. On ne le voyait pas dans l'ombre, mais on l'entendait. Ce pauvre homme, épargné dans le naufrage, resté aussi frivole à quarante-cinq ans, que son élève l'avait été jusqu'alors, ne pouvait lui être d'une grande ressource. Il serait même un surcroît de charge, puisqu'il faudrait pourvoir à ses besoins de toutes sortes ; mais enfin c'était un compagnon ! Il valait mieux, en somme, que le plus intelligent des chiens, bien qu'il dût, sans doute, être moins utile ! C'était une créature pouvant parler, quoique à tort et à travers ; causer, bien que ce fût jamais que de choses peu sérieuses ; se plaindre, ce qui lui arriverait le plus souvent ! Quoi qu'il en soit, Godfrey entendrait une voix humaine résonner à son oreille. Cela vaudrait toujours mieux que le perroquet de Robinson Crusoé ! Même avec un Tartelett, il ne serait pas seul, et rien ne l'eût autant abattu que la perspective d'une complète solitude.

« Robinson avant Vendredi, Robinson après Vendredi, quelle différence ! » pensait-il.

Cependant ce matin-là, 29 juin, Godfrey ne fut pas fâché d'être seul, afin de mettre à exécution son projet d'explorer les environs du groupe des séquoias. Peut-être serait-il assez heureux pour découvrir quelque fruit, quelque racine comestible, qu'il rapporterait à l'extrême satisfaction du professeur. Il laissa donc Tartelett à ses rêves et partit.

Une légère brume enveloppait encore le littoral et la mer ; mais déjà ce brouillard commençait à se lever dans le nord et l'est sous l'influence des rayons solaires, qui devaient le condenser peu à peu. La journée promettait d'être fort belle.

Godfrey, après s'être taillé un solide bâton, remonta pendant deux milles jusqu'à cette partie du rivage qu'il ne connaissait pas, dont le retour formait la pointe allongée de l'île Phina.

Là, il fit un premier repas de coquillages, de moules, de clovisses et plus particulièrement de petites huîtres excellentes qui s'y trouvaient en grande abondance.

« À la rigueur, se dit-il, voilà de quoi ne pas mourir de faim ! Il y a là des milliers de douzaines d'huîtres, et de quoi étouffer les cris de l'estomac le plus impérieux ! Si Tartelett se plaint, c'est qu'il n'aime pas ces mollusques !… Eh bien, il les aimera ! »

Il est certain que, si l'huître ne peut remplacer le pain et la viande d'une façon absolue, elle n'en fournit pas moins un aliment très nutritif, à la condition d'être absorbée en grande quantité. Mais, comme ce mollusque est d'une digestion très facile, on peut sans danger en faire usage, pour ne pas dire en faire abus.

Ce déjeuner terminé, Godfrey reprit son bâton et coupa obliquement vers le sud-est, de manière à

La journée promettait d'être fort belle. (Voir p. 134.)

remonter la rive droite du ruisseau. Ce chemin devait le conduire, à travers la prairie, jusqu'aux bouquets d'arbres aperçus la veille, au-delà des longues lignes de buissons et d'arbustes qu'il voulait examiner de près.

Godfrey s'avança donc dans cette direction pendant deux milles environ. Il suivait la berge du rio, tapissée d'une herbe courte et serrée comme une étoffe de velours. Des bandes d'oiseaux aquatiques s'envolaient bruyamment devant cet être, nouveau pour eux, qui venait troubler leur domaine. Là aussi, des poissons de plusieurs espèces couraient à travers les eaux vives du ruisseau, dont la largeur, en cette partie, pouvait être évaluée à quatre ou cinq yards.

De ces poissons-là, il ne serait évidemment pas difficile de s'emparer; encore fallait-il pouvoir les faire cuire : c'était toujours l'insoluble question.

Fort heureusement, Godfrey, arrivé aux premières lignes de buissons, reconnut deux sortes de fruits ou racines, dont les uns avaient besoin de passer par l'épreuve du feu avant d'être mangés, mais dont les autres étaient comestibles à l'état naturel. De ces deux végétaux, les Indiens d'Amérique font un constant usage.

Le premier était un de ces arbustes nommés « camas », qui poussent même dans les terrains impropres à toute culture. Avec leurs racines, qui ressemblent à un oignon, on fait une sorte de farine très riche en gluten et très nourrissante, à moins qu'on ne préfère les manger comme des pommes de terre. Mais, dans les deux cas, il faut toujours les soumettre à une certaine cuisson ou torréfaction.

L'autre arbuste produisait une espèce de bulbe de forme oblongue, qui porte le nom indigène de

« yamph », et s'il possède, peut-être, moins de principes nutritifs que le camas, il était bien préférable en cette circonstance, puisqu'on peut le manger cru.

Godfrey, très satisfait de cette découverte, se rassasia, sans plus tarder, de quelques-unes de ces excellentes racines, et, n'oubliant pas le déjeuner de Tartelett, il en fit une grosse botte qu'il jeta sur son épaule, puis il reprit le chemin de Will-Tree.

S'il fut bien reçu en arrivant avec sa récolte d'yamphs, il est inutile d'y insister. Le professeur se régala avidement, et il fallut que son élève l'engageât à se modérer.

« Eh ! répondit-il, nous en avons aujourd'hui de ces racines, qui sait si nous en aurons demain ?

— Sans aucun doute, répliqua Godfrey, demain, après-demain, toujours ! Il n'y a que la peine d'aller les cueillir !

— Bien, Godfrey ; et ce camas ?

— Ce camas, nous en ferons de la farine et du pain, lorsque nous aurons du feu !

— Du feu ! s'écria le professeur en secouant la tête ! Du feu ! Et comment en faire ?...

— Je n'en sais rien encore, répondit Godfrey, mais, d'une façon ou d'une autre, nous y arriverons !

— Le Ciel vous entende, mon cher Godfrey ! Et quand je pense qu'il y a tant de gens qui n'ont qu'à frotter un petit morceau de bois sur la semelle de leur soulier pour en obtenir ! Cela m'enrage ! Non ! jamais je n'aurais cru que la mauvaise fortune m'aurait réduit un jour à pareil dénuement ! On ne ferait pas trois pas dans Montgomery-Street, sans rencontrer un gentleman, le cigare à la bouche, qui se ferait un plaisir de vous en donner, de ce feu, et ici...

— Ici, nous ne sommes pas à San Francisco, Tartelett, ni dans Montgomery-Street, et je crois qu'il sera plus sage de ne pas compter sur l'obligeance des passants !

— Mais, aussi, pourquoi faut-il que la cuisson soit nécessaire au pain, à la viande ? Comment la nature ne nous a-t-elle pas faits pour vivre de l'air du temps ?

— Cela viendra peut-être ! répondit Godfrey avec un sourire de bonne humeur.

— Le pensez-vous ?...

— Je pense que des savants s'en occupent, tout au moins !

— Est-il possible ? Et sur quoi se fondent-ils pour chercher ce nouveau mode d'alimentation ?

— Sur ce raisonnement, répondit Godfrey, c'est que la digestion et la respiration sont des fonctions connexes, dont l'une pourrait peut-être se substituer à l'autre. Donc, le jour où la chimie aura fait que les aliments nécessaires à la nourriture de l'homme puissent s'assimiler par la respiration, le problème sera résolu. Il ne s'agit pour cela que de rendre l'air nutritif. On respirera son dîner au lieu de le manger, voilà tout !

— Ah ! qu'il est donc fâcheux que cette précieuse découverte n'ait pas encore été faite ! s'écria le professeur. Comme je respirerais volontiers une demi-douzaine de sandwiches et un quart de corned-beef, rien que pour me mettre en appétit ! »

Et Tartelett, plongé en une demi-rêverie sensuelle, dans laquelle il entrevoyait de succulents dîners atmosphériques, ouvrait inconsciemment la bouche, respirait à pleins poumons, oubliant qu'il avait à peine de quoi se nourrir à la manière habituelle.

Godfrey le tira de sa méditation, et le ramena dans le positif.

Il s'agissait de procéder à une installation plus complète à l'intérieur de Will-Tree.

Le premier soin fut de s'employer au nettoyage de la future habitation. Il fallut, d'abord, retirer plusieurs quintaux de cette poussière végétale, qui couvrait le sol et dans laquelle on enfonçait jusqu'à mi-jambe. Deux heures de travail suffirent à peine à cette pénible besogne, mais enfin la chambre fut débarrassée de cette couche pulvérulente, qui s'élevait en nuée au moindre mouvement.

Le sol était ferme, résistant, comme s'il eût été parqueté de fortes lambourdes, avec ces larges racines du séquoia qui se ramifiaient à sa surface. C'était raboteux, mais solide. Deux coins furent choisis pour l'emplacement des couchettes, dont quelques bottes d'herbes, bien séchées au soleil, allaient former toute la literie. Quant aux autres meubles, bancs, escabeaux ou tables, il ne serait pas impossible de fabriquer les plus indispensables, puisque Godfrey possédait un excellent couteau, muni d'une scie et d'une serpe. Il fallait être à même, en effet, par les mauvais temps, de rester à l'intérieur de l'arbre, pour y manger, pour y travailler. Le jour n'y manquait pas, puisqu'il pénétrait à flots par l'ouverture. Plus tard, s'il devenait nécessaire de fermer cette ouverture au point de vue d'une sécurité plus complète, Godfrey essayerait de percer dans l'écorce du séquoia une ou deux embrasures qui serviraient de fenêtres.

Quant à reconnaître à quelle hauteur s'arrêtait l'évidement du tronc, Godfrey ne le pouvait pas sans lumière. Tout ce qu'il put constater, c'est qu'une perche, longue de dix à douze pieds, ne rencontrait que le vide, lorsqu'il la promenait au-dessus de sa tête.

Mais cette question n'était pas des plus urgentes. On la résoudrait ultérieurement.

La journée s'écoula dans ces travaux qui ne furent pas terminés avant le coucher du soleil. Godfrey et Tartelett, assez fatigués, trouvèrent excellente leur literie uniquement faite de cette herbe sèche, dont ils avaient fait une ample provision ; mais ils durent la disputer aux volatiles, qui auraient volontiers fait élection de domicile à l'intérieur de Will-Tree. Godfrey pensa donc qu'il serait convenable d'établir un poulailler dans quelque autre séquoia du groupe, et il ne parvint à leur interdire l'entrée de la chambre commune qu'en l'obstruant de broussailles. Très heureusement, ni les moutons, ni les agoutis, ni les chèvres n'éprouvèrent la même tentation. Ces animaux restèrent tranquillement au-dehors et n'eurent point la velléité de franchir l'insuffisante barrière.

Les jours suivants furent employés à divers travaux d'installation, d'aménagement et de récolte : œufs et coquillages à ramasser, racines de yamph et pommes de manzanillas à recueillir, huîtres qu'on allait, chaque matin, arracher au banc du littoral, tout cela prenait du temps, et les heures passaient vite.

Les ustensiles de ménage se réduisaient encore à quelques larges coquilles de bivalves, qui servaient de verres ou d'assiettes. Il est vrai que, pour le genre d'alimentation auquel les hôtes de Will-Tree étaient réduits, il n'en fallait pas davantage. Il y avait aussi le lavage du linge dans l'eau claire du rio, qui occupait les loisirs de Tartelett. C'était à lui qu'incombait cette tâche : il ne s'agissait, d'ailleurs, que des deux chemises, des deux mouchoirs et des deux paires de chaussettes, qui composaient toute la garde-robe des naufragés.

Aussi, pendant cette opération, Godfrey et Tartelett étaient-ils uniquement vêtus de leur pantalon et de leur vareuse; mais avec le soleil ardent de cette latitude, tout cela séchait vite.

Ils allèrent ainsi, sans avoir à souffrir ni de la pluie ni du vent, jusqu'au 3 juillet.

Déjà l'installation était à peu près acceptable, étant donné les conditions de dénuement dans lesquelles Godfrey et Tartelett avaient été jetés sur cette île.

Cependant il ne fallait pas négliger les chances du salut, qui ne pouvaient venir que du dehors. Aussi, chaque jour, Godfrey venait-il observer la mer dans toute l'étendue de ce secteur, qui se développait de l'est au nord-ouest, au-delà du promontoire. Cette partie du Pacifique était toujours déserte. Pas un bâtiment, pas une barque de pêche, pas une fumée se détachant de l'horizon et indiquant, au large, le passage de quelque steamer. Il semblait que l'île Phina fût située en dehors des itinéraires du commerce et des transports de voyageurs. Il s'agissait donc d'attendre, patiemment, de se fier au Tout-Puissant, qui n'abandonne jamais les faibles.

Entre-temps, lorsque les nécessités immédiates de l'existence lui laissaient quelques loisirs, Godfrey, poussé surtout par Tartelett, revenait à cette importante et irritante question du feu.

Il tenta tout d'abord de remplacer l'amadou, qui lui faisait si malheureusement défaut, par une autre matière analogue. Or, il était possible que quelques variétés de champignons qui poussaient dans le creux des vieux arbres, après avoir été soumis à un séchage prolongé, pussent se transformer en une substance combustible.

Plusieurs de ces champignons furent donc cueillis et exposés à l'action directe du soleil jusqu'à ce qu'ils fussent réduits en poussière. Puis, du dos de son couteau, changé en briquet, Godfrey fit jaillir d'un silex quelques étincelles qui tombèrent sur cette substance… Ce fut inutile. La matière spongieuse ne prit pas feu.

Godfrey eut alors la pensée d'utiliser cette fine poussière végétale, séchée depuis tant de siècles, qu'il avait trouvée sur le sol intérieur de Will-Tree.

Il ne réussit pas davantage.

À bout de ressources, il tenta encore de déterminer, au moyen du briquet, l'ignition d'une sorte d'éponge, qui croissait sous les roches.

Il ne fut pas plus heureux. La particule d'acier, allumée au choc du silex, tombait sur la substance, mais s'éteignait aussitôt.

Godfrey et Tartelett furent véritablement désespérés. Se passer de feu était impossible. De ces fruits, de ces racines, de ces mollusques, ils commençaient à se fatiguer, et leur estomac ne tarderait pas à se montrer absolument réfractaire à ce genre de nourriture. Ils regardaient – le professeur surtout – ces moutons, ces agoutis, ces poules, qui allaient et venaient autour de Will-Tree. Des fringales les prenaient à cette vue. Ils dévoraient des yeux ces chairs vivantes !

Non ! cela ne pouvait durer ainsi !

Mais une circonstance inattendue – disons providentielle, si vous le voulez bien – allait leur venir en aide.

Dans la nuit du 3 au 4 juillet, le temps, qui tendait à se modifier depuis quelques jours, tourna à l'orage, après une accablante chaleur, que la brise de mer avait été impuissante à tempérer.

« Du feu ! du feu ! » (Voir p. 144.)

Godfrey et Tartelett, vers une heure du matin, furent réveillés par les éclats de la foudre, au milieu d'un véritable feu d'artifice d'éclairs. Il ne pleuvait pas encore, mais cela ne pouvait tarder. Ce seraient alors de véritables cataractes qui se précipiteraient de la zone nuageuse par suite de la rapide condensation des vapeurs.

Godfrey se leva et sortit, afin d'observer l'état du ciel.

Tout n'était qu'embrassement au-dessus du dôme des grands arbres, dont le feuillage apparaissait sur le ciel en feu, comme les fines découpures d'une ombre chinoise.

Tout à coup, au milieu de l'éclat général, un éclair plus ardent sillonna l'espace. Le coup de tonnerre partit aussitôt, et Will-Tree fut sillonné de haut en bas par le fluide électrique.

Godfrey, à demi renversé par un contre-choc, s'était relevé au milieu d'une pluie de feu, qui tombait autour de lui. La foudre avait enflammé les branches sèches de la ramure supérieure. C'étaient autant de charbons incandescents qui crépitaient sur le sol.

Godfrey, d'un cri, avait appelé son compagnon.

« Du feu ! du feu !

— Du feu ! avait répondu Tartelett. Béni soit le Ciel qui nous l'envoie ! »

Tous deux s'étaient aussitôt jetés sur ces brandons, dont les uns flambaient encore, dont les autres se consumaient sans flammes. Ils en ramassèrent en même temps qu'une certaine quantité de ce bois mort qui ne manquait pas au pied du séquoia, dont le tronc n'avait été que touché par la foudre. Puis ils rentrèrent dans leur sombre demeure, au moment où la pluie, se déversant à flots, éteignait l'incendie, qui menaçait de dévorer la ramure supérieure de Will-Tree.

XIII

OÙ GODFREY VOIT ENCORE S'ÉLEVER UNE LÉGÈRE FUMÉE SUR UN AUTRE POINT DE L'ÎLE

Voila un orage qui était venu à propos ! Godfrey et Tartelett n'avaient pas eu, comme Prométhée, à s'aventurer dans les espaces pour aller y dérober le feu céleste ! C'était bien le Ciel, en effet, comme l'avait dit Tartelett, qui avait été assez obligeant pour le leur envoyer par la voie d'un éclair. À eux maintenant le soin de le conserver !

« Non ! nous ne le laisserons pas s'éteindre ! s'était écrié Godfrey.

— D'autant plus que le bois ne manquera pas pour l'alimenter ! avait répondu Tartelett, dont la satisfaction se traduisait par de petits cris de joie.

— Oui ! mais qui l'entretiendra ?

— Moi ! Je veillerai jour et nuit, s'il faut », riposta Tartelett, en brandissant un tison enflammé.

Et c'est bien ce qu'il fit jusqu'au lever du soleil.

Le bois mort, on l'a dit, abondait sous l'énorme couvert des séquoias. Aussi, dès l'aube, Godfrey et le professeur, après en avoir entassé un stock considérable, ne l'épargnèrent pas au foyer allumé par la foudre. Dressé au pied de l'un des arbres, dans un étroit entre-deux de racines, ce foyer flambait avec un pétillement clair et joyeux. Tartelett, s'époumonant, dépensait toute son

Pendant ce temps, Godfrey s'occupait… (Voir p. 147.)

haleine à souffler dessus, bien que ce fût parfaitement inutile. Dans cette attitude, il prenait les poses les plus caractéristiques, en suivant la fumée grisâtre, dont les volutes se perdaient dans le haut feuillage.

Mais ce n'était pas pour l'admirer qu'on l'avait tant demandé, cet indispensable feu, ni pour se chauffer non plus. On le destinait à un usage plus intéressant. Il s'agissait d'en finir avec ces maigres repas de coquillages crus et de racines de yamph, dont une eau bouillante ou une simple cuisson sous la cendre n'avaient jamais développé les éléments nutritifs. Ce fut à cette besogne que Godfrey et Tartelett s'employèrent pendant une partie de la matinée.

« Nous mangerons bien un ou deux poulets ! s'écria Tartelett, dont la mâchoire claquait d'avance. On pourrait y joindre un jambon d'agouti, un gigot de mouton, un quartier de chèvre, quelques pièces de ce gibier qui court la prairie, sans compter deux ou trois poissons d'eau douce, accompagnés de quelques poissons de mer ?

— Pas si vite, répondit Godfrey, que l'exposé de ce peu modeste menu avait mis en belle humeur. Il ne faut pas risquer une indigestion pour se rattraper d'un jeûne ! Ménageons nos réserves, Tartelett ! Va pour deux poulets – chacun le nôtre –, et si le pain nous manque, j'espère bien que nos racines de camas, convenablement préparées, le remplaceront sans trop de désavantage ! »

Cela coûta la vie à deux innocents volatiles, qui, plumés, parés, apprêtés par le professeur, puis enfilés dans une baguette, rôtirent bientôt devant une flamme pétillante.

Pendant ce temps, Godfrey s'occupait de mettre les racines de camas en état de figurer au premier déjeuner sérieux qui allait être fait dans l'île Phina. Afin de les rendre comestibles, il n'y avait qu'à suivre la méthode indienne, que des Américains devaient connaître, pour l'avoir vu plus d'une fois employer dans les prairies de l'Ouest-Amérique.

Voici comment Godfrey procéda :

Une certaine quantité de pierres plates, ramassées sur la grève, furent mises dans le brasier, de manière à s'imprégner d'une chaleur intense. Peut-être Tartelett trouva-t-il qu'il était dommage d'employer un si bon feu « à cuire des pierres », mais comme cela ne gênait en aucune façon la préparation de ses poulets, il ne s'en plaignit pas autrement.

Pendant que les pierres s'échauffaient ainsi, Godfrey choisit un endroit du sol, dont il arracha l'herbe sur l'espace d'un yard carré environ ; puis, ses mains armées de larges coquilles, il enleva la terre jusqu'à une profondeur de dix pouces. Cela fait, il disposa au fond de ce trou un foyer de bois sec qu'il alluma, de manière à communiquer à la terre, tassée au fond du trou, une chaleur assez considérable.

Lorsque tout ce bois eut été consumé, après enlèvement des cendres, les racines de camas, préalablement nettoyées et grattées, furent étendues dans le trou ; une mince couche de gazon les recouvrit, et les pierres brûlantes, placées par-dessus, servirent de base à un nouveau foyer, qui fut allumé à leur surface.

En somme, c'était une sorte de four qui avait été préparé de la sorte, et, après un temps assez court – une demi-heure au plus –, l'opération dut être considérée comme finie.

En effet, sous la double couche de pierres et de gazon qui fut enlevée, on retrouva les racines de camas modifiées par cette violente torréfaction. En les écrasant, on eût pu obtenir une farine très propre à faire une sorte de pain ; mais, en les laissant à leur état naturel, c'était comme si l'on mangeait des pommes de terre de qualité très nourrissante.

Ce fut ainsi que ces racines furent servies, cette fois, et nous laissons à penser quel déjeuner firent les deux amis avec ces jeunes poulets qu'ils dévorèrent jusqu'aux os, et ces excellents camas qu'ils n'avaient pas besoin de ménager. Le champ n'était pas loin, où ils poussaient en abondance. Il n'y avait qu'à se baisser pour les récolter par centaines.

Ce repas achevé, Godfrey s'occupa de préparer une certaine quantité de cette farine, qui se conserve presque indéfiniment et peut être transformée en pain pour les besoins de chaque jour.

Cette journée se passa dans ces diverses occupations. Le foyer fut toujours alimenté avec le plus grand soin. On le chargea plus particulièrement de combustible pour la nuit – ce qui n'empêcha pas Tartelett de se relever à plusieurs reprises, afin d'en rapprocher les charbons et de provoquer une combustion plus active. Puis, il venait se recoucher ; mais, comme il rêvait que le feu s'éteignait, il se relevait aussitôt, et il recommença ainsi ce manège jusqu'au point du jour.

La nuit s'écoula sans aucun incident. Les pétillements du foyer, joints au chant du coq, réveillèrent Godfrey et son compagnon, qui avait fini par s'endormir.

Tout d'abord, Godfrey fut surpris de sentir une sorte de courant d'air, qui venait d'en haut, à l'intérieur de Will-Tree. Il fut donc conduit à penser que le séquoia était creux jusqu'à l'écartement des basses branches, que là s'ouvrait un orifice qu'il conviendrait de boucher, si l'on voulait être clos et couvert.

« Cependant, voilà qui est singulier ! se dit Godfrey. Comment, pendant les nuits précédentes, n'ai-je pas senti ce courant d'air ? Est-ce que ce serait le coup de foudre ?... »

Et pour répondre à ces questions, l'idée lui vint d'examiner extérieurement le tronc du séquoia.

Examen fait, Godfrey eut bientôt compris ce qui s'était passé pendant l'orage.

La trace de la foudre était visible sur l'arbre, qui avait été largement écorcé par le passage du fluide, depuis la fourche jusqu'aux racines. Si l'étincelle électrique se fût introduite à l'intérieur du séquoia au lieu d'en suivre le contour extérieur, Godfrey et son compagnon auraient pu être foudroyés. Sans s'en douter, ils avaient couru là un danger véritable.

« On recommande, dit Godfrey, de ne point se réfugier sous les arbres pendant les orages ! C'est très bien pour ceux qui peuvent faire autrement ! Mais le moyen, pour nous, d'éviter ce danger, puisque nous demeurons dans un arbre ! Enfin nous verrons ! »

Puis, regardant le séquoia au point où commençait la longue traînée du fluide :

« Il est évident, se dit-il, que là où la foudre l'a frappé, elle l'aura violemment disjoint au sommet du tronc. Mais alors puisque l'air pénètre à l'intérieur par cet orifice, c'est que l'arbre est creusé sur toute sa hauteur et ne vit plus que par son écorce ? Voilà une disposition dont il convient de se rendre compte ! »

Et Godfrey se mit à chercher quelque branche résineuse, dont il pût faire une torche.

Un bouquet de pins lui fournit la torche dont il avait besoin ; la résine exsudait de cette branche, qui, une fois enflammée, donna une très brillante lumière.

Godfrey rentra alors dans la cavité qui lui servait de demeure. À l'ombre succéda immédiatement la clarté, et il fut facile de reconnaître quelle était la disposition intérieure de Will-Tree.

Une sorte de voûte, irrégulièrement découpée, plafonnait à une quinzaine de pieds au-dessus du sol. En élevant sa torche, Godfrey aperçut très distinctement l'ouverture d'un étroit boyau, dont le développement se perdait dans l'ombre. Évidemment l'arbre était évidé sur toute sa longueur ; mais peut-être restait-il des portions de l'aubier encore intactes. Dans ce cas, en s'aidant de ces saillies, il serait, sinon facile du moins possible, de s'élever jusqu'à la fourche.

Godfrey, qui songeait à l'avenir, résolut de savoir sans plus tarder à quoi s'en tenir à cet égard.

Il avait un double but : d'abord boucher hermétiquement cet orifice par lequel le vent ou la pluie pouvaient s'engouffrer – ce qui aurait rendu Will-Tree presque inhabitable ; puis, aussi, s'assurer si, devant un danger, attaque d'animaux ou d'indigènes, les branches supérieures du séquoia n'offriraient pas un refuge convenable.

On pouvait essayer, en tout cas. S'il se rencontrait quelque insurmontable obstacle dans l'étroit boyau, eh bien, Godfrey en serait quitte pour redescendre.

Après avoir planté sa torche dans l'interstice de deux grosses racines à fleur de sol, le voilà donc qui commence à s'élever sur les premières saillies intérieures de l'écorce. Il était leste, vigoureux, adroit, habitué à la gymnastique comme tous les jeunes Américains. Ce ne fut qu'un jeu pour lui. Bientôt il eut atteint, dans ce tube inégal, une partie plus étroite par laquelle, en s'arc-boutant du dos et des genoux, il pouvait grimper à la façon d'un ramoneur. Toute sa crainte était qu'un défaut de largeur ne vînt l'arrêter dans son ascension.

Cependant il continuait à monter, et, quand il rencontrait une saillie, il s'y reposait, afin de reprendre haleine.

Trois minutes après avoir quitté le sol, si Godfrey n'était pas arrivé à soixante pieds de hauteur, il ne devait pas en être loin, et par conséquent, il n'avait plus qu'une vingtaine de pieds à franchir.

En effet, il sentait déjà un air plus vif lui souffler au visage, il le humait avidement, car il ne faisait pas précisément très frais à l'intérieur du séquoia.

Après s'être reposé pendant une minute, après avoir secoué la fine poussière arrachée aux parois, Godfrey continua à s'élever dans le boyau qui se rétricissait peu à peu.

Mais, en ce moment, son attention fut attirée par un certain bruit qui lui parut très justement suspect. On eût dit qu'un grattement se produisait à l'intérieur de l'arbre. Presque aussitôt, une sorte de sifflement se fit entendre.

Godfrey s'arrêta.

« Qu'est cela ? se demanda-t-il. Quelque animal qui se sera réfugié dans ce séquoia ? Si c'était un serpent ?... Non !... Nous n'en avons point encore aperçu dans l'île !... Ce doit être plutôt quelque oiseau qui cherche à s'enfuir ! »

Godfrey ne se trompait pas, et, comme il continuait à monter, une sorte de croassement plus accentué, suivi d'un vif battement d'ailes, lui indiqua qu'il ne s'agissait là que d'un volatile, niché dans l'arbre, et dont il troublait le repos, sans doute.

Plusieurs « frrr ! frrr ! » qu'il poussa de toute la vigueur de ses poumons, eurent bientôt déterminé l'intrus à déguerpir.

C'était, en effet, une espèce de choucas de grande taille, qui ne tarda pas à s'échapper par l'orifice et disparut précipitamment dans la haute cime de Will-Tree.

Quelques instants après, la tête de Godfrey passait par le même orifice, et bientôt il se trouvait installé fort à son aise, sur la fourche de l'arbre, à la naissance de ces basses branches que quatre-vingts pieds de hauteur séparaient du sol.

Là, ainsi qu'il a été dit, l'énorme tronc du séquoia supportait toute une forêt. Le capricieux enchevêtrement de la ramure secondaire présentait l'aspect de ces futaies très serrées de bois, qu'aucune percée n'a rendues praticables.

Cependant Godfrey parvint, non sans quelque peine, à se glisser d'une branche à l'autre, de manière à atteindre peu à peu le dernier étage de cette phénoménale végétation.

Nombre d'oiseaux s'envolaient à son approche en poussant des cris, et ils allaient se réfugier sur les arbres voisins du groupe que Will-Tree dominait de toute sa tête.

Godfrey continua de grimper ainsi tant qu'il le put, et ne s'arrêta qu'au moment où les extrêmes branches supérieures commencèrent à fléchir sous son poids.

Un large horizon d'eau entourait l'île Phina, qui se déroulait à ses pieds comme une carte en relief.

Ses yeux parcoururent avidement cette portion de mer. Elle était toujours déserte. Il fallait bien en conclure, une fois de plus, que l'île se trouvait hors des routes commerciales du Pacifique.

Godfrey parvint à se glisser d'une branche à l'autre… (Voir p. 153.)

Godfrey étouffa un gros soupir ; puis, ses regards s'abaissèrent vers cet étroit domaine, sur lequel la destinée le condamnait à vivre, longtemps sans doute, toujours peut-être !

Mais quelle fut sa surprise lorsqu'il revit, dans le nord cette fois, une fumée semblable à celle qu'il avait déjà cru apercevoir dans le sud. Il regarda donc avec la plus extrême attention.

Une vapeur très déliée, d'un bleu plus foncé à sa pointe, montait droit dans l'air calme et pur.

« Non ! je ne me trompe pas ! s'écria Godfrey. Il y a là une fumée, et, par conséquent, un feu qui la produit !... et ce feu ne peut avoir été allumé que par... Par qui ?... »

Godfrey prit alors avec une extrême précision le relèvement de l'endroit en question.

La fumée s'élevait au nord-est de l'île, au milieu des hautes roches qui bordaient le rivage. Il n'y avait pas d'erreur possible. C'était à moins de cinq milles de Will-Tree. En coupant droit sur le nord-est, à travers la prairie, puis, en suivant le littoral, on devait nécessairement arriver aux rochers qu'empanachait cette légère vapeur.

Tout palpitant, Godfrey redescendit l'échafaudage de branches jusqu'à la fourche. Là, il s'arrêta un instant pour arracher un fouillis de mousse et de feuilles ; puis, cela fait, il se glissa par l'orifice, qu'il boucha du mieux qu'il put, et se laissa rapidement couler jusqu'au sol.

Un seul mot jeté à Tartelett pour lui dire de ne point s'inquiéter de son absence, et Godfrey s'élança dans la direction du nord-est, de manière à gagner le littoral.

Ce fut une course de deux heures, d'abord à travers la verdoyante prairie, au milieu de bouquets d'arbres clairsemés ou de longues haies de genêts épineux, ensuite le long de la lisière du littoral. Enfin la dernière chaîne de roches fut atteinte.

Mais cette fumée que Godfrey avait aperçue du haut de l'arbre, en vain chercha-t-il à la revoir, lorsqu'il fut redescendu. Toutefois, comme il avait relevé exactement la situation de l'endroit d'où elle s'échappait, il put y arriver sans erreur. Là, Godfrey commença ses recherches. Il explora avec soin toute cette partie du littoral. Il appela…

Personne ne répondit à son appel. Aucun être humain ne se montra sur cette grève. Pas un rocher ne lui offrit la trace ni d'un feu allumé récemment, ni d'un foyer maintenant éteint, qu'avaient pu alimenter les herbes marines et les algues sèches, déposées par le flot.

« Il n'est cependant pas possible que je me sois trompé ! se répétait Godfrey. C'est bien une fumée que j'ai aperçue !… Et pourtant !… »

Comme il n'était pas admissible que Godfrey eût été dupe d'une illusion, il en arriva à penser qu'il existait quelque source d'eau chaude, une sorte de geyser intermittent, dont il ne pouvait retrouver la place, qui avait dû projeter cette vapeur.

En effet, rien ne prouvait qu'il y n'eût pas dans l'île plusieurs de ces puits naturels. En ce cas, l'apparition d'une colonne de fumée se fût expliquée par ce simple phénomène géologique.

Godfrey, quittant le littoral, revint donc vers Will-Tree, en observant un peu plus le pays au retour qu'il ne l'avait fait à l'aller. Quelques ruminants se montrèrent, entre autres des wapitis, mais ils filaient avec une telle rapidité qu'il eût été impossible de les atteindre.

Vers quatre heures, Godfrey était de retour. Cent pas avant d'arriver, il entendait l'aigre crin-crin de la pochette, et se retrouvait bientôt en face du professeur Tartelett, qui, dans l'attitude d'une vestale, veillait religieusement sur le feu sacré confié à sa garde.

XIV

DANS LEQUEL GODFREY TROUVE UNE ÉPAVE, À LAQUELLE SON COMPAGNON ET LUI FONT BON ACCUEIL

Souffrir ce qu'on ne peut empêcher est un principe de philosophie qui, s'il ne porte peut-être pas à l'accomplissement des grandes choses, est, à coup sûr, éminemment pratique. Godfrey était donc bien résolu à lui subordonner désormais tous ses actes. Puisqu'il fallait vivre dans cette île, le plus sage était d'y vivre le mieux possible, jusqu'au moment où une occasion serait donnée de la quitter.

On s'occupa, sans plus tarder, d'aménager quelque peu l'intérieur de Will-Tree. La question de propreté, à défaut de confort, domina toutes les autres. Les couchettes d'herbes furent souvent renouvelées. Les ustensiles se réduisaient à de simples coquilles, il est vrai ; mais les assiettes ou les plats d'un office américain n'auraient pas offert plus de netteté. Il faut le répéter à sa louange, le professeur Tartelett lavait admirablement la vaisselle. Son couteau aidant, Godfrey, au moyen d'un large morceau d'écorce aplanie et de quatre pieds fichés au sol, parvint à établir une table au milieu de la chambre. Des souches grossières servirent d'esca-

Il s'en acquittait à la satisfaction générale. (Voir p. 159.)

beaux. Les convives n'en furent plus réduits à manger sur leurs genoux, lorsque le temps ne permettait pas de dîner en plein air.

Il y avait encore la question de vêtements, qui n'était pas sans préoccuper beaucoup. On les ménageait donc le mieux possible. Par cette température et sous cette latitude, il n'y avait aucun inconvénient à être demi-nu. Mais enfin, culotte, vareuse, chemise de laine finiraient par s'user. Comment pourrait-on les remplacer ? En viendrait-on à se vêtir des peaux de ces moutons, de ces chèvres, qui, après avoir nourri le corps, serviraient encore à l'habiller ? Il le faudrait sans doute. En attendant, Godfrey fit laver fréquemment le peu de vêtements dont ils disposaient. Ce fut encore à Tartelett, transformé en lessiveuse, qu'incomba cette tâche. Il s'en acquittait, d'ailleurs, à la satisfaction générale.

Godfrey, lui, s'occupait plus spécialement des travaux de ravitaillement et d'aménagement. Il était, en outre, le pourvoyeur de l'office. La récolte des racines comestibles et des fruits de manzanillas lui prenait chaque jour quelques heures ; de même, la pêche au moyen de claies de joncs tressés, qu'il installait soit dans les eaux vives du rio, soit dans les cavités des roches du littoral que le reflux laissait à sec. Ces moyens étaient fort primitifs, sans doute, mais, de temps à autre, un beau crustacé ou quelque poisson succulent figurait sur la table de Will-Tree, sans parler des mollusques, dont la récolte se faisait à la main et sans peine.

Mais, nous l'avouerons – et on voudra bien admettre que de tous les ustensiles de cuisine, c'est le plus essentiel –, la marmite, la simple marmite de fonte ou de fer battu manquait. Son absence ne se faisait que trop sentir. Godfrey ne savait qu'imaginer pour remplacer le vulgaire coquemar dont l'usage est universel. Pas de pot-au-feu, pas de viande ni de poisson bouillis, rien que du rôti et des grillades. La soupe grasse n'apparaissait jamais au début des repas. Parfois, Tartelett s'en plaignait amèrement ; mais le moyen de satisfaire ce pauvre homme !

D'autres soins, d'ailleurs, avaient occupé Godfrey. En visitant les différents arbres du groupe, il avait trouvé un second séquoia, de grande taille, dont la partie inférieure, creusée par le temps, offrait aussi une assez large anfractuosité.

Ce fut là qu'il établit un poulailler, dans lequel les volatiles eurent bientôt pris leur domicile. Le coq et les poules s'y habituèrent aisément, les œufs y éclosaient dans l'herbe sèche, les poussins commençaient à pulluler. On les renfermait chaque soir, afin de les mettre à l'abri des oiseaux de proie, qui, du haut des branches, guettaient ces faciles victimes et auraient fini par détruire toutes les couvées.

Quant aux agoutis, aux moutons, aux chèvres, jusqu'alors il avait paru inutile de leur chercher une bauge ou une étable. Lorsque la mauvaise saison serait venue, on aviserait. En attendant, ils prospéraient dans ce luxuriant pâturage de la prairie, ayant là en abondance une sorte de sainfoin et quantité de ces racines comestibles, dont les représentants de la race porcine faisaient le plus grand cas. Quelques chèvres avaient mis bas depuis l'arrivée dans l'île, mais on leur laissait presque tout leur lait, afin qu'elles pussent pourvoir à la nourriture des petits.

De tout cela, il résultait que Will-Tree et ses alentours étaient maintenant fort animés. Les animaux domestiques, bien repus, venaient, aux heures chaudes de la journée, y chercher refuge contre les ardeurs du soleil. Il n'y avait point à craindre qu'ils allassent s'égarer au loin, ni rien à redouter, non plus, de la part des fauves, puisqu'il ne semblait pas que l'île Phina renfermât un seul animal dangereux.

Ainsi allaient les choses, avec le présent à peu près assuré, mais un avenir toujours inquiétant, lorsqu'un incident inattendu se produisit, qui devait notablement améliorer la situation.

C'était le 29 juillet.

Godfrey errait, pendant la matinée, sur cette partie de la grève qui formait le littoral de la grande baie, à laquelle il avait donné le nom de Dream-Bay. Il l'explorait, afin de reconnaître si elle était aussi riche en mollusques que le littoral du nord. Peut-être espérait-il encore que quelque épave s'y retrouverait, tant il lui semblait singulier que le ressac n'eût pas jeté un seul des débris du navire à la côte.

Or, ce jour-là, il s'était avancé jusqu'à la pointe septentrionale, que terminait une plage sablonneuse, lorsque son attention fut attirée par une roche de forme bizarre, qui émergeait à la hauteur du dernier relai d'algues et de varechs.

Un certain pressentiment le porta à hâter sa marche. Quelle fut sa surprise, sa joie aussi, quand il reconnut que ce qu'il prenait pour une roche, était une malle à demi enterrée dans le sable.

Était-ce un des colis du *Dream* ? Se trouvait-il à cette place depuis le naufrage ? N'était-ce pas plutôt tout ce qui restait d'une autre catastrophe plus récente ? Il eût été difficile de le dire. En tout cas, d'où qu'elle vînt et quoi qu'elle pût contenir, cette malle devait être de bonne prise.

Son attention fut attirée par une roche… (Voir p. 161.)

Godfrey l'examina extérieurement. Il n'y vit aucune trace d'adresse. Pas un nom, pas même une de ces grosses initiales, découpées dans une mince plaque de métal, qui ornent les malles américaines. Peut-être s'y trouverait-il quelque papier qui indiquerait sa provenance, la nationalité, le nom de son propriétaire ? En tout cas, elle était hermétiquement fermée, et on pouvait espérer que son contenu n'avait point été gâté par son séjour dans l'eau de mer. C'était, en effet, une malle très forte en bois, recouverte d'une peau épaisse, avec armatures de cuivre à tous ses angles et de larges courroies qui la sanglaient sur toutes ses faces.

Quelle que fût son impatience à vouloir visiter le contenu de cette malle, Godfrey ne songea point à la briser, mais à l'ouvrir, après en avoir fait sauter la serrure. Quant à la transporter du fond de Dream-Bay à Will-Tree, son poids ne le permettait pas, et il n'y fallait même pas penser.

« Eh bien, se dit Godfrey, nous la viderons sur place, et nous ferons autant de voyages qu'il sera nécessaire pour transporter tout ce qu'elle renferme. »

On pouvait compter environ quatre milles de l'extrémité du promontoire au groupe des séquoias. Cela demanderait donc un certain temps et occasionnerait une certaine fatigue. Or, le temps ne manquait pas. Quant à la fatigue, ce n'était pas là le cas d'y regarder.

Que renfermait cette malle ?... Avant de retourner à Will-Tree, Godfrey voulut au moins tenter de l'ouvrir.

Il commença donc par défaire les courroies, et, une fois débouclées, il enleva, en le ménageant bien, le capuchon de cuir qui recouvrait la serrure. Mais comment la forcer ?

Là était la besogne la plus difficile. Godfrey n'avait aucun levier qui pût lui permettre de pratiquer une pesée. Risquer de briser son couteau dans cette opération, il s'en fût bien gardé. Il chercha donc un lourd galet, avec lequel il tenterait de faire sauter la gâche.

La grève était semée de durs silex, de toutes formes, qui pouvaient servir de marteau.

Godfrey en choisit un, gros comme le poing, et il porta un coup vigoureux sur la plaque de cuivre.

À son extrême surprise, le pêne, engagé dans la gâche, se dégagea immédiatement.

Ou la gâche s'était brisée au choc, ou la serrure n'avait pas été fermée à clef.

Le cœur de Godfrey lui battit fort, au moment où il allait relever le couvercle de la malle !

Enfin elle était ouverte, et, en vérité, s'il eût fallu la briser, Godfrey n'y fût pas parvenu sans peine.

C'était un véritable coffre-fort que cette malle. Les parois intérieures en étaient doublées d'une feuille de zinc, de telle sorte que l'eau de mer n'avait pu y pénétrer. Aussi les objets qu'elle contenait, si délicats qu'ils fussent, devaient-ils se trouver dans un parfait état de conservation.

Et quels objets ! En les retirant, Godfrey ne pouvait retenir des exclamations de joie ! Certainement cette malle avait dû appartenir à quelque voyageur très pratique, qui comptait s'aventurer en un pays où il serait réduit à ses seules ressources.

En premier lieu, du linge : chemises, serviettes, draps, couvertures ; puis, des vêtements : vareuses de laine, chaussettes de laine et de coton, solides pantalons de toile et de velours écru, gilets de tricot, vestes de grosse et solide étoffe ; puis, deux paires de fortes bottes, des souliers de chasse, des chapeaux de feutre.

En deuxième lieu, quelques ustensiles de cuisine et de toilette : marmite – la fameuse marmite tant demandée ! –, bouilloire, cafetière, théière, quelques cuillers, fourchettes et couteaux, un petit miroir, des brosses à tout usage ; enfin, ce qui n'était pas à dédaigner, trois bidons contenant environ quinze pintes d'eau-de-vie et de tafia, et plusieurs livres de thé et de café.

En troisième lieu, quelques outils : tarière, vrille, scie à main, assortiment de clous et de pointes, fers de bêche et de pelle, fer de pic, hache, herminette, etc.

En quatrième lieu, des armes : deux couteaux de chasse dans leur gaine de cuir, une carabine et deux fusils à piston, trois revolvers à six coups, une dizaine de livres de poudre, plusieurs milliers de capsules et une importante provision de plomb et de balles – toutes ces armes paraissant être de fabrication anglaise ; enfin une petite pharmacie de poche, une longue-vue, une boussole, un chronomètre.

Il s'y trouvait aussi quelques volumes en anglais, plusieurs mains de papier blanc, crayons, plumes et encre, un calendrier, une bible, éditée à New York, et un *Manuel du parfait cuisinier.*

Vraiment, cela constituait un inventaire d'un prix inestimable dans la circonstance.

Aussi Godfrey ne se tenait-il pas de joie. Il eût tout exprès commandé ce trousseau, à l'usage de naufragés dans l'embarras, qu'il ne l'aurait pas eu plus complet.

Cela valait bien un remerciement à la Providence, et la Providence eut son remerciement, parti d'un cœur reconnaissant.

Godfrey s'était donné le plaisir d'étaler tout son trésor sur la grève. Chaque objet avait été visité, mais aucun papier ne se trouvait dans la malle qui pût en indiquer la provenance, ni sur quel navire elle avait été embarquée.

Aux alentours, d'ailleurs, la mer n'avait apporté aucune autre épave d'un naufrage récent. Rien sur les roches, rien sur la grève. Il fallait que la malle eût été transportée en cet endroit par le flux, après avoir flotté plus ou moins longtemps. En effet, son volume, par rapport à son poids, avait pu lui assurer une flottabilité suffisante.

Les deux hôtes de l'île Phina se trouvaient donc avoir, et pour un certain temps, les besoins de la vie matérielle assurés dans une large mesure : outils, armes, instruments, ustensiles, vêtements, une heureuse bonne fortune venait de tout leur donner.

Il va de soi que Godfrey ne pouvait songer à emporter tous ces objets à Will-Tree. Leur transport nécessiterait plusieurs voyages; mais il conviendrait de se hâter, par crainte du mauvais temps.

Godfrey remit donc la plupart de ces divers objets dans la malle. Un fusil, un revolver, une certaine quantité de poudre et de plomb, un couteau de chasse, la longue-vue, la marmite, voilà ce dont il se chargea uniquement.

Puis, la malle fut soigneusement refermée, rebouclée, et, d'un pas rapide, Godfrey reprit le chemin du littoral.

Ah ! comme il fut reçu une heure après par Tartelett ! et le contentement du professeur, lorsque son élève lui eut fait l'énumération de leurs nouvelles richesses ! La marmite, la marmite surtout, lui causa des transports, qui se traduisirent par une série de jetés-battus, terminés par un triomphant pas de six-huit !

Il n'était encore que midi. Aussi, Godfrey voulut-il, après le déjeuner, retourner immédiatement à Dream-Bay. Il lui tardait que tout fût mis en sûreté dans Will-Tree.

Tartelett ne fit aucune objection et se déclara prêt à partir. Il n'avait même plus à surveiller le foyer qui flambait. Avec de la poudre, on se procure partout du feu. Mais le professeur voulut que, pendant leur absence, le pot-au-feu pût mijoter doucement.

En un instant, la marmite, remplie d'eau douce, reçut tout un quartier d'agouti avec une douzaine de racines d'yamph, qui devaient tenir lieu de légumes, additionnées d'une bonne pincée de ce sel qu'on trouvait dans le creux des roches.

« Elle s'écumera bien toute seule ! » s'écria Tartelett, qui paraissait très satisfait de son œuvre.

Et les voilà partis d'un pied léger pour Dream-Bay, en obliquant par le plus court.

La malle était toujours à sa place. Godfrey l'ouvrît avec précaution. Au milieu des exclamations admiratives de Tartelett, il fut procédé au triage des divers objets.

Dans ce premier voyage, Godfrey et son compagnon, transformés en mules de charge, purent rapporter à Will-Tree les armes, les munitions et une partie des vêtements.

Tous deux se reposèrent alors de leur fatigue devant la table où fumait ce bouillon d'agouti qu'ils déclarèrent excellent. Quant à la viande, au dire du professeur, il eût été difficile d'imaginer quelque chose de plus exquis ! O merveilleux effet des privations !

Il fut procédé au triage des divers objets. (Voir p. 167.)

Le lendemain, 30, Godfrey et Tartelett partaient dès l'aube, et trois autres voyages achevaient de vider et de transporter le contenu de la malle. Avant le soir, outils, armes, instruments, ustensiles, tout était apporté, rangé, emmagasiné à Will-Tree.

Enfin le 1er août, la malle elle-même, traînée non sans peine le long de la grève, trouvait place dans l'habitation, où elle se transformait en coffre à linge.

Tartelett, avec la mobilité de son esprit, voyait maintenant l'avenir tout en rose. On ne s'étonnera donc pas que, ce jour-là, sa pochette à la main, il fût venu trouver son élève et lui eût très sérieusement dit, comme s'ils avaient été dans le salon de l'hôtel Kolderup :

« Eh bien, mon cher Godfrey, ne serait-il pas temps de reprendre nos leçons de danse ? »

XV

OÙ IL ARRIVE CE QUI ARRIVE AU MOINS UNE FOIS DANS LA VIE DE TOUT ROBINSON VRAI OU IMAGINAIRE

L'avenir se montrait donc sous un jour moins sombre. Mais, si Tartelett, tout au présent, ne voyait dans la possession de ces instruments, de ces outils, de ces armes, qu'un moyen de rendre cette vie d'isolement un peu plus agréable, Godfrey, lui, songeait déjà à la possibilité de quitter l'île Phina. Ne pourrait-il, maintenant, construire une embarcation suffisamment solide, qui leur permettrait d'atteindre, soit une terre voisine, soit quelque navire passant en vue de l'île ?

En attendant, ce furent les idées de Tartelett dont la réalisation occupa plus spécialement les semaines qui suivirent.

Bientôt, en effet, la garde-robe de Will-Tree fut installée, mais il fut décidé qu'on n'en userait qu'avec toute la discrétion qu'imposait l'incertitude de l'avenir. Ne se servir de ces vêtements que dans la mesure du nécessaire, telle fut la règle à laquelle le professeur dut se soumettre.

« À quoi bon ? disait-il en maugréant, c'est trop de parcimonie, mon cher Godfrey ! Que diable ! nous ne sommes pas des sauvages pour aller à demi-nus !

— Je vous demande pardon, Tartelett, répondait Godfrey, nous sommes des sauvages, pas autre chose !

— Comme il vous plaira, mais vous verrez que nous aurons quitté l'île avant d'avoir usé ces habits !

— Je n'en sais rien, Tartelett, et mieux vaut en avoir de reste que d'en manquer !

— Enfin le dimanche au moins, le dimanche, sera-t-il permis de faire un peu de toilette ?

— Eh bien, oui ! le dimanche, et même les jours de fête, répondit Godfrey, qui ne voulut pas trop contrarier son frivole compagnon ; mais, comme c'est précisément lundi aujourd'hui, nous avons toute une semaine avant de nous faire beaux ! »

Il va sans dire que, depuis le moment où il était arrivé sur l'île, Godfrey n'avait pas manqué de marquer chacun des jours écoulés. Aussi, à l'aide du calendrier trouvé dans la malle, avait-il pu constater que ce jour-là était réellement un lundi.

Cependant, chacun s'était partagé la besogne quotidienne, suivant ses aptitudes. Il n'était plus nécessaire de veiller jour et nuit sur un feu qu'on avait maintenant

Le pot-au-feu apparaissait fréquemment sur la table… (Voir p. 172.)

les moyens de rallumer. Tartelett put donc abandonner, non sans regret, cette tâche, qui lui convenait si bien. Il fut désormais chargé de l'approvisionnement des racines de yamph et de camas – de celles-ci surtout, qui faisaient le pain quotidien du ménage. Aussi, le professeur allait-il chaque jour à la récolte jusqu'à ces lignes d'arbustes, dont la prairie était bordée en arrière de Will-Tree. C'étaient un ou deux milles à faire, mais il s'y habitua. Puis il s'occupait, entre-temps, de recueillir les huîtres ou autres mollusques, dont on consommait une grande quantité.

Godfrey, lui, s'était réservé le soin des animaux domestiques et des hôtes du poulailler. Le métier de boucher n'était pas pour lui plaire, mais enfin il surmontait sa répugnance. Aussi, grâce à lui, le pot-au-feu apparaissait-il fréquemment sur la table, suivi de quelque morceau de viande rôtie, ce qui formait un ordinaire assez varié. Quant au gibier, il abondait dans les bois de l'île Phina, et Godfrey se proposait de commencer ses chasses, dès que d'autres soins plus pressants lui en laisseraient le loisir. Il comptait bien utiliser les fusils, la poudre et le plomb de son arsenal ; mais, auparavant, il avait voulu que l'aménagement fût terminé.

Ses outils lui permirent d'établir quelques bancs à l'intérieur et à l'extérieur de Will-Tree. Les escabeaux furent dégrossis à la hache, la table, moins rugueuse, devint plus digne des plats, assiettes et couverts, dont l'ornait le professeur Tartelett. Les couchettes furent arrangées dans des cadres de bois, et leur literie d'herbe sèche prit un aspect plus engageant. Si les sommiers et les matelas manquaient encore, les couvertures, du moins, ne leur faisaient pas défaut. Les divers ustensiles de cuisine ne traînèrent plus à même le sol, mais ils trouvèrent place sur des planches fixées aux parois intérieures. Effets, linge, vêtements furent soigneusement serrés au fond de placards évidés dans l'écorce même du séquoia, à l'abri de la poussière. À de fortes chevilles on suspendit les armes, les instruments, qui décorèrent les parois sous forme de panoplies.

Godfrey voulut aussi fermer sa demeure, afin qu'à défaut d'autres êtres vivants, les animaux domestiques ne vinssent pas, pendant la nuit, troubler leur sommeil. Comme il ne pouvait pas tailler des planches avec l'unique scie à main, l'égoïne, qu'il possédait, il se servit encore de larges et épais morceaux d'écorce, qu'il détachait facilement. Il fabriqua ainsi une porte assez solide pour commander l'ouverture de Will-Tree. En même temps, il perça deux petites fenêtres, opposées l'une à l'autre, de manière à laisser pénétrer le jour et l'air à l'intérieur de la chambre. Des volets permettaient de les fermer pendant la nuit ; mais, au moins, du matin au soir, il ne fut plus nécessaire de recourir à la clarté des torches résineuses qui enfumaient l'habitation.

Ce que Godfrey imaginerait plus tard pour s'éclairer pendant les longues soirées d'hiver, il ne le savait trop. Parviendrait-il à fabriquer quelques chandelles avec la graisse de mouton, ou se contenterait-il de bougies de résine plus soigneusement préparées ? Ce serait à voir.

Une autre préoccupation, c'était d'arriver à construire une cheminée à l'intérieur de Will-Tree. Tant que durait la belle saison, le foyer, établi au dehors dans le creux d'un séquoia, suffisait à tous les besoins de la cuisine ; mais, lorsque le mauvais temps serait venu, quand la pluie tomberait à torrents, alors qu'il faudrait combattre le froid dont on devait craindre l'extrême rigueur pendant une certaine période, force serait d'aviser au moyen de faire du feu à l'intérieur de l'habitation, et de donner à la fumée une issue suffisante. Cette importante question devrait être résolue en son temps.

Un travail très utile fut celui que Godfrey entreprit, afin de mettre en communication les deux rives du rio, sur la lisière du groupe de séquoias. Il parvint, non sans peine, à enfoncer des pieux dans les eaux vives, et il disposa quelques baliveaux qui servirent de pont. On pouvait aller ainsi au littoral du nord sans passer par un gué, qui obligeait à faire un détour de deux milles en aval.

Mais si Godfrey prenait toutes les précautions afin que l'existence fût à peu près possible sur cette île perdue du Pacifique – au cas où son compagnon et lui seraient destinés à y vivre longtemps, à y vivre toujours peut-être ! – il ne voulut rien négliger, cependant, de ce qui pouvait accroître les chances de salut.

L'île Phina n'était pas sur la route des navires : cela n'était que trop évident. Elle n'offrait aucun port de relâche, aucune ressource pour un ravitaillement. Rien ne pouvait engager les bâtiments à venir en prendre connaissance. Toutefois, il n'était pas impossible qu'un navire de guerre ou de commerce ne passât en vue. Il convenait donc de chercher le moyen d'attirer son attention et de lui montrer que l'île était habitée.

Dans ce but, Godfrey crut devoir installer un mât de pavillon à l'extrémité du cap qui se projetait vers le nord, et il sacrifia la moitié d'un des draps trouvés dans la malle. En outre, comme il craignait que la couleur blanche ne fût visible que dans un rayon très restreint, il essaya de teindre son pavillon avec les baies d'une sorte d'arbousier qui croissait au pied des dunes. Il obtint de la sorte un rouge vif, qu'il ne put rendre indélébile, faute de mordant, mais il devait en être quitte pour reteindre sa toile, lorsque le vent ou la pluie en auraient effacé la couleur.

Ces divers travaux l'occupèrent jusqu'au 15 août. Depuis plusieurs semaines, le ciel avait été presque constamment beau, à part deux ou trois orages d'une extrême violence, qui avaient déversé une grande quantité d'eau, dont le sol s'était avidement imprégné.

Vers cette époque, Godfrey commença son métier de chasseur. Mais, s'il était assez habile à manier un fusil, il ne pouvait compter sur Tartelett, qui en était encore à tirer son premier coup de feu.

Godfrey consacra donc plusieurs jours par semaine à la chasse au gibier de poil ou de plume, qui, sans être très abondant, devait suffire aux besoins de Will-Tree. Quelques perdrix, quelques bartavelles, une certaine quantité de bécassines, vinrent heureusement varier le menu habituel. Deux ou trois antilopes tombèrent aussi sous le plomb du jeune chasseur, et, pour n'avoir point coopéré à leur capture, le professeur ne les accueillit pas moins avec une vive satisfaction, lorsqu'elles se présentèrent sous la forme de cuissots et de côtelettes.

Mais, en même temps qu'il chassait, Godfrey n'oubliait pas de prendre un aperçu plus complet de l'île. Il pénétrait au fond de ces épaisses forêts, qui en occupaient la partie centrale. Il remontait le rio jusqu'à sa source, dont les eaux du versant ouest de la colline alimentaient le cours. Il s'élevait de nouveau au sommet du cône et redescendait par les talus opposés vers le littoral de l'est, qu'il n'avait pas encore visité.

« De toutes ces explorations, se répétait souvent Godfrey, il faut conclure ceci : c'est que l'île Phina ne renferme pas d'animal nuisible, ni fauve, ni serpent, ni saurien ! Je n'en ai pas aperçu un seul ! Certainement, s'il y en avait, mes coups de feu leur auraient donné l'éveil ! C'est une heureuse circonstance ! S'il avait fallu mettre Will-Tree à l'abri de leurs attaques, je ne sais trop comment nous y serions parvenus ! »

Puis, passant à une autre déduction toute naturelle :

« Il faut en conclure aussi, se disait-il, que l'île n'est point habitée. Depuis longtemps déjà, indigènes ou naufragés seraient accourus au bruit des détonations ! Il n'y a donc que cette inexplicable fumée, que, deux fois, j'ai cru apercevoir !... »

Le fait est que Godfrey n'avait jamais trouvé trace d'un feu quelconque. Quant à ces sources chaudes auxquelles il croyait pouvoir attribuer l'origine des vapeurs entrevues, l'île Phina, nullement volcanique, ne paraissait pas en contenir. Il fallait donc qu'il eût été deux fois le jouet de la même illusion.

D'ailleurs cette apparition de fumée ou de vapeurs ne s'était plus reproduite. Lorsque Godfrey fit, une seconde fois, l'ascension du cône central, aussi bien que lorsqu'il remonta dans la haute ramure de Will-Tree, il ne vit rien qui fût de nature à attirer son attention. Il finit donc par oublier cette circonstance.

Plusieurs semaines se passèrent dans ces divers travaux d'aménagement, dans ces excursions de chasse. Chaque jour apportait une amélioration à la vie commune.

Tous les dimanches, ainsi qu'il avait été convenu, Tartelett revêtait ses plus beaux habits. Ce jour-là, il ne songeait qu'à se promener sous les grands arbres, en jouant de sa pochette. Il faisait des pas de glissades, se donnant des leçons à lui-même, puisque son élève avait positivement refusé de continuer son cours.

« À quoi bon ? répondait Godfrey aux instances du professeur. Imaginez-vous, pouvez-vous imaginer un Robinson prenant des leçons de danse et de maintien ?

— Et pourquoi pas ? reprenait sérieusement Tartelett, pourquoi un Robinson serait-il dispensé de bonne tenue ? Ce n'est pas pour les autres, c'est pour soi-même qu'il convient d'avoir de belles manières ! »

À cela Godfrey n'avait rien à répondre. Pourtant, il ne se rendit pas, et le professeur en fut réduit à « professer à blanc ».

Le 13 septembre fut marqué par une des plus grandes, une des plus tristes déceptions que puissent éprouver les infortunés qu'un naufrage a jetés sur une île déserte.

Si Godfrey n'avait jamais revu en un point quelconque de l'île les fumées inexplicables et introuvables, ce jour-là, vers trois heures du soir, son attention fut attirée par une longue vapeur, sur l'origine de laquelle il n'y avait pas à se tromper.

Il était allé se promener jusqu'à l'extrémité de Flag-Point – nom qu'il avait donné au cap sur lequel s'élevait le mât de pavillon. Or, voilà qu'en regardant à travers sa lunette, il aperçut au-dessus de l'horizon une fumée que le vent d'ouest rabattait dans la direction de l'île.

Le cœur de Godfrey battit avec violence :

« Un navire ! » s'écria-t-il.

Mais ce navire, ce steamer, allait-il passer en vue de l'île Phina ? Et, s'il passait, s'en approcherait-il assez pour que des signaux pussent être vus ou entendus de son bord ? Ou bien cette fumée, à peine entrevue, allait-elle disparaître avec le bâtiment dans le nord-ouest ou dans le sud-ouest de l'horizon ?

Pendant deux heures, Godfrey fut en proie à des alternatives d'émotions plus faciles à indiquer qu'à décrire.

En effet, la fumée grandissait peu à peu. Elle s'épaississait, lorsque le steamer forçait ses feux, puis elle diminuait au point de disparaître, lorsque la pelletée de charbon était consumée. Toutefois le navire se rapprochait visiblement. Vers quatre heures du soir, sa coque se montrait à l'affleurement du ciel et de l'eau.

C'était un grand vapeur qui faisait route au nord-est – Godfrey le reconnut aisément. Cette direction, s'il s'y maintenait, devait inévitablement le rapprocher de l'île Phina.

Godfrey avait tout d'abord songé à courir à Will-Tree, afin de prévenir Tartelett. Mais à quoi bon ? La vue d'un seul homme faisant des signaux valait autant que la vue de deux. Il resta donc, sa lunette aux yeux, ne voulant pas perdre un seul des mouvements du navire.

Le steamer se rapprochait toujours de la côte, bien qu'il n'eût pas mis le cap directement sur l'île. Vers cinq heures, la ligne d'horizon s'élevait déjà plus haut que sa coque, ses trois mâts de goélette étaient visibles. Godfrey put même reconnaître les couleurs qui battaient à sa corne.

C'étaient les couleurs américaines.

« Mais, se dit-il, si j'aperçois ce pavillon, il n'est pas possible que, du bord, on n'aperçoive pas le mien ! Le vent le déploie de manière qu'il puisse être facilement vu avec une lunette ! Si je faisais des signaux en l'élevant

Il le laissa à mi-mât… (Voir p. 180.)

et l'abaissant à plusieurs reprises, afin de mieux indiquer que de terre on veut entrer en communication avec le navire ? Oui ! il n'y a pas un instant à perdre ! »

L'idée était bonne. Godfrey, courant à l'extrémité de Flag-Point, commença à manœuvrer son pavillon, comme on fait dans un salut ; puis, il le laissa à mi-mât, c'est-à-dire en berne – ce qui, suivant les usages maritimes, signifie que l'on demande secours et assistance.

Le steamer se rapprocha encore, à moins de trois milles du littoral, mais son pavillon, toujours immobile à la corne d'artimon, ne répondit pas à celui de Flag-Point !

Godfrey sentit son cœur se serrer. Certainement il n'avait pas été vu !... Il était six heures et demie, et le crépuscule allait se faire !

Cependant le steamer ne fut bientôt plus qu'à deux milles de la pointe du cap vers lequel il courait rapidement. À ce moment, le soleil disparaissait au-dessous de l'horizon. Avec les premières ombres de la nuit, il faudrait renoncer à tout espoir d'être aperçu.

Godfrey recommença, sans plus de succès, à hisser et à amener successivement son pavillon... On ne lui répondit pas.

Il tira alors plusieurs coups de fusil, bien que la distance fût grande encore et que le vent ne portât pas dans cette direction !... Aucune détonation ne lui arriva du bord.

La nuit, cependant, se faisait peu à peu ; bientôt la coque du steamer ne fut plus visible. Il n'était pas douteux qu'avant une heure il aurait dépassé l'île Phina.

Godfrey, ne sachant que faire, eut alors l'idée d'enflammer un bouquet d'arbres résineux, qui croissait en arrière de Flag-Point. Il alluma un tas de feuilles sèches au moyen d'une amorce, puis il mit le feu au groupe de pins, qui brûla bientôt comme une énorme torche.

Mais les feux de bord ne répondirent point à ce feu de terre, et Godfrey revint tristement à Will-Tree, se sentant plus abandonné, peut-être, qu'il ne l'avait été jusque-là !

XVI

DANS LEQUEL SE PRODUIT UN INCIDENT QUI NE SAURAIT SURPRENDRE LE LECTEUR

Ce coup frappa Godfrey. Cette chance inespérée, qui venait de lui échapper, se représenterait-elle jamais ? Pouvait-il l'espérer ? Non ! L'indifférence de ce navire à passer en vue de l'île Phina, sans même chercher à la reconnaître, il était évident qu'elle serait partagée par tous autres bâtiments, qui s'aventureraient sur cette portion déserte du Pacifique. Pourquoi ceux-là y relâcheraient-ils plutôt que celui-ci, puisque cette île n'avait aucun port de refuge ?

Godfrey passa une triste nuit. À chaque instant, réveillé en sursaut, comme s'il eût entendu quelque coup de canon au large, il se demandait alors si le steamer n'avait pas enfin aperçu ce grand feu qui flambait encore sur le littoral, s'il ne cherchait pas à signaler sa présence par une détonation.

Godfrey écoutait... Tout cela n'était qu'une illusion de son cerveau surexcité. Quand le jour eut reparu, il en vint à se dire que cette apparition d'un navire n'avait été qu'un rêve, qui avait commencé la veille, à trois heures du soir !

Mais, non ! il n'était que trop certain qu'un bâtiment s'était montré en vue de l'île Phina, à moins de deux milles peut-être, et non moins certain qu'il n'y avait pas relâché !

De cette déception, Godfrey ne dit pas un mot à Tartelett. À quoi bon lui en parler ? D'ailleurs, cet esprit frivole ne voyait jamais au-delà de vingt-quatre heures. Il ne songeait même plus aux chances qui pouvaient se présenter de quitter l'île. Il n'imaginait pas que l'avenir pût lui réserver de graves éventualités. San Francisco commençait à s'effacer de son souvenir. Il n'avait pas de fiancée qui l'attendait, pas d'oncle Will à revoir. Si, sur ce bout de terre, il avait pu ouvrir un cours de danse, ses vœux auraient été comblés – n'eût-il eu qu'un seul élève !

Eh bien, si le professeur ne songeait pas à quelque danger immédiat, qui fût de nature à compromettre sa sécurité dans cette île, dépourvue de fauves et d'indigènes, il avait tort. Ce jour même, son optimisme allait être mis à une rude épreuve.

Vers quatre heures du soir, Tartelett était allé, suivant son habitude, récolter des huîtres et des moules à la partie du rivage en arrière de Flag-Point, lorsque Godfrey le vit revenir tout courant à Will-Tree. Ses rares cheveux se hérissaient aux tempes. Il avait bien l'air d'un homme qui fuit, sans oser même retourner la tête.

« Qu'y a-t-il donc ? s'écria Godfrey, non sans inquiétude, en se portant au-devant de son compagnon.

— Là… là !… répondit Tartelett, qui montra du doigt cette portion de la mer, dont on apercevait un étroit segment, au nord, entre les grands arbres de Will-Tree.

De là, il put observer avec une extrême attention… (Voir p. 184.)

— Mais qu'est-ce donc ? demanda Godfrey, dont le premier mouvement fut de courir à la lisière des séquoias.

— Un canot !

— Un canot ?

— Oui !... des sauvages !... toute une flottille de sauvages !... Des cannibales, peut-être !... »

Godfrey avait regardé dans la direction indiquée...

Ce n'était point une flottille, ainsi que le disait l'éperdu Tartelett, mais il ne se trompait que sur la quantité.

En effet, une petite embarcation, qui glissait sur la mer, très calme en ce moment, se dirigeait à un demi-mille de la côte, de manière à doubler Flag-Point.

« Et pourquoi seraient-ce des cannibales ? dit Godfrey en se retournant vers le professeur.

— Parce que, dans les îles à Robinsons, répondit Tartelett, ce sont toujours des cannibales qui arrivent tôt ou tard !

— N'est-ce point là plutôt le canot d'un navire de commerce ?

— D'un navire ?...

— Oui... d'un steamer, qui a passé hier, dans l'après-midi, en vue de notre île ?

— Et vous ne m'avez rien dit ! s'écria Tartelett, en levant désespérément les bras au ciel.

— À quoi bon, répondit Godfrey, puisque je croyais que ce bâtiment avait définitivement disparu ! Mais ce canot peut lui appartenir ! Nous allons bien voir !... »

Godfrey, retournant rapidement à Will-Tree, y prit sa lunette et revint se poster à la lisière des arbres.

De là, il put observer avec une extrême attention cette embarcation, d'où l'on devait nécessairement apercevoir le pavillon de Flag-Point, déployé sous une légère brise.

La lunette tomba des yeux de Godfrey.

« Des sauvages !... Oui !... Ce sont bien des sauvages ! » s'écria-t-il.

Tartelett sentit ses jambes flageoler, et un tremblement d'épouvante passa par tout son être.

C'était, en effet, une embarcation de sauvages que Godfrey venait d'apercevoir, et qui s'avançait vers l'île. Construite comme une pirogue des îles polynésiennes, elle portait une assez grande voile en bambous tressés ; un balancier, débordant sur bâbord, la maintenait en équilibre contre la bande qu'elle donnait sous le vent.

Godfrey distingua parfaitement la forme de l'embarcation : c'était un prao – ce qui semblait indiquer que l'île Phina ne pouvait être très éloignée des parages de la Malaisie. Mais ce n'étaient point des Malais qui montaient cette pirogue : c'étaient des Noirs, à demi nus, dont on pouvait compter une douzaine.

Le danger était donc grand d'être vus. Godfrey dut regretter, alors, d'avoir hissé ce pavillon que n'avait point aperçu le navire et que voyaient certainement les naturels du prao. Quant à l'abattre maintenant, il était trop tard.

Circonstance très regrettable, en effet. S'il était évident que ces sauvages avaient eu pour but, en quittant quelque île voisine, d'atteindre celle-ci, peut-être la croyaient-ils inhabitée, comme elle l'était réellement, avant le naufrage du *Dream.* Mais le pavillon était là, qui indiquait la présence d'êtres humains sur cette côte ! Comment, alors, leur échapper s'ils débarquaient ?

Godfrey ne savait quel parti prendre. En tout cas, observer si les naturels mettraient ou non le pied dans l'île, c'était là le plus pressé. Il aviserait ensuite.

La lunette aux yeux, il suivit donc le prao ; il le vit contourner la pointe du promontoire, puis la doubler, puis redescendre le long du littoral, et, finalement, accoster l'embouchure même du rio, qui, deux milles en amont, passait à Will-Tree.

Si donc ces naturels s'imaginaient de remonter le cours du ruisseau, ils arriveraient, en peu de temps, au groupe de séquoias, sans qu'il fût possible de les en empêcher.

Godfrey et Tartelett revinrent rapidement à leur habitation. Il s'agissait, avant tout, de prendre quelques mesures, qui pourraient la mettre à l'abri d'une surprise et donner le temps de préparer sa défense. C'est à quoi songeait uniquement Godfrey. Quant au professeur, ses idées suivaient un tout autre cours.

« Ah çà ! se disait-il, c'est donc une fatalité ! C'est donc écrit ! On ne peut donc y échapper ! On ne peut donc devenir un Robinson sans qu'une pirogue accoste votre île, sans que des cannibales y apparaissent un jour ou l'autre ! Nous ne sommes ici que depuis trois mois, et les voilà déjà ! Ah ! décidément, ni M. de Foe, ni M. Wyss n'ont exagéré les choses ! Faites-vous donc Robinson, après cela ! »

Digne Tartelett, on ne se fait pas Robinson, on le devient, et tu ne savais pas si bien dire en comparant ta situation à celle des héros des deux romanciers anglais et suisse.

Voici quelles précautions furent immédiatement prises par Godfrey dès son retour à Will-Tree. Le foyer allumé dans le creux du séquoia fut éteint, et on en dispersa les cendres, afin de ne laisser aucune trace ; coqs, poules et poulets étaient déjà dans le poulailler pour y passer la nuit, et on dut se contenter d'en obstruer l'entrée avec des broussailles, de manière à le dissimuler le plus possible ; les autres bêtes, agoutis, moutons et chèvres, furent chassés dans la prairie, mais il était fâcheux qu'eux aussi ne pussent être renfermés dans une étable ; tous les instruments et outils étant rentrés dans la demeure, rien ne fut laissé au-dehors de ce qui aurait pu indiquer la présence ou le passage d'êtres humains. Puis, la porte fut hermétiquement fermée, après que Godfrey et Tartelett eurent pris place dans Will-Tree. Cette porte, faite d'écorce de séquoia, se confondait avec l'écorce du tronc, et pourrait peut-être échapper aux yeux des naturels, qui n'y regarderaient pas de très près. Il en fut de même des deux fenêtres, sur lesquelles les auvents avaient été rabattus. Puis, tout fut éteint à l'intérieur de l'habitation, qui demeura dans une obscurité complète.

Que cette nuit fut longue ! Godfrey et Tartelett écoutaient les moindres bruits du dehors. Le craquement d'une branche sèche, un souffle du vent les faisaient tressaillir. Ils croyaient entendre marcher sous les arbres. Il leur semblait que l'on rôdait autour de Will-Tree. Alors Godfrey, se hissant à l'une des fenêtres, soulevait un peu l'auvent et regardait anxieusement dans l'ombre.

Rien encore.

Cependant Godfrey entendit bientôt des pas sur le sol. Son oreille ne pouvait l'avoir trompé, cette fois. Il regarda encore, mais il n'aperçut qu'une des chèvres qui venait chercher abri sous les arbres.

Du reste, si quelques-uns des naturels parvenaient à découvrir l'habitation cachée dans l'énorme séquoia, le parti de Godfrey était pris : il entraînerait Tartelett avec lui par le boyau intérieur, il se réfugierait jusque sur les hautes branches, où il serait mieux en mesure de résister. Avec des fusils et des revolvers à sa disposition, avec des munitions en abondance, peut-être aurait-il quelque chance de l'emporter sur une douzaine de sauvages, dépourvus d'armes à feu. Si ceux-ci, au cas où ils seraient munis d'arcs et de flèches, attaquaient d'en bas, il n'était pas probable qu'ils eussent l'avantage contre des fusils bien dirigés d'en haut. Si, au contraire, ils forçaient la porte de l'habitation et cherchaient à gagner la haute ramure par l'intérieur, il leur serait malaisé d'y parvenir, puisqu'ils devraient passer par un étroit orifice, que les assiégés pouvaient aisément défendre.

Au surplus, Godfrey ne parla point de cette éventualité à Tartelett. Le pauvre homme était déjà assez épouvanté de l'arrivée du prao. La pensée qu'il serait peut-être obligé de se réfugier dans la partie supérieure de l'arbre, comme dans un nid d'aigle, n'eût pas été pour lui rendre un peu de calme. Si cela devenait nécessaire, au dernier instant, Godfrey l'entraînerait, sans même lui laisser le temps de la réflexion.

La nuit s'écoula dans des alternatives de crainte et d'espoir. Aucune attaque directe ne se produisit. Les sauvages ne s'étaient pas encore portés jusqu'au groupe des séquoias. Peut-être attendaient-ils le jour pour s'aventurer à travers l'île.

« C'est probablement ce qu'ils feront, disait Godfrey, puisque notre pavillon leur indique qu'elle est habitée ! Mais ils ne sont qu'une douzaine et ont quelques précautions à prendre ! Comment supposeraient-ils qu'ils n'auront affaire qu'à deux naufragés ? Non ! ils ne se hasarderont qu'en plein jour… à moins qu'ils ne s'installent…

— À moins qu'ils ne se rembarquent, dès que le jour sera venu, répondit Tartelett.

— Se rembarquer ? Mais alors que seraient-ils venus faire à l'île Phina pour une nuit ?

— Je ne sais pas !… répondit le professeur, qui, dans son effroi, ne pouvait expliquer l'arrivée de ces naturels que par le besoin de se repaître de chair humaine.

— Quoi qu'il en soit, reprit Godfrey, demain matin, si ces sauvages ne sont pas venus à Will-Tree, nous irons en reconnaissance.

— Nous ?…

— Oui ! nous !… Rien ne serait plus imprudent que de se séparer ! Qui sait s'il ne faudra pas nous réfugier dans les bois du centre, nous y cacher pendant quelques jours… jusqu'au départ du prao ! Non ! nous resterons ensemble, Tartelett !

— Chut !… dit le professeur d'une voix tremblante. Il me semble que j'entends au-dehors… »

Godfrey se hissa de nouveau à la fenêtre et redescendit presque aussitôt.

« Non ! dit-il. Rien encore de suspect ! Ce sont nos bêtes qui rentrent sous le bois.

— Chassées, peut-être ! s'écria Tartelett.

— Elles paraissent fort tranquilles, au contraire, répondit Godfrey. Je croirais plutôt qu'elles viennent seulement chercher un abri contre la rosée du matin.

— Ah ! murmura Tartelett d'un ton si piteux que Godfrey eût ri volontiers sans la gravité des circonstances, voilà des choses qui ne nous arriveraient pas à l'hôtel Kolderup, dans Montgomery-Street !

— Le jour ne tardera pas à se lever, dit alors Godfrey. Avant une heure, si les indigènes n'ont pas paru, nous quitterons Will-Tree, et nous irons en reconnaissance dans le nord de l'île. Vous êtes bien capable de tenir un fusil, Tartelett ?

— Tenir !... oui !...

— Et de tirer dans une direction déterminée ?

— Je ne sais pas !... Je n'ai jamais essayé, et vous pouvez être sûr, Godfrey, que ma balle n'ira pas...

— Qui sait si la détonation seule ne suffira pas à effrayer ces sauvages ! »

Une heure après, il faisait assez jour pour que le regard pût s'étendre au-delà du groupe de séquoias.

Godfrey releva alors successivement, mais avec précaution, les auvents des deux fenêtres. À travers celle qui s'ouvrait vers le sud, il ne vit rien que d'ordinaire. Les animaux domestiques erraient paisiblement sous les arbres et ne paraissaient nullement effrayés. Examen fait, Godfrey referma soigneusement cette fenêtre. À travers la baie dirigée vers le nord, la vue pouvait se porter jusqu'au littoral. On apercevait même, à deux milles environ, l'extrémité de Flag-Point ; mais l'embouchure du rio, à l'endroit où les sauvages avaient débarqué la veille, n'était pas visible.

Godfrey regarda d'abord, sans se servir de sa lunette, afin d'observer les environs de Will-Tree de ce côté de l'île Phina.

Tout était parfaitement tranquille.

Godfrey, prenant alors sa lunette, parcourut le périple du littoral jusqu'à la pointe du promontoire de Flag-Point. Peut-être, et comme l'avait dit Tartelett, bien que cela eût été inexplicable, les naturels se seraient-ils rembarqués, après une nuit passée à terre, sans même avoir cherché à reconnaître si l'île était habitée.

XVII

DANS LEQUEL LE FUSIL DU PROFESSEUR TARTELETT FAIT VÉRITABLEMENT MERVEILLE

Mais alors une exclamation échappa à Godfrey, qui fit bondir le professeur. On n'en pouvait plus douter, les sauvages devaient savoir que l'île était occupée par des êtres humains, puisque le pavillon, hissé jusqu'alors à l'extrémité du cap, emporté par eux, ne flottait plus en berne au mât de Flag-Point !

Le moment était donc venu de mettre à exécution le parti projeté : aller en reconnaissance, afin de voir si les naturels étaient encore dans l'île et ce qu'ils y faisaient.

« Partons, dit-il à son compagnon.

— Partir ! mais... répondit Tartelett.

— Aimez-vous mieux rester ici ?

— Avec vous, Godfrey... oui !

— Non... seul !

— Seul !... jamais !...

— Venez donc ! »

Tartelett, comprenant bien que rien ne ferait revenir Godfrey sur sa décision, se décida à l'accompagner. Demeurer seul à Will-Tree, il n'en aurait pas eu le courage.

Avant de sortir, Godfrey s'assura que ses armes étaient en état. Les deux fusils furent chargés à balle, et l'un d'eux passa dans la main du professeur, qui parut aussi embarrassé de cet engin que l'eût été un naturel des Pomotou. En outre, il dut suspendre un des couteaux de chasse à sa ceinture, à laquelle était déjà

Godfrey s'arrêta. (Voir p. 193.)

attachée la cartouchière. La pensée lui était bien venue d'emporter aussi sa pochette – s'imaginant peut-être que des sauvages seraient sensibles au charme de ce crin-crin, dont tout le talent d'un virtuose n'eût pas racheté l'aigreur.

Godfrey eut quelque peine à lui faire abandonner cette idée, aussi ridicule que peu pratique.

Il devait être alors six heures du matin. La cime des séquoias s'égayait des premiers rayons du soleil.

Godfrey entrouvrit la porte, il fit un pas au-dehors, il observa le groupe d'arbres.

Solitude complète.

Les animaux étaient retournés dans la prairie. On les voyait brouter tranquillement, à un quart de mille. Rien chez eux ne dénotait la moindre inquiétude.

Godfrey fit signe à Tartelett de le rejoindre. Le professeur, tout à fait gauche sous son harnais de combat, le suivit, non sans montrer quelque hésitation.

Alors Godfrey referma la porte, après s'être assuré qu'elle se confondait absolument avec l'écorce du séquoia. Puis, ayant jeté au pied de l'arbre un paquet de broussailles, qui furent maintenues par quelques grosses pierres, il se dirigea vers le rio, dont il comptait descendre les rives, s'il le fallait, jusqu'à son embouchure.

Tartelett le suivait, non sans faire précéder chacun de ses pas d'un regard inquiet, porté circulairement jusqu'à la limite de l'horizon ; mais la crainte de rester seul fit qu'il ne se laissa point devancer.

Arrivé à la lisière du groupe d'arbres, Godfrey s'arrêta. Tirant alors sa lorgnette de son étui, il parcourut avec une extrême attention toute la partie du littoral qui se développait depuis le promontoire de Flag-Point jusqu'à l'angle nord-est de l'île.

Pas un être vivant ne s'y montrait ; pas une fumée de campement ne s'élevait dans l'air.

L'extrémité du cap était également déserte, mais on y retrouverait, sans doute, de nombreuses empreintes de pas fraîchement faites. Quant au mât, Godfrey ne s'était pas trompé. Si la hampe se dressait toujours sur la dernière roche du cap, elle était veuve de son pavillon. Évidemment les naturels, après être venus jusqu'à cet endroit, s'étaient emparés de l'étoffe rouge, qui devait exciter leur convoitise ; puis, ils avaient dû regagner leur embarcation à l'embouchure du rio.

Godfrey se retourna alors de manière à embrasser du regard tout le littoral de l'ouest.

Ce n'était qu'un vaste désert depuis Flag-Point jusqu'au-delà du périmètre de Dream-Bay.

Du reste, nulle embarcation n'apparaissait à la surface de la mer. Si les naturels avaient repris leur prao, il fallait en conclure que, maintenant, il rasait le rivage, à l'abri des roches, et d'assez près pour qu'il ne fût pas possible de l'apercevoir.

Cependant Godfrey ne pouvait pas, ne voulait pas rester dans l'incertitude. Il lui importait de savoir si, oui ou non, le prao avait définitivement quitté l'île.

Or, dans le but de s'en assurer, il était nécessaire de gagner l'endroit où les naturels avaient débarqué la veille, c'est-à-dire l'embouchure même du rio, qui formait une étroite crique.

C'est ce qui fut immédiatement tenté.

Les bords du petit cours d'eau, ombragés de quelques bouquets d'arbres, étaient encadrés d'arbustes sur un espace de deux milles environ. Au-delà, pendant cinq à six cents yards jusqu'à la mer, le rio coulait à rives découvertes. Cette disposition allait donc permettre de s'approcher, sans risquer d'être aperçus, près du lieu de débarquement. Il se pouvait, cependant, que les sauvages se fussent déjà hasardés à remonter le cours du ruisseau. Aussi, afin de parer à cette éventualité, il y aurait lieu de n'avancer qu'avec une extrême prudence.

Cependant Godfrey pensait, non sans raison, qu'à cette heure matinale les naturels, fatigués par une longue traversée, ne devaient pas avoir quitté le lieu de mouillage. Peut-être même y dormaient-ils encore, soit dans leur pirogue, soit à terre. En ce cas, on verrait s'il ne conviendrait pas de les surprendre.

Le projet fut donc mis à exécution sans retard. Il importait de ne pas se laisser devancer. En pareilles circonstances, le plus souvent l'avantage appartient aux premiers coups. Les fusils armés, on en vérifia les amorces, les revolvers furent également visités ; puis, Godfrey et Tartelett commencèrent à descendre, en se défilant, la rive gauche du rio.

Tout était calme aux alentours. Des volées d'oiseaux s'ébattaient d'une rive à l'autre, se poursuivant à travers les hautes branches, sans montrer aucune inquiétude.

Godfrey marchait le premier, mais on peut croire que son compagnon devait se fatiguer à lui emboîter le pas. En allant d'un arbre à l'autre, tous deux gagnaient ainsi vers le littoral, sans trop risquer d'être aperçus. Ici, les buissons d'arbustes les dérobaient à la rive opposée ; là, leur tête même disparaissait au milieu des grandes herbes, dont l'agitation aurait plutôt annoncé le passage d'un homme que celui d'un animal. Mais, quoi qu'il en soit, la flèche d'un arc ou la pierre d'une fronde pouvait toujours arriver à l'improviste. Il convenait de se défier.

Cependant, malgré les recommandations qui lui étaient faites, Tartelett, butant mal à propos contre certaines souches à fleur de terre, fit deux ou trois chutes, qui auraient pu compromettre la situation. Godfrey en arriva à regretter de s'être fait suivre d'un tel maladroit. En vérité, le pauvre homme ne devait pas lui être d'un grand secours. Mieux eût valu, sans doute, le laisser à Will-Tree, ou, s'il n'avait pas voulu y consentir, le cacher dans quelque taillis de la forêt ; mais il était trop tard.

Une heure après avoir quitté le groupe des séquoias, Godfrey et son compagnon avaient franchi un mille – un mille seulement –, car la marche n'était pas facile sous ces hautes herbes et entre ces haies d'arbustes. Ni l'un ni l'autre n'avaient encore rien vu de suspect.

En cet endroit, les arbres manquaient sur un espace d'une centaine de yards au moins, le rio coulait entre ses rives dénudées, le pays se montrait plus découvert.

Godfrey s'arrêta. Il observa soigneusement toute la prairie sur la droite et sur la gauche du ruisseau.

Rien encore de nature à inquiéter, rien qui indiquât l'approche des sauvages. Il est vrai que ceux-ci, ne pouvant douter que l'île ne fût habitée, ne se seraient point avancés sans précautions ; ils auraient mis autant de prudence à s'aventurer, en remontant le cours de la petite rivière, que Godfrey en mettait à le descendre. Il fallait donc supposer que, s'ils rôdaient aux environs, ce n'était pas sans profiter, eux aussi, de l'abri de ces arbres ou de ces hauts buissons de lentisques et de myrtes, très convenablement disposés pour une embuscade.

Effet bizarre, mais assez naturel, en somme. À mesure qu'il avançait, Tartelett, ne voyant aucun ennemi, perdait peu à peu de ses inquiétudes et commençait à parler avec mépris de ces « cannibales pour rire ». Godfrey, au contraire, paraissait être plus anxieux. Ce fut en redoublant de précautions, qu'après avoir traversé l'espace dénudé, il reprit la rive gauche sous le couvert des arbres.

Une heure de marche le conduisit alors à l'endroit où les rives n'étaient plus bordées que d'arbustes rabougris, où l'herbe, moins épaisse, commençait à se ressentir du voisinage de la mer.

Dans ces conditions, il était difficile de se cacher, à moins de ne plus s'avancer qu'en rampant sur le sol.

C'est ce que fit Godfrey, c'est aussi ce qu'il recommanda à Tartelett de faire.

« Il n'y a plus de sauvages ! Il n'y a plus d'anthropophages ! Ils sont partis ! dit le professeur.

— Il y en a ! répondit vivement Godfrey à voix basse. Ils doivent être là !... À plat ventre, Tartelett, à plat ventre ! Soyez prêt à faire feu, mais ne tirez pas sans mon ordre ! »

Godfrey avait prononcé ces paroles avec un tel accent d'autorité, que le professeur, sentant ses jambes se dérober sous lui, n'eut aucun effort à faire pour se trouver dans la position demandée.

Et il fit bien !

En effet, ce n'était pas sans raison que Godfrey venait de parler comme il l'avait fait.

De la place que tous les deux occupaient alors, on ne pouvait voir ni le littoral, ni l'endroit où le rio se jetait dans la mer. Cela tenait à ce qu'un coude des berges arrêtait brusquement le regard à une distance de cent pas ; mais, au-dessus de ce court horizon, fermé par les tumescences des rives, une épaisse fumée s'élevait droit dans l'air.

Godfrey, allongé sous l'herbe, le doigt sur la gâchette de son fusil, observait le littoral.

« Cette fumée, se dit-il, ne serait-elle pas de la nature de celles que j'ai déjà entrevues par deux fois ? Faut-il en conclure que des naturels ont déjà débarqué au nord et au sud de l'île, que ces fumées provenaient de feux allumés par eux ? Mais non ! ce n'est pas possible, puisque je n'ai jamais trouvé ni cendres, ni traces de foyer, ni charbons éteints ! Ah ! cette fois, je saurai bien à quoi m'en tenir ! »

Et, par un habile mouvement de reptation que Tartelett imita de son mieux, il parvint, sans dépasser les herbes de la tête, à se porter jusqu'au coude du rio.

De là, son regard pouvait observer aisément toute la partie du rivage, à travers laquelle se déversait la petite rivière.

Un cri faillit lui échapper !... Sa main s'aplatit sur l'épaule du professeur, pour lui interdire tout mouvement !... Inutile d'aller plus loin !... Godfrey voyait enfin ce qu'il était venu voir !

Un grand feu de bois, allumé sur la grève, au milieu des basses roches, secouait vers le ciel son panache de fumée. Autour de ce feu, l'attisant avec de nouvelles brassées de bois dont ils avaient fait un monceau, allaient et venaient les naturels, qui avaient débarqué la veille. Leur canot était amarré à une grosse pierre, et, soulevé par la marée montante, il se balançait sur les petites lames du ressac.

Godfrey pouvait distinguer tout ce qui se passait sur la plage, sans employer sa lunette. Il n'était pas à plus de deux cents pas du feu, dont il entendait même les crépitements. Il comprit aussitôt qu'il n'avait point à craindre d'être surpris par-derrière, que tous les Noirs,

Autour de ce feu, allaient et venaient les naturels… (Voir p. 198.)

qu'il avait comptés dans le prao, étaient réunis en cet endroit.

Dix sur douze, en effet, s'occupaient, les uns à entretenir le foyer, les autres à enfoncer des pieux en terre, avec l'évidente intention d'installer une broche à la mode polynésienne. Un onzième, qui paraissait être le chef, se promenait sur la grève, et portait souvent les yeux vers l'intérieur de l'île, comme s'il eût craint quelque attaque.

Godfrey reconnut sur les épaules de ce naturel l'étoffe rouge de son pavillon, devenu un oripeau de toilette.

Quant au douzième sauvage, il était étendu sur le sol, étroitement attaché à un piquet.

Godfrey ne comprit que trop à quel sort ce malheureux était destiné. Cette broche, c'était pour l'embrocher ! Ce feu, c'était pour le faire rôtir !... Tartelett ne s'était donc pas trompé la veille, lorsque, par pressentiment, il traitait ces gens de cannibales !

Il faut convenir aussi qu'il ne s'était pas trompé davantage, en disant que les aventures des Robinsons, vrais ou imaginaires, étaient toutes calquées les unes sur les autres ! Bien certainement, Godfrey et lui se trouvaient alors dans la même situation que le héros de Daniel de Foe, lorsque les sauvages débarquèrent sur son île. Tous deux allaient, sans doute, assister à la même scène de cannibalisme.

Eh bien, Godfrey était décidé à se conduire comme ce héros ! Non ! il ne laisserait pas massacrer le prisonnier qu'attendaient ces estomacs d'anthropophages ! Il était bien armé. Ses deux fusils – quatre coups –, ses deux revolvers – douze coups – pouvaient avoir facilement raison de onze coquins, que la détonation d'une arme à feu suffirait peut-être à faire détaler. Cette

Godfrey poussa un cri… (Voir p. 202.)

détermination prise, il attendit avec un parfait sang-froid le moment d'intervenir par un éclat de foudre.

Il ne devait pas longtemps attendre.

En effet, vingt minutes à peine s'étaient écoulées, lorsque le chef se rapprocha du foyer : Puis, d'un geste, il montra le prisonnier aux naturels qui attendaient ses ordres.

Godfrey se leva. Tartelett, sans savoir pourquoi, par exemple, en fit autant. Il ne comprenait même pas où en voulait venir son compagnon, qui ne lui avait rien dit de ses projets.

Godfrey s'imaginait, évidemment, que les sauvages, à son aspect, feraient un mouvement quelconque, soit pour fuir vers leur embarcation, soit pour s'élancer vers lui…

Il n'en fut rien. Il ne semblait même pas qu'il eût été aperçu ; mais, à ce moment, le chef fit un geste plus significatif… Trois de ses compagnons, se dirigeant vers le prisonnier, vinrent le délier et le forcèrent à marcher du côté du feu.

C'était un homme jeune encore, qui, sentant sa dernière heure venue, voulut résister. Décidé, s'il le pouvait, à vendre chèrement sa vie, il commença par repousser les naturels qui le tenaient ; mais il fut bientôt terrassé, et le chef, saisissant une sorte de hache de pierre, s'élança pour lui fracasser la tête.

Godfrey poussa un cri qui fut suivi d'une détonation. Une balle avait sifflé dans l'air, et il fallait qu'elle eût mortellement frappé le chef, car celui-ci tomba sur le sol.

Au bruit de la détonation, les sauvages, surpris comme s'ils n'avaient jamais entendu un coup de feu, s'arrêtèrent. À la vue de Godfrey, ceux qui tenaient le prisonnier le lâchèrent un instant.

Aussitôt, ce pauvre diable de se relever, de courir vers l'endroit où il apercevait ce libérateur inattendu.

En ce moment retentit une seconde détonation.

C'était Tartelett, qui, sans viser – il fermait si bien les yeux, l'excellent homme ! – venait de tirer, et la crosse de son fusil lui appliquait sur la joue droite la plus belle gifle qu'eût jamais reçue un professeur de danse et de maintien.

Mais – ce que c'est que le hasard ! – un second sauvage tomba près du chef.

Ce fut une déroute alors. Peut-être les survivants pensèrent-ils qu'ils avaient affaire à une nombreuse troupe d'indigènes, auxquels ils ne pourraient résister ? Peut-être furent-ils tout simplement épouvantés à la vue de ces deux Blancs, qui semblaient disposer d'une foudre de poche ! Et les voilà, ramassant les deux blessés, les emportant, se précipitant dans leur prao, faisant force de pagaies pour sortir de la petite crique, déployant leur voile, prenant le vent du large, filant vers le promontoire de Flag-Point, qu'ils ne tardèrent pas à doubler.

Godfrey n'eut pas la pensée de les poursuivre. À quoi bon en tuer davantage ? Il avait sauvé leur victime, il les avait mis en fuite, c'était là l'important. Tout cela s'était fait dans de telles conditions que, certainement, ces cannibales n'oseraient jamais revenir à l'île Phina. Tout était donc pour le mieux. Il n'y avait plus qu'à jouir d'une victoire, dont Tartelett n'hésitait pas à s'attribuer la grande part.

Pendant ce temps, le prisonnier avait rejoint son sauveur. Un instant, il s'était arrêté, avec la crainte que lui inspiraient ces êtres supérieurs ; mais, presque aussitôt, il avait repris sa course. Dès qu'il fut arrivé devant les deux Blancs, il se courba jusqu'au sol ; puis, prenant

Il se courba jusqu'au sol… (Voir p. 203.)

le pied de Godfrey, il le plaça sur sa tête en signe de servitude.

C'était à croire que ce naturel de la Polynésie, lui aussi, avait lu Robinson Crusoé !

XVIII

QUI TRAITE DE L'ÉDUCATION MORALE ET PHYSIQUE D'UN SIMPLE INDIGÈNE DU PACIFIQUE

Godfrey releva aussitôt le pauvre diable, qui restait prosterné devant lui. Il le regarda bien en face.

C'était un homme âgé de trente-cinq ans au plus, uniquement vêtu d'un lambeau d'étoffe qui lui ceignait les reins. À ses traits, comme à la conformation de sa tête, on pouvait reconnaître en lui le type du Noir africain. Le confondre avec les misérables abâtardis des îles polynésiennes, qui, par la dépression du crâne, la longueur des bras, se rapprochent si étrangement du singe, cela n'eût pas été possible.

Maintenant, comment il se faisait qu'un Nègre du Soudan ou de l'Abyssinie fût tombé entre les mains des naturels d'un archipel du Pacifique, on n'aurait pu le savoir que si ce Noir eût parlé l'anglais ou l'une des deux ou trois langues européennes que Godfrey pouvait entendre. Mais il fut bientôt constant que ce malheureux n'employait qu'un idiome absolument incompréhensible – probablement le langage de ces indigènes, chez lesquels, sans doute, il était arrivé fort jeune.

En effet, Godfrey l'avait immédiatement interrogé en anglais : il n'en avait obtenu aucune réponse. Il lui fit alors comprendre par signes, non sans peine, qu'il voulait savoir son nom.

Après quelques essais infructueux, ce Nègre, qui, en somme, avait une très intelligente et même très honnête figure, répondit à la demande qui lui était faite par ce seul mot :

« Carèfinotu.

— Carèfinotu ! s'écria Tartelett. Voyez-vous ce nom ?... Je propose, moi, de l'appeler “Mercredi”, puisque c'est aujourd'hui mercredi, ainsi que cela se fait toujours dans les îles à Robinsons ! Est-ce qu'il est permis de se nommer Carèfinotu ?

— Si c'est son nom, à cet homme, répondit Godfrey, pourquoi ne le garderait-il pas ? »

Et, en ce moment, il sentit une main s'appuyer sur sa poitrine, tandis que toute la physionomie du Noir semblait lui demander comment il s'appelait lui-même.

« Godfrey ! » répondit-il.

Le Noir essaya de répéter ce nom ; mais bien que Godfrey le lui eût répété plusieurs fois, il ne parvint pas à le prononcer d'une façon intelligible. Alors il se tourna vers le professeur, comme pour savoir le sien.

« Tartelett, répondit celui-ci d'un ton aimable.

— Tartelett ! » répéta Carèfinotu.

Et il fallait que cet assemblage de syllabes fût convenablement accommodé pour la disposition des cordes vocales de son gosier, car il le prononça très distinctement.

Le professeur en parut extrêmement flatté. En vérité, il y avait de quoi l'être !

C'est alors que Godfrey, voulant mettre à profit l'intelligence de ce Noir, essaya de lui faire comprendre qu'il désirait savoir quel était le nom de l'île. Il lui montra donc de la main l'ensemble des bois, des prairies, des collines, puis le littoral qui les encadrait, puis l'horizon de mer, et il l'interrogea du regard.

Carèfinotu, ne comprenant pas immédiatement ce dont il s'agissait, imita le geste de Godfrey, il tourna sur lui-même en parcourant des yeux tout l'espace.

« Arneka, dit-il enfin.

— Arneka ? reprit Godfrey en frappant le sol du pied pour mieux accentuer sa demande.

— Arneka ! » répéta le Noir.

Cela n'apprenait rien à Godfrey, ni sur le nom géographique que devait porter l'île, ni sur sa situation dans le Pacifique. Ses souvenirs ne lui rappelaient aucunement ce nom : c'était probablement une dénomination indigène, peut-être inconnue des cartographes.

Cependant, Carèfinotu ne cessait de regarder les deux Blancs, non sans quelque stupeur, allant de l'un à l'autre, comme s'il eût voulu bien établir dans son esprit les différences qui les caractérisaient. Sa bouche souriait en découvrant de magnifiques dents blanches, que Tartelett n'examinait pas sans une certaine réserve.

« Si ces dents-là, dit-il, n'ont jamais mordu à la chair humaine, je veux que ma pochette éclate dans ma main !

— En tout cas, Tartelett, répondit Godfrey, notre nouveau compagnon n'a plus l'air d'un pauvre diable que l'on va faire cuire et manger ! C'est le principal ! »

Ce qui attirait plus particulièrement l'attention de Carèfinotu, c'étaient les armes que portaient Godfrey et Tartelett – aussi bien le fusil qu'ils tenaient à la main que le revolver passé à leur ceinture.

Godfrey s'aperçut aisément de ce sentiment de curiosité. Il était évident que le sauvage n'avait jamais vu d'arme à feu. Se disait-il que c'était un de ces tubes de fer qui avait lancé la foudre, amené sa propre délivrance ? On pouvait en douter.

Godfrey voulut alors lui donner, non sans raison, une haute idée de la puissance des Blancs. Il arma son fusil, puis, montrant à Carèfinotu une bartavelle qui voletait dans la prairie à une cinquantaine de pas, il épaula vivement, et fit feu : l'oiseau tomba.

Au bruit de la détonation, le Noir avait fait un saut prodigieux, que Tartelett ne put s'empêcher d'admirer au point de vue chorégraphique. Surmontant alors sa frayeur, voyant le volatile qui, l'aile cassée, se traînait dans les herbes, il prit son élan, et, aussi rapide qu'un chien de chasse, il courut vers l'oiseau, puis, avec force gambades, moitié joyeux, moitié stupéfait, il le rapporta à son maître.

Tartelett eut alors la pensée de montrer à Carèfinotu que le Grand-Esprit l'avait gratifié, lui aussi, de la puissance foudroyante. Aussi, apercevant un martin-pêcheur, tranquillement perché sur un vieux tronc, près du rio, il le coucha en joue.

« Non ! fit aussitôt Godfrey. Ne tirez pas, Tartelett !

— Et pourquoi ?

— Songez donc ! si, par malchance, vous alliez manquer cet oiseau, nous serions diminués dans l'esprit de ce Noir !

— Et pourquoi le manquerais-je ? répondit Tartelett, non sans une petite pointe d'aigreur. Est-ce que pendant la bataille, à plus de cent pas, pour la première fois que je maniais un fusil, je n'ai pas touché en pleine poitrine l'un de ces anthropophages ?

— Vous l'avez touché, évidemment, dit Godfrey, puisqu'il est tombé, mais, croyez-moi, Tartelett, dans l'intérêt commun, ne tentez pas deux fois la fortune ! »

Le professeur, un peu dépité, se laissa convaincre, cependant ; il remit son fusil sur son épaule – crânement –, et tous deux, suivis de Carèfinotu, revinrent à Will-Tree.

Là, ce fut une véritable surprise pour le nouvel hôte de l'île Phina, que cet aménagement si heureusement disposé dans la partie inférieure du séquoia. On dut tout d'abord lui indiquer, en les employant devant lui, à quel usage servaient ces outils, ces instruments, ces ustensiles. Il fallait que Carèfinotu appartînt ou eût vécu chez des sauvages placés au dernier rang de l'échelle humaine, car le fer même semblait lui être inconnu. Il ne comprenait pas que la marmite ne prît pas feu, quand on la mettait sur des charbons ardents ; il voulait la retirer, au grand déplaisir de Tartelett, chargé de surveiller les différentes phases du bouillon. Devant un miroir qui lui fut présenté, il éprouva aussi une stupéfaction complète : il le tournait, il le retournait pour voir si sa propre personne ne se trouvait pas derrière.

« Mais, c'est à peine un singe, ce moricaud ! s'écria le professeur, en faisant une moue dédaigneuse.

— Non, Tartelett, répondit Godfrey, c'est plus qu'un singe, puisqu'il regarde derrière le miroir – ce qui prouve de sa part un raisonnement dont n'est capable aucun animal !

— Enfin, je le veux bien, admettons que ce ne soit pas un singe, dit Tartelett, en secouant la tête d'un air peu convaincu ; mais nous verrons bien si un pareil être peut nous être bon à quelque chose !

— J'en suis sûr ! » répondit Godfrey.

En tout cas, Carèfinotu ne se montra pas difficile devant les mets qui lui furent présentés. Il les flaira d'abord, il y goûta du bout des dents, et, en fin de compte, le déjeuner dont il prit sa part, la soupe d'agouti, la bartavelle tuée par Godfrey, une épaule de mouton, accompagnée de camas et de yamph, suffirent à peine à calmer la faim qui le dévorait.

« Je vois que ce pauvre diable a bon appétit ! dit Godfrey.

— Oui, répondit Tartelett, et on fera bien de surveiller ses instincts de cannibale, à ce gaillard-là !

— Allons donc, Tartelett ! Nous saurons lui faire passer le goût de la chair humaine, s'il l'a jamais eu !

— Je n'en jurerais pas, répondit le professeur. Il paraît que lorsqu'on y a goûté !... »

Pendant que tous deux causaient ainsi, Carèfinotu les écoutait avec une extrême attention. Ses yeux brillaient d'intelligence. On voyait qu'il aurait voulu comprendre ce qui se disait en sa présence. Il parlait alors, lui aussi, avec une extrême volubilité, mais ce n'était qu'une suite d'onomatopées dénuées de sens, d'interjections criardes, où dominaient les *a* et les *ou*, comme dans la plupart des idiomes polynésiens.

Enfin, quel qu'il fût, ce Noir, si providentiellement sauvé, c'était un nouveau compagnon ; disons-le, ce devait être un dévoué serviteur, un véritable esclave, que le hasard le plus inattendu venait d'envoyer aux hôtes de Will-Tree. Il était vigoureux, adroit, actif ; par la suite, aucune besogne ne le rebuta. Il montrait une réelle aptitude à imiter ce qu'il voyait faire. Ce fut de cette manière que Godfrey procéda à son éducation. Le soin des animaux domestiques, la récolte des racines et des fruits, le dépeçage des moutons ou agoutis, qui devaient servir à la nourriture du jour, la fabrication d'une sorte de cidre que l'on tirait des pommes sauvages du manzanilla, il s'acquittait soigneusement de tout, après l'avoir vu faire.

Quoi qu'en pût penser Tartelett, Godfrey n'éprouva jamais aucune défiance de ce sauvage, et il ne semblait pas qu'il dût jamais avoir lieu de s'en repentir. S'il s'inquiétait, c'était du retour possible des cannibales, qui connaissaient maintenant la situation de l'île Phina.

Dès le premier jour, une couchette avait été réservée à Carèfinotu dans la chambre de Will-Tree ; mais le plus souvent, à moins que la pluie ne tombât, il préférait dormir au-dehors, dans quelque creux d'arbre, comme s'il eût voulu être mieux posté pour la garde de l'habitation.

Pendant les quinze jours qui suivirent son arrivée sur l'île, Carèfinotu accompagna plusieurs fois Godfrey à la chasse. Sa surprise était toujours extrême à voir tomber les pièces de gibier, ainsi frappées à distance ; mais alors il faisait office de chien avec un entrain, un élan, qu'aucun obstacle, haie, buisson, ruisseau, ne pouvait arrêter. Peu à peu, Godfrey s'attacha donc très sérieusement à ce Noir. Il n'y avait qu'un progrès auquel Carèfinotu se montrait absolument réfractaire : c'était l'emploi de la langue anglaise. Quelque effort qu'il y mît, il ne parvenait pas à prononcer les mots les plus usuels que Godfrey, et surtout le professeur Tartelett, s'entêtant à cette tâche, essayaient de lui apprendre.

Ainsi se passait le temps. Mais si le présent était assez supportable, grâce à un heureux concours de circonstances, si aucun danger immédiat ne menaçait,

Godfrey ne devait-il pas se demander comment il pourrait jamais quitter cette île, par quel moyen il parviendrait enfin à se rapatrier ! Pas de jour où il ne pensât à son oncle Will, à sa fiancée ! Ce n'était pas sans une secrète appréhension qu'il voyait s'approcher la saison mauvaise, qui mettrait entre ses amis, sa famille et lui, une barrière plus infranchissable encore !

Le 27 septembre, une circonstance se produisit. Si elle amena un surcroît de besogne pour Godfrey et ses deux compagnons, elle leur assura, du moins, une abondante réserve de nourriture.

Godfrey et Carèfinotu étaient occupés à la récolte des mollusques à la pointe extrême de Dream-Bay, lorsqu'ils aperçurent sous le vent une innombrable quantité de petits îlots mobiles, que la marée montante poussait doucement vers le littoral. C'était comme une sorte d'archipel flottant, à la surface duquel se promenaient ou voletaient quelques-uns de ces oiseaux de mer à vaste envergure, que l'on désigne parfois sous le nom d'éperviers marins.

Qu'étaient donc ces masses, qui voguaient de conserve, s'élevant ou s'abaissant à l'ondulation des lames ?

Godfrey ne savait que penser, lorsque Carèfinotu se jeta à plat ventre ; puis, ramassant sa tête dans ses épaules, repliant sous lui ses bras et ses jambes, il se mit à imiter les mouvements d'un animal qui rampe lentement sur le sol.

Godfrey le regardait, sans rien comprendre à cette bizarre gymnastique. Puis, tout à coup :

« Des tortues ! » s'écria-t-il.

Carèfinotu ne s'était point trompé. Il y avait là, sur un espace d'un mille carré, des myriades de tortues qui

Le seul moyen, c'était de les retourner… (Voir p. 214.)

nageaient à fleur d'eau. Cent brasses avant d'atteindre le littoral, la plupart disparurent en plongeant, et les éperviers, auxquels le point d'appui vint à manquer, s'élevèrent dans l'air en décrivant de larges spirales. Mais, très heureusement, une centaine de ces amphibies ne tardèrent pas à s'échouer au rivage.

Godfrey et le Noir eurent vite fait de courir sur la grève au-devant de ce gibier marin, dont chaque pièce mesurait au moins trois à quatre pieds de diamètre. Or, le seul moyen d'empêcher ces tortues de regagner la mer, c'était de les retourner sur le dos ; ce fut donc à cette rude besogne que Godfrey et Carèfinotu s'occupèrent, non sans grande fatigue.

Les jours suivants furent consacrés à recueillir tout ce butin. La chair de tortue, qui est excellente fraîche ou conservée, pouvait être gardée sous ces deux formes. En prévision de l'hiver, Godfrey en fit saler la plus grande partie, de manière à pouvoir s'en servir pour les besoins de chaque jour. Mais, pendant quelque temps, il y eut sur la table certains bouillons de tortue, dont Tartelett ne fut pas seul à se régaler.

À part cet incident, la monotonie de l'existence ne fut plus troublée en rien. Chaque jour, les mêmes heures étaient consacrées aux mêmes travaux. Cette vie ne serait-elle pas plus triste encore, lorsque la saison d'hiver obligerait Godfrey et ses compagnons à se renfermer dans Will-Tree ? Godfrey n'y songeait pas sans une certaine anxiété. Mais qu'y faire ?

En attendant, il continuait à explorer l'île Phina, il employait à chasser tout le temps que ne réclamait pas une plus pressante besogne. Le plus souvent, Carèfinotu l'accompagnait, tandis que Tartelett restait au logis. Décidément, il n'était pas chasseur, bien que son premier coup de fusil eût été un coup de maître !

C'était un ours gris… (Voir p. 216.)

Or, ce fut pendant une de ces excursions qu'il se produisit un incident inattendu, de nature à compromettre gravement dans l'avenir la sécurité des hôtes de Will-Tree.

Godfrey et le Noir étaient allés chasser dans la grande forêt centrale, au pied de la colline qui formait l'arête principale de l'île Phina. Depuis le matin, ils n'avaient vu passer que deux ou trois antilopes à travers les hautes futaies, mais à une trop grande distance pour qu'il eût été possible de les tirer avec quelque chance de les abattre.

Or, comme Godfrey, qui n'était point en quête de menu gibier, ne cherchait pas à détruire pour détruire, il se résignait à revenir bredouille. S'il le regrettait, ce n'était pas tant pour la chair d'antilope que pour la peau de ces ruminants, dont il comptait faire un bon emploi.

Il était déjà trois heures après midi. Avant comme après le déjeuner, que son compagnon et lui avaient fait sous bois, il n'avait pas été plus heureux. Tous deux s'apprêtaient donc à regagner Will-Tree pour l'heure du dîner, lorsque, au moment de franchir la lisière de la forêt, Carèfinotu fit un bond ; puis, se précipitant sur Godfrey, il le saisit par les épaules et l'entraîna avec une vigueur telle, que celui-ci ne put résister.

Vingt pas plus loin, Godfrey s'arrêtait, il reprenait haleine, et, se tournant vers Carèfinotu, il l'interrogeait du regard.

Le Noir, très effrayé, la main tendue, montrait un animal immobile, à moins de cinquante pas.

C'était un ours gris, dont les pattes embrassaient le tronc d'un arbre, et qui remuait de haut en bas sa grosse tête, comme s'il eût été sur le point de se jeter sur les deux chasseurs.

Aussitôt, sans même prendre le temps de la réflexion, Godfrey arma son fusil et fit feu, avant que Carèfinotu n'eût pu l'en empêcher.

L'énorme plantigrade fut-il atteint par la balle ? c'est probable. Était-il tué ? on ne pouvait l'assurer ; mais ses pattes se détendirent, et il roula au pied de l'arbre.

Il n'y avait pas à s'attarder. Une lutte directe avec un aussi formidable animal aurait pu avoir les plus funestes résultats. On sait que, dans les forêts de la Californie, l'attaque des ours gris fait courir, même aux chasseurs de profession, les plus terribles dangers.

Aussi, le Noir saisit-il Godfrey par le bras, afin de l'entraîner rapidement vers Will-Tree. Godfrey, comprenant qu'il ne saurait être trop prudent, se laissa faire.

XIX

DANS LEQUEL LA SITUATION DÉJÀ GRAVEMENT COMPROMISE SE COMPLIQUE DE PLUS EN PLUS

La présence d'un fauve redoutable dans l'île Phina, c'était là, on en conviendra, de quoi préoccuper au plus haut point ceux que la mauvaise fortune y avait jetés.

Godfrey – peut-être eut-il tort – ne crut pas devoir cacher à Tartelett ce qui venait de se passer.

« Un ours ! s'écria le professeur en regardant autour de lui d'un œil effaré, comme si les environs de Will-Tree eussent été assaillis par une bande de ces fauves. Pourquoi un ours ? Jusqu'ici il n'y avait pas eu d'ours dans notre île ! S'il y en a un, il peut s'en trouver plusieurs, et même un grand nombre d'autres bêtes féroces : des jaguars, des panthères, des tigres, des hyènes, des lions ! »

Tartelett voyait déjà l'île Phina livrée à toute une ménagerie en rupture de cage.

Godfrey lui répondit qu'il ne fallait rien exagérer. Il avait vu un ours, c'était certain. Pourquoi jamais un de ces fauves ne s'était-il montré jusqu'alors, quand il parcourait les forêts de l'île, cela, il ne pouvait se l'expliquer, et c'était véritablement inexplicable. Mais, de là à conclure que des animaux féroces, de toute espèce, pullulaient maintenant dans les bois et les prairies, il y avait loin. Néanmoins il conviendrait d'être prudent et de ne plus sortir que bien armé.

Infortuné Tartelett ! Depuis ce jour commença pour lui une existence d'inquiétudes, d'émotions, de transes, d'épouvantes irraisonnées, qui lui donna au plus haut degré la nostalgie du pays natal.

« Non, répétait-il, non ! S'il y a des bêtes… j'en ai assez, et je demande à m'en aller ! »

Il fallait le pouvoir.

Godfrey et ses compagnons eurent donc, désormais, à se tenir sur leurs gardes. Une attaque pouvait se produire non seulement du côté du littoral et de la prairie, mais aussi jusque dans le groupe des séquoias. C'est pourquoi de sérieuses mesures furent prises pour mettre l'habitation à l'abri d'une agression subite. La porte fut solidement renforcée, de manière à pouvoir résister à la griffe d'un fauve. Quant aux animaux domestiques, Godfrey aurait bien voulu leur construire une étable, où on aurait pu les renfermer, au moins la nuit, mais ce n'était pas chose facile. On se borna donc à les maintenir, autant que possible, aux abords de Will-Tree dans une sorte d'enclos de branchages, d'où ils ne pouvaient sortir. Mais cet enclos n'était ni assez solide, ni assez élevé pour empêcher un ours ou une hyène de le renverser ou de le franchir.

Toutefois, comme Carèfinotu, malgré les insistances qu'on lui fit, continuait à veiller au-dehors pendant la nuit, Godfrey espérait toujours être à même de prévenir une attaque directe.

Certes, Carèfinotu s'exposait en se constituant ainsi le gardien de Will-Tree ; mais il avait certainement compris qu'il rendait service à ses libérateurs, et il persista, quoi que Godfrey pût lui dire, à veiller, comme à l'ordinaire, pour le salut commun.

Une semaine se passa sans qu'aucun de ces redoutables visiteurs n'eût paru aux environs. Godfrey, d'ailleurs, ne s'éloignait plus de l'habitation, à moins qu'il n'y eût nécessité. Tandis que les moutons, les chèvres et autres paissaient dans la prairie voisine, on ne les perdait pas de vue. Le plus souvent, Carèfinotu faisait office de berger. Il ne prenait point de fusil, car il ne semblait pas qu'il eût compris le maniement des armes à feu, mais un des couteaux de chasse était passé à sa ceinture, une hache pendait à sa main droite. Ainsi armé, le vigoureux Noir n'eût pas hésité à se jeter au-devant d'un tigre ou de tout autre animal de la pire espèce.

Cependant, comme ni l'ours ni aucun de ses congénères n'avaient reparu depuis la dernière rencontre, Godfrey commença à se rassurer. Il reprit peu à peu ses explorations et ses chasses, mais sans les pousser aussi loin dans l'intérieur de l'île. Pendant ce temps, lorsque le Noir l'accompagnait, Tartelett, bien renfermé dans

Will-Tree, ne se serait pas hasardé au-dehors, quand même il se fût agi d'aller donner une leçon de danse ! D'autres fois aussi, Godfrey partait seul, et le professeur avait alors un compagnon, à l'instruction duquel il se consacrait obstinément.

Oui ! Tartelett avait d'abord eu la pensée d'enseigner à Carèfinotu les mots les plus usuels de la langue anglaise ; mais il dut y renoncer, tant le Noir semblait avoir l'appareil phonétique mal conformé pour ce genre de prononciation.

« Alors, s'était dit Tartelett, puisque je ne puis être son professeur, je serai son élève ! »

Et c'était lui qui s'était mis en tête d'apprendre l'idiome que parlait Carèfinotu.

Godfrey eut beau lui dire que cela ne leur serait pas d'une grande utilité, Tartelett n'en voulut pas démordre. Il s'ingénia donc à faire comprendre à Carèfinotu de lui nommer en sa langue les objets qu'il lui désignait de la main.

En vérité, il faut croire que l'élève Tartelett avait de grandes dispositions, car, au bout de quinze jours, il savait bien quinze mots ! Il savait que Carèfinotu disait « birsi » pour désigner le feu, « aradou » pour désigner le ciel, « mervira » pour désigner la mer, « doura » pour désigner un arbre, etc. Il en était aussi fier que s'il eût obtenu un premier prix de polynésien au grand concours.

C'est alors que, dans une pensée de gratitude, il voulut reconnaître ce que son professeur avait fait pour lui – non plus en essayant de lui faire écorcher quelques mots d'anglais, mais en lui inculquant les belles manières et les vrais principes de la chorégraphie européenne.

Là-dessus, Godfrey ne put s'empêcher de rire de bon cœur ! Après tout, cela faisait passer le temps, et le dimanche, lorsqu'il n'y avait plus rien à faire, il assistait volontiers au cours du célèbre professeur Tartelett, de San Francisco.

En vérité, il fallait voir cela ! Le malheureux Carèfinotu suait sang et eau à se plier aux exercices élémentaires de la danse ! Il était docile, plein de bonne volonté, cependant ; mais, comme tous ses pareils, est-ce qu'il n'avait pas les épaules rentrées, le ventre proéminent, les genoux en dedans, les pieds aussi ? Allez donc faire un Vestris ou un Saint-Léon d'un sauvage bâti de la sorte !

Quoi qu'il en soit, le professeur y mit de la rage. D'ailleurs, Carèfinotu, bien que torturé, y mettait du zèle. Ce qu'il dut souffrir, rien que pour placer ses pieds à la première position, ne saurait s'imaginer ! Et quand il dut passer à la seconde, puis à la troisième, ce fut bien autre chose encore !

« Mais regarde-moi donc, entêté ! criait Tartelett, qui joignait l'exemple à la leçon. En dehors, les pieds ! Plus en dehors encore ! La pointe de celui-ci au talon de celui-là ! Ouvre tes genoux, coquin ! Efface tes épaules, bélître ! La tête droite !... Les bras arrondis !...

— Mais vous lui demandez l'impossible ! disait Godfrey.

— Rien n'est impossible à l'homme intelligent ! répondait invariablement Tartelett.

— Mais sa conformation ne s'y prête pas...

— Eh bien, elle s'y prêtera, sa conformation ! Il faudra bien qu'elle s'y prête, et, plus tard, ce sauvage me devra, du moins, de savoir se présenter convenablement dans un salon !

Quels sauts, quelles gambades ! (Voir p. 223.)

— Mais, jamais, Tartelett, jamais il n'aura l'occasion de se présenter dans un salon !

— Eh ! qu'en savez-vous, Godfrey ? ripostait le professeur en se redressant sur ses pointes. L'avenir n'est-il pas aux nouvelles couches ? »

C'était le mot de la fin de toutes les discussions de Tartelett. Et alors, le professeur prenant sa pochette, son archet en tirait de petits airs aigres, qui faisaient la joie de Carèfinotu. Il n'y avait plus à l'exciter ! – Sans se soucier des règles chorégraphiques, quels sauts, quelles contorsions, quelles gambades !

Et Tartelett, rêveur, voyant cet enfant de la Polynésie se démener de la sorte, se demandait si ces pas, peut-être un peu trop caractérisés, n'étaient point naturels à l'être humain, bien qu'ils fussent en dehors de tous les principes de l'art !

Mais nous laisserons le professeur de danse et de maintien à ses philosophiques méditations, pour revenir à des questions à la fois plus pratiques et plus opportunes.

Pendant ses dernières excursions dans la forêt ou la plaine, soit qu'il fût seul, soit qu'il fût accompagné de Carèfinotu, Godfrey n'avait aperçu aucun autre fauve. Il n'avait pas même retrouvé trace de ces animaux. Le rio, auquel ils seraient venus se désaltérer, ne portait aucune empreinte sur ses berges. Pas de hurlements, non plus, pendant la nuit, ni de rugissements suspects. En outre, les animaux domestiques continuaient à ne donner aucun signe d'inquiétude.

« Cela est singulier, se disait quelquefois Godfrey, et cependant je ne me suis pas trompé ! Carèfinotu, pas davantage ! C'est bien un ours qu'il m'a montré ! C'est bien sur un ours que j'ai tiré ! En admettant que je l'aie tué, cet ours était-il donc le dernier représentant de la famille des plantigrades qui fût sur l'île ? »

C'était absolument inexplicable ! D'ailleurs, si Godfrey avait tué cet ours, il aurait dû retrouver son corps à la place où il l'avait frappé. Or, c'est vainement qu'il l'y avait cherché ! Devait-il donc croire que l'animal, mortellement blessé, eût été mourir au loin dans quelque tanière ? C'était possible, après tout ; mais alors, à cette place, au pied de cet arbre, il y aurait eu des traces de sang, et il n'y en avait pas.

« Quoi qu'il en soit, pensait Godfrey, peu importe, et tenons-nous toujours sur nos gardes ! »

Avec les premiers jours de novembre, on peut dire que la mauvaise saison avait commencé sous cette latitude inconnue. Des pluies déjà froides tombaient pendant quelques heures. Plus tard, très probablement, il surviendrait de ces averses interminables, qui ne cessent pendant des semaines entières et caractérisent la période pluvieuse de l'hiver à la hauteur de ce parallèle.

Godfrey dut alors s'occuper de l'installation d'un foyer à l'intérieur même de Will-Tree – foyer indispensable, qui servirait aussi bien à chauffer l'habitation pendant l'hiver qu'à faire la cuisine à l'abri des ondées et des coups de vent.

Le foyer, on pouvait toujours l'établir dans un coin de la chambre, entre de grosses pierres, les unes posées à plat et les autres de chant. La question était d'en pouvoir diriger la fumée au-dehors, car, la laisser s'échapper par le long boyau qui s'enfonçait à l'intérieur du séquoia jusqu'au haut du tronc, ce n'était pas praticable.

Godfrey eut alors la pensée d'employer pour faire un tuyau quelques-uns de ces longs et gros bambous qui croissaient en certains endroits des berges du rio.

Il faut dire qu'il fut très bien secondé en cette occasion par Carèfinotu. Le Noir comprit, non sans quelques efforts, ce que voulait Godfrey. Ce fut lui qui l'accompagna, lorsqu'il alla, à deux milles de Will-Tree, choisir des bambous parmi les plus gros ; ce fut lui aussi qui l'aida à monter son foyer. Les pierres furent disposées sur le sol, au fond, en face de la porte ; les bambous, vidés de leur moelle, taraudés à leurs nœuds, formèrent, en s'ajustant l'un dans l'autre, un tuyau de suffisante longueur, qui aboutissait à une ouverture percée dans l'écorce du séquoia. Cela pouvait donc suffire, pourvu qu'on veillât bien à ce que le feu ne prît pas aux bambous. Godfrey eut bientôt la satisfaction de voir flamber un bon feu, sans empester de fumée l'intérieur de Will-Tree.

Il avait eu raison de procéder à cette installation, encore plus raison de se hâter de la faire.

En effet, du 3 au 10 novembre, la pluie ne cessa de tomber torrentiellement. Il eût été impossible de maintenir le feu allumé en plein air. Pendant ces tristes jours, il fallut demeurer dans l'habitation. On ne dut en sortir que pour les besoins urgents du troupeau et du poulailler.

Il arriva, dans ces conditions, que la réserve de camas vint à manquer. C'était, par le fait, la substance qui tenait lieu de pain, et dont la privation se fit bientôt sentir.

Godfrey annonça donc à Tartelett un jour, le 10 novembre, que, dès que le temps paraîtrait se remettre, Carèfinotu et lui iraient à la récolte des camas. Tartelett, qui n'était jamais pressé de courir à deux milles de là, à travers une prairie détrempée, se chargea de garder la maison pendant l'absence de Godfrey.

Or, dans la soirée, le ciel commença à se débarrasser des gros nuages que le vent d'ouest y avait accumulés depuis le commencement du mois, la pluie cessa peu à peu, le soleil jeta quelques lueurs crépusculaires. On put espérer que la journée du lendemain offrirait quelques embellies, dont il serait urgent de profiter.

« Demain, dit Godfrey, je partirai dès le matin, et Carèfinotu m'accompagnera.

— C'est convenu ! » répondit Tartelett.

Le soir venu, le souper achevé, comme le ciel, dégagé de vapeurs, laissait briller quelques étoiles, le Noir voulut reprendre au-dehors son poste habituel, qu'il avait dû abandonner pendant les pluvieuses nuits précédentes. Godfrey essaya bien de lui faire comprendre qu'il valait mieux rester dans l'habitation, que rien ne nécessitait un surcroît de surveillance, puisque aucun autre fauve n'avait été signalé ; mais Carèfinotu s'entêta dans son idée. Il fallut le laisser faire.

Le lendemain, ainsi que l'avait pressenti Godfrey, la pluie n'avait pas tombé depuis la veille. Aussi, quand il sortit de Will-Tree, vers sept heures, les premiers rayons du soleil doraient-ils légèrement l'épaisse voûte des séquoias.

Carèfinotu était à son poste, où il avait passé la nuit. Il attendait. Aussitôt, tous deux, bien armés et munis de grands sacs, prirent congé de Tartelett, puis se dirigèrent vers le rio, dont ils comptaient remonter la rive gauche jusqu'aux buissons de camas.

Une heure après, ils étaient arrivés, sans avoir fait aucune mauvaise rencontre.

Les racines furent rapidement déterrées, et en assez grande quantité pour remplir les deux sacs. Cela demanda trois heures, de sorte qu'il était environ onze heures du matin, lorsque Godfrey et son compagnon reprirent la route de Will-Tree.

Marchant l'un près de l'autre, se contentant de regarder, puisqu'ils ne pouvaient causer, ils étaient arrivés à un coude de la petite rivière, au-dessus de laquelle se penchaient de grands arbres, disposés comme un berceau naturel d'une rive à l'autre, lorsque, soudain, Godfrey s'arrêta.

Cette fois, c'était lui qui montrait à Carèfinotu un animal immobile, en arrêt au pied d'un arbre, et dont les deux yeux projetaient alors un éclat singulier.

« Un tigre ! » s'écria-t-il.

Il ne se trompait pas. C'était bien un tigre de grande taille, arc-bouté sur ses pattes de derrière, écorchant de ses griffes le tronc de l'arbre, enfin prêt à s'élancer.

En un clin d'œil, Godfrey avait laissé tomber son sac de racines. Le fusil chargé passait dans sa main droite, il l'armait, il épaulait, il ajustait, il faisait feu.

« Hurrah ! hurrah ! » s'écria-t-il.

Cette fois, il n'y avait pas à en douter : le tigre, frappé par la balle, avait fait un bond en arrière. Mais peut-être n'était-il pas mortellement blessé, peut-être allait-il revenir en avant, rendu plus furieux encore par sa blessure !...

Godfrey avait son fusil braqué, et de son second coup menaçait toujours l'animal.

Mais avant que Godfrey n'eût pu le retenir, Carèfinotu s'était précipité vers l'endroit où avait disparu le tigre, son couteau de chasse à la main.

Godfrey lui cria de s'arrêter, de revenir !... Ce fut en vain. Le Noir, décidé, même au péril de sa vie, à achever l'animal, qui n'était peut-être que blessé, ne l'entendit pas ou ne voulut pas l'entendre.

Godfrey se jeta donc sur ses traces…

Lorsqu'il arriva sur la berge, il vit Carèfinotu aux prises avec le tigre, le tenant à la gorge, se débattant dans une lutte effrayante, et, enfin, le frappant au cœur d'une main vigoureuse.

Le tigre roula alors jusque dans le rio, dont les eaux, grossies par les pluies précédentes, l'emportèrent avec la vitesse d'un torrent. Le cadavre de l'animal, qui n'avait flotté qu'un instant à sa surface, fut rapidement entraîné vers la mer.

Un ours ! un tigre ! Il n'était plus possible de douter que l'île ne recelât de redoutables fauves !

Cependant Godfrey, après avoir rejoint Carèfinotu, s'était assuré que le Noir n'avait reçu dans sa lutte que quelques éraflures sans gravité. Puis, très anxieux des éventualités que leur réservait l'avenir, il reprit le chemin de Will-Tree.

XX

DANS LEQUEL TARTELETT RÉPÈTE SUR TOUS LES TONS QU'IL VOUDRAIT BIEN S'EN ALLER

Lorsque Tartelett apprit qu'il y avait dans l'île non seulement des ours, mais des tigres, ses lamentations recommencèrent de plus belle. Maintenant il n'oserait plus sortir ! Ces fauves finiraient par connaître le chemin de Will-Tree ! On ne serait plus en sûreté nulle part ! Aussi, ce que le professeur, dans son effroi, demandait pour le protéger, c'était des fortifications, pour le moins, oui ! des murailles en pierre, avec escarpes et contrescarpes, courtines et bastions, des remparts, enfin, qui feraient un abri sûr du groupe des séquoias. Faute de quoi, il voulait, ou tout au moins il voudrait bien s'en aller.

« Moi aussi », répondit simplement Godfrey.

En effet, les conditions dans lesquelles les hôtes de l'île Phina avaient vécu jusqu'alors n'étaient plus les mêmes. Lutter contre le dénuement, lutter pour les besoins de la vie, ils y avaient réussi, grâce à d'heureuses circonstances. Contre la mauvaise saison, contre l'hiver et ses menaces, ils sauraient aussi se garder ; mais avoir à se défendre des animaux féroces, dont l'attaque était à chaque instant possible, c'était autre chose, et, en réalité, les moyens leur faisaient défaut.

La situation, ainsi compliquée, devenait donc très grave, en attendant qu'elle devînt intenable.

« Mais, se répétait sans cesse Godfrey, comment se fait-il que pendant quatre mois, nous n'ayons pas vu un seul fauve dans l'île, et pourquoi, depuis quinze jours, avons-nous eu à lutter contre un ours et un tigre ?... Qu'est-ce que cela veut dire ? »

Le fait pouvait être inexplicable, mais il n'était que trop réel, nous devons le reconnaître.

Godfrey, dont le sang-froid et le courage grandissaient devant les épreuves, ne se laissa pourtant pas abattre. Puisque de dangereux animaux menaçaient maintenant la petite colonie, il importait de se mettre en garde contre leurs attaques, cela sans tarder.

Mais quelles mesures prendre ?

Il fut d'abord décidé que les excursions dans les bois ou au littoral seraient plus rares, qu'on ne s'en irait que bien armé au-dehors, et seulement lorsque cela serait absolument nécessaire pour les besoins de la vie matérielle.

« Nous avons été assez heureux dans ces deux rencontres, disait souvent Godfrey, mais une autre fois, nous ne nous en tirerions peut-être pas à si bon compte ! Donc, il ne faut pas s'exposer sans nécessité absolue ! »

Toutefois, il ne suffisait pas de ménager les excursions, il fallait absolument protéger Will-Tree, aussi bien l'habitation que ses annexes, le poulailler, le parc aux animaux, etc., où les fauves ne seraient pas embarrassés de causer d'irréparables désastres.

Godfrey songea donc, sinon à fortifier Will-Tree suivant les fameux plans de Tartelett, du moins à relier entre eux les quatre ou cinq grands séquoias qui l'entouraient. S'il parvenait à établir une solide et haute palissade d'un tronc à l'autre, on pourrait y être relativement en sûreté, ou tout au moins à l'abri d'un coup de surprise.

Cela était praticable – Godfrey s'en rendit compte après avoir bien examiné les lieux –, mais c'était véritablement un gros travail. En le réduisant autant que possible, il s'agissait encore d'élever cette palissade sur un périmètre de trois cents pieds au moins. Que l'on juge, d'après cela, la quantité d'arbres qu'il faudrait choisir, abattre, charrier, dresser, afin que la clôture fût complète.

Godfrey ne recula pas devant cette besogne. Il fit part de ses projets à Tartelett, qui les approuva, en promettant un concours actif; mais, circonstance plus importante, il parvint à faire comprendre son plan à Carèfinotu, toujours prêt à lui venir en aide.

On se mit sans retard à l'ouvrage.

Il y avait près d'un coude du rio, à moins d'un mille en amont de Will-Tree, un petit bois de pins maritimes de moyenne grosseur, dont les troncs, à défaut de madriers ou de planches, sans avoir besoin d'être préalablement équarris, pourraient, par leur juxtaposition, former une solide enceinte palissadée.

C'est à ce bois que Godfrey et ses deux compagnons se rendirent le lendemain, 12 novembre, dès l'aube. Bien armés, ils ne s'avançaient qu'avec une extrême prudence.

« Ça ne me va pas beaucoup, ces expéditions-là ! murmurait Tartelett, que ces nouvelles épreuves aigrissaient de plus en plus. Je voudrais bien m'en aller ! »

Mais Godfrey ne prenait plus la peine de lui répondre. En cette occasion, on ne consultait point ses goûts, on ne faisait pas même appel à son intelligence. C'était l'aide de ses bras que réclamait l'intérêt commun. Il fallait bien qu'il se résignât à ce métier de bête de somme.

Aucune mauvaise rencontre, d'ailleurs, ne signala ce parcours d'un mille, qui séparait Will-Tree du petit bois. En vain les taillis avaient-ils été fouillés avec soin, la prairie observée d'un horizon à l'autre. Les animaux domestiques qu'on avait dû y laisser paître ne donnaient aucun signe de frayeur. Les oiseaux s'y livraient à leurs ébats, sans plus de préoccupation que d'habitude.

Les travaux commencèrent aussitôt. Godfrey voulait avec raison n'entreprendre le charriage qu'après que tous les arbres dont il avait besoin seraient abattus. On pourrait les travailler avec plus de sécurité, lorsqu'ils seraient sur place.

Carèfinotu rendit de très grands services pendant cette dure besogne. Il était devenu très habile au manie-

« Je voudrais bien m'en aller ! » (Voir p. 231.)

ment de la hache et de la scie. Sa vigueur lui permettait même de continuer son travail, lorsque Godfrey était obligé de s'arrêter pour prendre quelques instants de repos, et que Tartelett, les mains brisées, les membres moulus, n'aurait même plus eu la force de soulever sa pochette.

Cependant, à l'infortuné professeur de danse et de maintien, transformé en bûcheron, Godfrey avait réservé la part la moins fatigante de la tâche, c'est-à-dire l'élagage des petites branches. Malgré cela, lors même que Tartelett n'eût été payé qu'un demi-dollar par jour, il aurait volé les quatre cinquièmes de son salaire !

Pendant six jours, du 12 au 17 novembre, ces travaux ne discontinuèrent pas. On venait le matin dès l'aube, on emportait de quoi déjeuner, on ne rentrait à Will-Tree que pour le repas du soir. Le ciel n'était pas très beau. De gros nuages s'y accumulaient parfois. C'était un temps à grains, avec des alternatives de pluie et de soleil. Aussi, pendant les averses, les bûcherons se garaient-ils de leur mieux sous les arbres, puis ils reprenaient leur besogne un instant interrompue.

Le 18, tous les arbres, étêtés, ébranchés, gisaient sur le sol, prêts à être charriés à Will-Tree.

Pendant ce temps, aucun fauve n'avait apparu dans les environs du rio. C'était à se demander s'il en restait encore dans l'île ; si l'ours et le tigre, mortellement frappés, n'étaient pas – chose bien invraisemblable ! – les derniers de leur espèce.

Quoi qu'il en fût, Godfrey ne voulut point abandonner son projet d'élever une solide palissade, afin d'être également à l'abri d'un coup de main des sauvages et d'un coup de patte des ours ou des tigres. D'ailleurs, le plus fort était fait, puisqu'il n'y avait plus qu'à convoyer ces bois jusqu'à l'emplacement où ils seraient mis en œuvre.

Nous disons « le plus fort était fait », bien qu'il semblât que ce charriage dût être extrêmement pénible. S'il n'en fut rien, c'est que Godfrey avait eu une idée très pratique, qui devait singulièrement alléger la tâche : c'était d'employer le courant du rio, que la crue, occasionnée par les dernières pluies, rendait assez rapide, à transporter tous ces bois. On formerait de petits trains, et ils s'en iraient tranquillement jusqu'à la hauteur du groupe des séquoias que le ruisseau traversait obliquement. Là, le barrage formé par le petit pont les arrêterait tout naturellement. De cet endroit à Will-Tree, il resterait à peine vingt-cinq pas à franchir.

Si quelqu'un se montra particulièrement satisfait du procédé, qui allait lui permettre de relever sa qualité d'homme si malencontreusement compromise, ce fut bien le professeur Tartelett.

Dès le 18, les premiers trains flottés furent établis. Ils dérivèrent sans accident jusqu'au barrage. En moins de trois jours, le 20 au soir, tout cet abattis était rendu à destination.

Le lendemain, les premiers troncs, enfoncés de deux pieds dans le sol, commençaient à se dresser, de manière à relier entre eux les principaux séquoias qui entouraient Will-Tree. Une armature de forts et flexibles branchages, les prenant par leur tête, appointie à la hache, assurait la solidité de l'ensemble.

Godfrey voyait avec une extrême satisfaction s'avancer ce travail, et il lui tardait qu'il fût fini.

« La palissade une fois achevée, disait-il à Tartelett, nous serons véritablement chez nous.

— Nous ne serons véritablement chez nous, répondit le professeur d'un ton sec, que lorsque nous serons à Montgomery-Street, dans nos chambres de l'hôtel Kolderup ! »

Il n'y avait pas à discuter cette opinion.

Le 26 novembre, la palissade était aux trois quarts montée. Elle comprenait, parmi les séquoias rattachés l'un à l'autre, celui dans le tronc duquel avait été établi le poulailler, et l'intention de Godfrey était d'y construire une étable.

Encore trois ou quatre jours, l'enceinte serait achevée. Il ne s'agirait donc plus que d'y adapter une porte solide, qui assurerait définitivement la clôture de Will-Tree.

Mais le lendemain, 27 novembre, ce travail fut interrompu par suite d'une circonstance qu'il convient de rapporter avec quelques détails, car elle rentrait dans l'ordre des choses inexplicables, particulières à l'île Phina.

Vers huit heures du matin, Carèfinotu s'était hissé par le boyau intérieur jusqu'à la fourche du séquoia, afin de fermer plus hermétiquement l'orifice par lequel le froid pouvait pénétrer avec la pluie, lorsqu'il fit entendre un cri singulier.

Godfrey, qui travaillait à la palissade, relevant la tête, aperçut le Noir, dont les gestes expressifs signifiaient de venir le rejoindre sans retard.

Godfrey, pensant que Carèfinotu ne pouvait vouloir le déranger s'il n'y avait pas à cela quelque sérieux motif, prit sa lunette, s'éleva dans le boyau intérieur, passa par l'orifice, et se trouva bientôt à califourchon sur une des maîtresses branches.

Carèfinotu, dirigeant alors son bras vers l'angle arrondi que l'île Phina faisait au nord-est, montra une vapeur qui s'élevait dans l'air, comme un long panache.

« Encore ! » s'écria Godfrey.

Et, braquant sa lunette vers le point indiqué, il dut constater que, cette fois, il n'y avait pas d'erreur possible, que c'était bien une fumée, qu'elle devait s'échapper d'un foyer important, puisqu'on l'apercevait très distinctement à une distance de près de cinq milles.

Godfrey se tourna vers le Noir.

Celui-ci exprimait sa surprise par ses regards, par ses exclamations, par toute son attitude enfin. Certainement, il n'était pas moins stupéfait que Godfrey de cette apparition.

D'ailleurs, au large, il n'y avait pas un navire, pas une embarcation indigène ou autre, rien qui indiquât qu'un débarquement eût été récemment fait sur le littoral.

« Ah ! cette fois, je saurai découvrir le feu qui produit cette fumée ! » s'écria Godfrey.

Et montrant l'angle nord-est de l'île, puis la partie inférieure du séquoia, il fit à Carèfinotu le geste d'un homme qui voulait se rendre en cet endroit, sans perdre un instant.

Carèfinotu le comprit. Il fit même mieux que le comprendre, il l'approuva de la tête.

« Oui, se dit Godfrey, s'il y a là un être humain, il faut savoir qui il est, d'où il est venu ! Il faut savoir pourquoi il se cache ! Il y va de notre sécurité à tous ! »

Un moment après, Carèfinotu et lui étaient descendus au pied de Will-Tree. Puis, Godfrey, mettant Tartelett au courant de ce qu'il avait vu, de ce qu'il allait faire, lui proposait de les accompagner tous les deux jusqu'au nord du littoral.

Une dizaine de milles à franchir dans la journée, ce n'était pas pour tenter un homme qui regardait ses jambes comme la partie la plus précieuse de son individu, uniquement destinée à de nobles exercices. Il répondit donc qu'il préférait rester à Will-Tree.

« Soit, nous irons seuls, répondit Godfrey, mais ne nous attendez pas avant ce soir ! »

Cela dit, Carèfinotu et lui, emportant quelques provisions, afin de pouvoir déjeuner en route, partirent, après avoir pris congé du professeur, dont l'opinion personnelle était qu'ils ne trouveraient rien et allaient se fatiguer en pure perte.

Godfrey emportait son fusil et son revolver ; le Noir, la hache et le couteau de chasse qui était devenu son arme favorite. Ils traversèrent le pont de planches, se retrouvèrent sur la rive droite du rio, puis, à travers la prairie, ils se dirigèrent vers le point du littoral où l'on voyait la fumée s'élever entre les roches.

C'était plus à l'est que l'endroit où Godfrey s'était inutilement rendu, lors de sa seconde exploration.

Tous deux allaient rapidement, non sans observer si la route était sûre, si les buissons et les taillis ne cachaient pas quelque animal dont l'attaque eût été redoutable.

Ils ne firent aucune mauvaise rencontre.

À midi, après avoir mangé, sans s'être arrêtés même un instant, tous deux arrivaient au premier plan des roches qui bordaient la côte. La fumée, toujours visible, se dressait encore à moins d'un quart de mille. Il n'y avait plus qu'à suivre une direction rectiligne pour arriver au but.

Ils hâtèrent donc leur marche, mais en prenant quelques précautions, afin de surprendre et de n'être point surpris.

Deux minutes après, cette fumée se dissipait, comme si le foyer en eût été subitement éteint.

Mais Godfrey avait relevé avec précision l'endroit au-dessus duquel elle avait apparu. C'était à la pointe d'un rocher de forme bizarre, une sorte de pyramide tronquée, facilement reconnaissable. Le montrant à son compagnon, il y marcha droit.

Le quart de mille fut rapidement franchi ; puis, l'arrière-plan escaladé, Godfrey et Carèfinotu se trouvèrent sur la grève, à moins de cinquante pas du rocher.

Ils y coururent… Personne !… Mais, cette fois, un feu à peine éteint, des charbons à demi calcinés, prouvaient clairement qu'un foyer avait été allumé à cette place.

« Il y avait quelqu'un ici ! s'écria Godfrey, quelqu'un, il n'y a qu'un instant ! Il faut savoir !… »

Il appela… Pas de réponse !… Carèfinotu poussa un cri retentissant… Personne ne parut !

Les voilà donc explorant tous les deux les roches voisines, cherchant une caverne, une grotte, qui aurait pu servir d'abri à un naufragé, à un indigène, à un sauvage…

Ce fut en vain qu'ils fouillèrent les moindres anfractuosités du littoral. Rien n'existait d'un campement ancien ou nouveau, pas même de traces du passage d'un homme quel qu'il fût.

« Et cependant, répétait Godfrey, ce n'était point la fumée d'une source chaude, cette fois ! C'était bien celle d'un feu de bois et d'herbes, et ce feu n'a pu s'allumer seul ! »

Recherches vaines. Aussi, vers deux heures, Godfrey et Carèfinotu, aussi inquiets que déconcertés de n'avoir

Ce fut en vain qu'ils fouillèrent les moindres anfractuosités… (Voir p. 238.)

pu rien découvrir, reprenaient-ils le chemin de Will-Tree.

On ne s'étonnera pas que Godfrey s'en allât tout pensif. Il lui semblait que son île était maintenant sous l'empire de quelque puissance occulte. La réapparition de cette fumée, la présence des fauves, cela ne dénotait-il pas quelque complication extraordinaire ?

Et ne dut-il pas être confirmé dans cette idée quand, une heure après être rentré dans la prairie, il entendit un bruit singulier, une sorte de cliquetis sec ?... Carèfinotu le repoussa au moment où un serpent, roulé sous les herbes, allait s'élancer sur lui !

« Des serpents, maintenant, des serpents dans l'île, après les ours et les tigres ! » s'écria-t-il.

Oui ! c'était un de ces reptiles, bien reconnaissable au bruit qu'il fit en s'enfuyant, un serpent à sonnettes, de la plus venimeuse espèce, un géant de la famille des crotales !

Carèfinotu s'était jeté entre Godfrey et le reptile, qui ne tarda pas à disparaître sous un épais taillis.

Mais le Noir, l'y poursuivant, lui abattit la tête d'un coup de hache. Lorsque Godfrey le rejoignit, les deux tronçons du reptile tressautaient sur le sol ensanglanté.

Puis, d'autres serpents, non moins dangereux, se montrèrent encore, en grand nombre, sur toute cette partie de la prairie que le ruisseau séparait de Will-Tree.

Était-ce donc une invasion de reptiles qui se produisait tout à coup ? L'île Phina allait-elle devenir la rivale de cette ancienne Tenos, que ses redoutables ophidiens rendirent célèbre dans l'Antiquité, et qui donna son nom à la vipère ?

Soudain il buta, il tomba… Il était perdu. (Voir p. 242.)

« Marchons ! marchons ! » s'écria Godfrey, en faisant signe à Carèfinotu de presser le pas.

Il était inquiet. De tristes pressentiments l'agitaient, sans qu'il pût parvenir à les maîtriser.

Sous leur influence, pressentant quelque malheur prochain, il avait hâte d'être de retour à Will-Tree.

Et ce fut bien autre chose lorsqu'il approcha de la planche jetée sur le rio.

Des cris d'effroi retentissaient sous le groupe des séquoias. On appelait au secours, avec un accent de terreur auquel il n'y avait pas à se méprendre !

« C'est Tartelett ! s'écria Godfrey. Le malheureux a été attaqué !... Vite ! vite !... »

Le pont franchi, vingt pas plus loin, Tartelett fut aperçu, détalant de toute la vitesse de ses jambes.

Un énorme crocodile, sorti du rio, le poursuivait, la mâchoire ouverte. Le pauvre homme, éperdu, fou d'épouvante, au lieu de se jeter à droite, à gauche, fuyait en ligne droite, risquant ainsi d'être atteint !... Soudain il buta, il tomba... Il était perdu.

Godfrey s'arrêta. En présence de cet imminent danger, son sang-froid ne l'abandonna pas un instant. Il épaula son fusil, il visa le crocodile au-dessous de l'œil.

La balle, bien dirigée, foudroya le monstre, qui fit un bond de côté et retomba sans mouvement sur le sol.

Carèfinotu, s'élançant alors vers Tartelett, le releva... Tartelett en avait été quitte pour la peur ! Mais quelle peur !

Il était six heures du soir.

Un instant après, Godfrey et ses deux compagnons étaient rentrés à Will-Tree.

Quelles amères réflexions ils durent faire pendant ce repas du soir ! Quelles longues heures d'insomnie se préparaient pour ces hôtes de l'île Phina, contre lesquels s'acharnait maintenant la mauvaise fortune !

Quant au professeur, dans ses angoisses, il ne trouvait à répéter que ces mots qui résumaient toute sa pensée : « Je voudrais bien m'en aller ! »

XXI

QUI SE TERMINE PAR UNE RÉFLEXION ABSOLUMENT SURPRENANTE DU NÈGRE CARÈFINOTU

La saison d'hiver, si dure sous ces latitudes, était enfin venue. Les premiers froids se faisaient déjà sentir, et il fallait compter avec l'extrême rigueur de la température. Godfrey dut donc s'applaudir d'avoir établi un foyer à intérieur. Il va sans dire que le travail de palissade avait été achevé et qu'une solide porte assurait maintenant la fermeture de l'enceinte.

Durant les six semaines qui suivirent, c'est-à-dire jusqu'à la mi-décembre, il y eut de bien mauvais jours, pendant lesquels il n'était pas possible de s'aventurer au-dehors. Ce furent, pour premier assaut, des bourrasques terribles. Elles ébranlèrent le groupe des séquoias jusque dans leurs racines, elles jonchèrent le sol de branches cassées, dont il fut fait une ample réserve pour les besoins du foyer.

Les hôtes de Will-Tree se vêtirent alors aussi chaudement qu'ils le purent; les étoffes de laine, trouvées dans la malle, furent utilisées pendant les quelques excursions nécessaires au ravitaillement; mais le temps devint si exécrable que l'on dut se consigner.

Toute chasse fut interdite, et la neige tomba bientôt avec une telle violence, que Godfrey aurait pu se croire dans les parages inhospitaliers de l'Océan polaire.

On sait, en effet, que l'Amérique septentrionale, balayée par les vents du nord, sans qu'aucun obstacle puisse les arrêter, est un des pays les plus froids du globe. L'hiver s'y prolonge jusqu'au-delà du mois d'avril. Il faut des précautions exceptionnelles pour lutter contre lui. Cela donnait à penser que l'île Phina était située beaucoup plus haut en latitude que Godfrey ne l'avait supposé.

De là, nécessité d'aménager l'intérieur de Will-Tree le plus confortablement possible ; mais on eut cruellement à souffrir du froid et de la pluie. Les réserves de l'office étaient malheureusement insuffisantes, la chair de tortue conservée s'épuisait peu à peu ; plusieurs fois, il fallut sacrifier quelques têtes du troupeau de moutons, d'agoutis ou de chèvres, dont le nombre ne s'était que peu accru depuis leur arrivée sur l'île.

Avec ces nouvelles épreuves, que de tristes pensées hantèrent l'esprit de Godfrey !

Il arriva aussi que, pendant une quinzaine de jours, il fut gravement abattu par une fièvre intense. Sans la petite pharmacie qui lui procura les drogues nécessaires à son traitement, peut-être n'eût-il pu se rétablir. Tartelett était peu apte, d'ailleurs, à lui donner les soins convenables pendant cette maladie. Ce fut à Carèfinotu, particulièrement, qu'il dut de revenir à la santé.

Mais quels souvenirs et aussi quels regrets ! C'est qu'il ne pouvait accuser que lui d'une situation dont il ne voyait même plus la fin ! Que de fois, dans son délire, il appela Phina, qu'il ne comptait plus jamais revoir, son oncle Will, dont il se voyait séparé pour

Ainsi se passa tout ce triste mois… (Voir p. 246.)

toujours ! Ah ! il fallait en rabattre de cette existence des Robinsons, dont son imagination d'enfant s'était fait un idéal ! Maintenant, il se voyait aux prises avec la réalité ! Il ne pouvait même plus espérer de jamais rentrer au foyer domestique !

Ainsi se passa tout ce triste mois de décembre, à la fin duquel Godfrey commença seulement à recouvrer quelques forces.

Quant à Tartelett, par grâce spéciale, sans doute, il s'était toujours bien porté. Mais que de lamentations incessantes, que de jérémiades sans fin ! Telle que la grotte de Calypso, après le départ d'Ulysse, Will-Tree « ne résonnait plus de son chant » – celui de sa pochette, bien entendu, dont le froid racornissait les cordes !

Il faut dire, aussi, que l'une des plus graves préoccupations de Godfrey, c'était, en même temps que l'apparition des animaux dangereux, la crainte de voir les sauvages revenir en grand nombre à l'île Phina, dont la situation leur était connue. Contre une telle agression, l'enceinte palissadée n'aurait été qu'une insuffisante barrière.

Tout bien examiné, le refuge offert par les hautes branches du séquoia parut encore ce qu'il y avait de plus sûr, et on s'occupa d'en rendre l'accès moins difficile. Il serait toujours aisé de défendre l'étroit orifice par lequel il fallait déboucher pour arriver au sommet du tronc.

Ce fut avec l'aide de Carèfinotu que Godfrey parvint à établir des saillies régulièrement espacées d'une paroi à l'autre, comme les marches d'une échelle, et qui, reliées par une longue corde végétale, permettaient de monter plus rapidement à l'intérieur.

« Eh bien, dit en souriant Godfrey, lorsque ce travail fut fini, cela nous fait une maison de ville en bas, et une maison de campagne en haut !

— J'aimerais mieux une cave, pourvu qu'elle fût dans Montgomery-Street ! » répondit Tartelett.

Noël arriva, ce « Christmas » tant fêté dans tous les États-Unis d'Amérique ! Puis, ce fut ce premier jour de l'an, plein des souvenirs d'enfance, qui, pluvieux, neigeux, froid, sombre, commença la nouvelle année sous les plus fâcheux auspices !

Il y avait alors six mois que les naufragés du *Dream* étaient sans communication avec le reste du monde.

Le début de cette année ne fut pas très heureux. Il devait donner à penser que Godfrey et ses compagnons seraient soumis à des épreuves encore plus cruelles.

La neige ne cessa de tomber jusqu'au 18 janvier. Il avait fallu laisser le troupeau aller pâturer au-dehors, afin de pourvoir comme il le pourrait à sa nourriture.

À la fin du jour, une nuit très humide, très froide, enveloppait l'île tout entière, et le sombre dessous des séquoias était plongé dans une profonde obscurité.

Godfrey, Carèfinotu, étendus sur leur couchette à l'intérieur de Will-Tree, essayaient en vain de dormir. Godfrey, à la lumière indécise d'une résine, feuilletait quelques pages de la Bible.

Vers dix heures, un bruit lointain, qui se rapprochait peu à peu, se fit entendre dans la partie nord de l'île.

Il n'y avait pas à s'y tromper. C'étaient des fauves qui rôdaient aux environs, et, circonstance plus effrayante, les hurlements du tigre et de la hyène, les rugissements de la panthère et du lion, se confondaient, cette fois, dans un formidable concert.

Godfrey, Tartelett et le Noir s'étaient soudain relevés, en proie à une indicible angoisse. Si, devant cette inexplicable invasion d'animaux féroces, Carèfinotu partageait l'épouvante de ses compagnons, il faut constater, en outre, que sa stupéfaction égalait au moins son effroi.

Pendant deux mortelles heures, tous trois furent tenus en alerte. Les hurlements éclataient, par instants, à peu de distance ; puis ils cessaient tout à coup, comme si la bande des fauves, ne connaissant pas le pays qu'elle parcourait, s'en fût allée au hasard. Peut-être, alors, Will-Tree échapperait-il à une agression !

« N'importe, pensait Godfrey, si nous ne parvenons pas à détruire ces animaux jusqu'au dernier, il n'y aura plus aucune sécurité pour nous dans l'île ! »

Peu après minuit, les rugissements reprirent avec plus de force, à une distance moindre. Impossible de douter que la troupe hurlante ne se rapprochât de Will-Tree.

Oui ! ce n'était que trop certain ! Et, cependant, ces animaux féroces, d'où venaient-ils ? Ils ne pouvaient avoir récemment débarqué sur l'île Phina ! Il fallait donc qu'ils y fussent antérieurement à l'arrivée de Godfrey ! Mais, alors, comment toute cette bande avait-elle pu si bien se cacher, que, pendant ses excursions et ses chasses, aussi bien à travers les bois du centre que dans les parties les plus reculées du sud de l'île, Godfrey n'en eût jamais trouvé aucune trace ! Où était donc la mystérieuse tanière qui venait de vomir ces lions, ces hyènes, ces panthères, ces tigres ? Entre toutes les choses inexpliquées jusqu'ici, celle-ci n'était-elle pas, vraiment, la plus inexplicable ?

Carèfinotu ne pouvait en croire ce qu'il entendait. On l'a dit, c'était même chez lui de la stupéfaction poussée à la dernière limite. À la flamme du foyer qui éclairait

Tout le troupeau épouvanté… (Voir p. 250.)

l'intérieur de Will-Tree, on aurait pu observer sur son masque noir la plus étrange des grimaces.

Tartelett, lui, gémissait, se lamentait, grognait, dans son coin. Il voulait interroger Godfrey sur tout cela; mais celui-ci n'était ni en mesure, ni en humeur de lui répondre. Il avait le pressentiment d'un très grand danger, il cherchait les moyens de s'y soustraire.

Une ou deux fois, Carèfinotu et lui s'avancèrent jusqu'au milieu de l'enceinte. Ils voulaient s'assurer si la porte de l'enceinte était solidement assujettie en dedans.

Tout à coup, une avalanche d'animaux déboula avec grand bruit du côté de Will-Tree.

Ce n'était encore que le troupeau des chèvres, des moutons, des agoutis. Pris d'épouvante, en entendant les hurlements des fauves, en sentant leur approche, ces bêtes affolées avaient fui le pâturage et venaient s'abriter derrière la palissade.

« Il faut leur ouvrir ! » s'écria Godfrey.

Carèfinotu remuait la tête de haut en bas. Il n'avait pas besoin de parler la même langue que Godfrey pour le comprendre !

La porte fut ouverte, et tout le troupeau épouvanté se précipita dans l'enceinte.

Mais à cet instant, à travers l'entrée libre, apparut une sorte de flamboiement d'yeux, au milieu de cette obscurité que le couvert des séquoias rendait plus épaisse encore.

Il n'était plus temps de refermer l'enceinte !

Se jeter sur Godfrey, l'entraîner malgré lui, le pousser dans l'habitation, dont il retira brusquement la porte, cela fut fait par Carèfinotu dans la durée d'un éclair.

De nouveaux rugissements indiquèrent que trois ou quatre fauves venaient de franchir la palissade.

Alors, à ces rugissements horribles se mêla tout un concert de bêlements et de grognements d'épouvante. Le troupeau domestique, pris là comme dans un piège, était livré, et à la griffe des assaillants.

Godfrey et Carèfinotu, qui s'étaient hissés jusqu'aux deux petites fenêtres percées dans l'écorce du séquoia, essayaient de voir ce qui se passait au milieu de l'ombre.

Évidemment, les fauves – tigres ou lions, panthères ou hyènes, on ne pouvait le savoir encore – s'étaient jetés sur le troupeau et commençaient leur carnage.

À ce moment, Tartelett, dans un accès d'effroi aveugle, de terreur irraisonnée, saisissant l'un des fusils, voulut tirer par l'embrasure d'une des fenêtres, à tout hasard !

Godfrey l'arrêta.

« Non ! dit-il. Au milieu de cette obscurité il y a trop de chances pour que ce soient des coups perdus. Il ne faut pas gaspiller inutilement nos munitions ! Attendons le jour ! »

Il avait raison. Les balles auraient aussi bien atteint les animaux domestiques que les animaux sauvages – plus sûrement même, puisque ceux-là étaient en plus grand nombre. Les sauver, c'était maintenant impossible. Eux sacrifiés, peut-être les fauves, repus, auraient-ils quitté l'enceinte avant le lever du soleil. On verrait alors comment il conviendrait d'agir pour se garder contre une agression nouvelle.

Mieux valait aussi, pendant cette nuit si noire, et tant qu'on le pouvait, ne pas révéler à ces animaux la présence d'êtres humains qu'ils pourraient bien préférer à des bêtes. Peut-être éviterait-on ainsi une attaque directe contre Will-Tree.

Comme Tartelett était incapable de comprendre ni un raisonnement de ce genre, ni aucun autre, Godfrey se contenta de lui retirer son arme. Le professeur vint alors se jeter sur sa couchette, en maudissant les voyages, les voyageurs, les maniaques, qui ne peuvent pas demeurer tranquillement au foyer domestique !

Ses deux compagnons s'étaient remis en observation aux fenêtres. De là, ils assistaient, sans pouvoir intervenir, à cet horrible massacre qui s'opérait dans l'ombre. Les cris des moutons et des chèvres diminuaient peu à peu, soit que l'égorgement de ces animaux fût consommé, soit que la plupart se fussent échappés au-dehors, où les attendait une mort non moins sûre. Ce serait là une perte irréparable pour la petite colonie ; mais Godfrey n'en était plus à se préoccuper de l'avenir. Le présent était assez inquiétant pour absorber toutes ses pensées.

Il n'y avait rien à faire, rien à tenter pour empêcher cette œuvre de destruction.

Il devait être onze heures du soir, lorsque les cris de rage cessèrent un instant.

Godfrey et Carèfinotu regardaient toujours : il leur semblait voir encore passer de grandes ombres dans l'enceinte, tandis qu'un nouveau bruit de pas arrivait à leur oreille.

Évidemment, certains fauves attardés, attirés par ces odeurs de sang qui imprégnaient l'air, flairaient des émanations particulières autour de Will-Tree. Ils allaient et venaient, ils tournaient autour de l'arbre en faisant entendre un sourd rauquement de colère. Quelques-unes de ces ombres bondissaient sur le sol, comme d'énormes chats. Le troupeau égorgé n'avait pas suffi à contenter leur rage.

Ni Godfrey ni ses compagnons ne bougeaient. En gardant une immobilité complète, peut-être pourraient-ils éviter une agression directe.

Un coup malencontreux révéla soudain leur présence et les exposa à de plus grands dangers.

Tartelett, en proie à une véritable hallucination, s'était levé. Il avait saisi un revolver, et, cette fois, avant que Godfrey et Carèfinotu eussent pu l'en empêcher, ne sachant plus ce qu'il faisait, croyant peut-être apercevoir un tigre se dresser devant lui, il avait tiré !... La balle venait de traverser la porte de Will-Tree.

« Malheureux ! » s'écria Godfrey, en se jetant sur Tartelett, à qui le Noir arrachait son arme.

Il était trop tard. L'éveil donné, des rugissements plus violents éclatèrent au-dehors. On entendit de formidables griffes râcler l'écorce du séquoia. De terribles secousses ébranlèrent la porte, qui était trop faible pour résister à cet assaut.

« Défendons-nous ! » s'écria Godfrey.

Et son fusil à la main, sa cartouchière à la ceinture, il reprit son poste à l'une des fenêtres.

À sa grande surprise, Carèfinotu avait fait comme lui ! Oui ! le Noir, saisissant le second fusil – une arme qu'il n'avait jamais maniée cependant –, emplissait ses poches de cartouches et venait de prendre place à la seconde fenêtre.

Alors les coups de feu commencèrent à retentir à travers ces embrasures. À l'éclair de la poudre, Godfrey d'un côté, Carèfinotu de l'autre, pouvaient voir à quels ennemis ils avaient affaire.

Là, dans l'enceinte, hurlant de rage, rugissant sous les détonations, roulant sous les balles qui en frappèrent quelques-uns, bondissaient des lions, des tigres, des hyènes, des panthères – pour le moins une vingtaine de ces féroces animaux ! À leurs rugissements, qui retentissaient au loin, d'autres fauves allaient sans doute répondre en accourant. Déjà même on pouvait entendre des hurlements plus éloignés, qui se rapprochaient aux alentours de Will-Tree. C'était à croire que toute une ménagerie de fauves s'était soudainement vidée dans l'île !

Cependant, sans se préoccuper de Tartelett, qui ne pouvait leur être bon à rien, Godfrey et Carèfinotu, gardant tout leur sang-froid, cherchaient à ne tirer qu'à coup sûr. Ne voulant pas perdre une cartouche, ils attendaient que quelque ombre passât. Alors le coup partait et portait, car aussitôt un hurlement de douleur prouvait que l'animal avait été atteint.

Au bout d'un quart d'heure, il y eut comme un répit. Les fauves se lassaient-ils donc d'une attaque qui avait coûté la vie à plusieurs d'entre eux, ou bien attendaient-ils le jour pour recommencer leur agression dans des conditions plus favorables ?

Quoi qu'il en fût, ni Godfrey ni Carèfinotu n'avaient voulu quitter leur poste. Le Noir ne s'était pas servi de son fusil avec moins d'habileté que Godfrey. Si ce n'avait été là qu'un instinct d'imitation, il faut convenir qu'il était surprenant.

Vers deux heures du matin, il y eut une nouvelle alerte – celle-là plus chaude que les autres. Le danger était imminent, la position à l'intérieur de Will-Tree allait devenir intenable.

En effet, des rugissements nouveaux éclatèrent au pied du séquoia. Ni Godfrey, ni Carèfinotu, à cause de la disposition des fenêtres, percées latéralement, ne pouvaient entrevoir les assaillants, ni, par conséquent, tirer avec chance de les frapper.

Alors le coup partait et portait… (Voir p. 254.)

Maintenant, c'était la porte que ces bêtes attaquaient, et il n'était que trop certain qu'elle sauterait sous leur poussée ou céderait à leurs griffes.

Godfrey et le Noir étaient redescendus sur le sol. La porte s'ébranlait déjà sous les coups du dehors… On sentait une haleine chaude passer à travers les fentes de l'écorce.

Godfrey et Carèfinotu essayèrent de consolider cette porte en l'étayant avec les pieux qui servaient à maintenir leurs couchettes, mais cela ne pouvait suffire.

Il était évident qu'elle serait enfoncée avant peu, car les fauves s'y acharnaient avec rage – surtout depuis que les coups de fusil ne pouvaient plus les atteindre.

Godfrey était donc réduit à l'impuissance. Si ses compagnons et lui étaient encore à l'intérieur de Will-Tree au moment où les assaillants s'y précipiteraient, leurs armes seraient insuffisantes à les défendre.

Godfrey avait croisé les bras. Il voyait les ais de la porte se disjoindre peu à peu !… Il ne pouvait rien. Dans un moment de défaillance, il passa la main sur son front, comme désespéré. Mais, reprenant presque aussitôt possession de lui-même :

« En haut, dit-il, en haut !… tous ! »

Et il montrait l'étroit boyau qui aboutissait à la fourche par l'intérieur de Will-Tree.

Carèfinotu et lui, emportant les fusils, les revolvers, s'approvisionnèrent de cartouches.

Il s'agissait, maintenant, d'obliger Tartelett à les suivre jusque dans ces hauteurs, où il n'avait jamais voulu s'aventurer.

Tartelett n'était plus là. Il avait pris les devants, pendant que ses compagnons faisaient le coup de feu.

« En haut ! » répéta Godfrey.

C'était une dernière retraite, où l'on serait certainement à l'abri des fauves. En tout cas, si l'un d'eux, tigre ou panthère, tentait de s'élever jusque dans la ramure du séquoia, il serait aisé de défendre l'orifice par lequel il lui faudrait passer.

Godfrey et Carèfinotu n'étaient pas à une hauteur de trente pieds, que des hurlements éclatèrent à l'intérieur de Will-Tree.

Quelques instants de plus, ils auraient été surpris. La porte venait de sauter en dedans.

Tous deux se hâtèrent de monter et atteignirent enfin l'orifice supérieur du tronc.

Un cri d'épouvante les accueillit. C'était Tartelett, qui avait cru voir apparaître une panthère ou un tigre ! L'infortuné professeur était cramponné à une branche, avec l'effroyable peur de tomber.

Carèfinotu alla à lui, le força à s'accoter dans une fourche secondaire, où il l'attacha solidement avec sa ceinture.

Puis, tandis que Godfrey allait se poster à un endroit d'où il commandait l'orifice, Carèfinotu chercha une autre place, de manière à pouvoir croiser son feu avec le sien.

Et on attendit.

Dans ces conditions, il y avait vraiment des chances pour que les assiégés fussent à l'abri de toute atteinte.

Cependant Godfrey cherchait à voir ce qui se passait au-dessous de lui, mais la nuit était encore trop profonde. Alors il cherchait à entendre, et les rugissements, qui montaient sans cesse, indiquaient bien que les assaillants ne songeaient point à abandonner la place.

Tout à coup, vers quatre heures du matin, une grande lueur se fit au bas de l'arbre. Bientôt elle filtra à travers les fenêtres et la porte. En même temps, une âcre fumée, s'épanchant par l'orifice supérieur, se perdit dans les hautes branches.

« Qu'est-ce donc encore ? » s'écria Godfrey.

Ce n'était que trop explicable. Les fauves, en ravageant tout à l'intérieur de Will-Tree, avaient dispersé les charbons du foyer. Le feu s'était aussitôt communiqué aux objets que renfermait la chambre. La flamme avait atteint l'écorce que sa sécheresse rendait très combustible. Le gigantesque séquoia brûlait par sa base.

La situation devenait donc encore plus terrible qu'elle ne l'avait été jusque-là.

En ce moment, à la lueur de l'incendie, qui éclairait violemment les dessous du groupe des arbres, on pouvait apercevoir les fauves bondir au pied de Will-Tree.

Presque au même instant, une effroyable explosion se produisit. Le séquoia, effroyablement secoué, trembla depuis ses racines jusqu'aux extrêmes branches de sa cime.

C'était la réserve de poudre qui venait de sauter à l'intérieur de Will-Tree, et l'air, violemment chassé, fit irruption par l'orifice, comme les gaz expulsés d'une bouche à feu.

Godfrey et Carèfinotu faillirent être arrachés de leur poste. Très certainement, si Tartelett n'eût pas été attaché solidement, il aurait été précipité sur le sol.

Les fauves, épouvantés par l'explosion, plus ou moins blessés, venaient de prendre la fuite.

Mais, en même temps, l'incendie, alimenté par cette subite combustion de la poudre, prit une extension

La situation devenait plus terrible… (Voir p. 258.)

plus considérable. Il s'avivait en montant au-dedans de l'énorme tronc comme dans une cheminée d'appel. De ces larges flammes, qui léchaient les parois intérieures, les plus hautes se propagèrent bientôt jusqu'à la fourche, au milieu des crépitements du bois mort, semblables à des coups de revolver. Une immense lueur éclairait, non seulement le groupe des arbres géants, mais aussi tout le littoral depuis Flag-Point jusqu'au cap sud de Dream-Bay.

Bientôt l'incendie eut gagné les premières branches du séquoia, menaçant d'atteindre l'endroit où s'étaient réfugiés Godfrey et ses deux compagnons. Allaient-ils donc être dévorés par ce feu qu'ils ne pouvaient combattre, ou n'auraient-ils plus que la ressource de se précipiter du haut de cet arbre pour échapper aux flammes ?

Dans tous les cas, c'était la mort !

Godfrey cherchait encore s'il y avait quelque moyen de s'y soustraire. Il n'en voyait pas ! Déjà les basses branches étaient en feu, et une épaisse fumée troublait les premières lueurs du jour, qui commençait à se lever dans l'est.

En cet instant, un horrible fracas de déchirement se produisit. Le séquoia, maintenant brûlé jusque dans ses racines, craquait violemment, il s'inclinait, il s'abattait…

Mais, en s'abattant, le tronc rencontra ceux des arbres qui l'avoisinaient ; leurs puissantes branches s'entremêlèrent aux siennes, et il resta ainsi, obliquement couché, ne faisant pas un angle de plus de quarante-cinq degrés avec le sol.

Au moment où le séquoia s'abattait, Godfrey et ses compagnons se crurent perdus !…

« Dix-neuf janvier ! » s'écria alors une voix, que Godfrey, stupéfait, reconnut cependant !...

C'était Carèfinotu !... oui, Carèfinotu, qui venait de prononcer ces mots, et dans cette langue anglaise qu'il semblait jusqu'ici n'avoir pu ni parler ni comprendre !

« Tu dis ?... s'écria Godfrey, qui s'était laissé glisser jusqu'à lui à travers le branchage.

— Je dis, répondit Carèfinotu, que c'est aujourd'hui que votre oncle Will doit arriver, et que, s'il ne vient pas, nous sommes fichus ! »

XXII

LEQUEL CONCLUT EN EXPLIQUANT TOUT CE QUI AVAIT PARU ÊTRE ABSOLUMENT INEXPLICABLE JUSQU'ICI

À ce moment, et avant que Godfrey eût pu répondre, des coups de fusil éclataient à peu de distance de Will-Tree.

En même temps, une de ces pluies d'orage, qui sont de véritables cataractes, venait à propos verser ses torrentielles averses au moment où, dévorant les premières branches, les flammes menaçaient de se communiquer aux arbres sur lesquels s'appuyait Will-Tree.

Que devait penser Godfrey de cette série d'inexplicables incidents : Carèfinotu parlant l'anglais comme un Anglais de Londres, l'appelant par son nom, annonçant la prochaine arrivée de l'oncle Will, puis ces détonations d'armes à feu qui venaient d'éclater soudain ?

Il se demanda s'il devenait fou, mais il n'eut que le temps de se poser ces questions insolubles.

En cet instant – c'était cinq minutes à peine après les premiers coups de fusil –, une troupe de marins apparaissait en se glissant sous le couvert des arbres.

Godfrey et Carèfinotu se laissaient aussitôt glisser le long du tronc, dont les parois intérieures brûlaient encore.

Mais, au moment où Godfrey touchait le sol, il s'entendit interpeller, et par deux voix que, même dans son trouble, il lui eût été impossible de ne pas reconnaître.

« Neveu Godfrey, j'ai l'honneur de te saluer !

— Godfrey ! cher Godfrey !

— Oncle Will !... Phina !... Vous !... » s'écria Godfrey confondu.

Trois secondes après, il était dans les bras de l'un, et il serrait l'autre dans les siens.

En même temps, deux matelots, sur l'ordre du capitaine Turcotte, qui commandait la petite troupe, grimpaient le long du séquoia pour délivrer Tartelett, et le « cueillaient » avec tous les égards dus à sa personne.

Et alors, les demandes, les réponses, les explications de s'échanger coup sur coup.

« Oncle Will, vous ?

— Oui ! nous !

— Et comment avez-vous pu découvrir l'île Phina ?

— L'île Phina ! répondit William W. Kolderup. Tu veux dire l'île Spencer ! Eh ! ce n'était pas difficile, il y a six mois que je l'ai achetée !

— L'île Spencer !...

— À laquelle tu avais donc donné mon nom, cher Godfrey ? dit la jeune fille.

« Oncle Will !… Phina !… » (Voir p. 262.)

— Ce nouveau nom me va, et nous le lui conserverons, répondit l'oncle, mais jusqu'ici et pour les géographes, c'est encore l'île Spencer, qui n'est qu'à trois jours de San Francisco, et sur laquelle j'ai cru utile de t'envoyer faire ton apprentissage de Robinson !

— Oh ! mon oncle ! oncle Will ! que dites-vous là ? s'écria Godfrey. Hélas ! si vous dites vrai, je ne puis pas vous répondre que je ne l'avais point mérité ! Mais alors, oncle Will, ce naufrage du *Dream* ?...

— Faux ! répliqua William W. Kolderup, qui ne s'était jamais vu de si belle humeur. Le *Dream* s'est tranquillement enfoncé suivant les instructions que j'avais données à Turcotte, en remplissant d'eau ses « water-ballasts ». Tu t'es dit qu'il sombrait pour tout de bon ; mais lorsque le capitaine a vu que Tartelett et toi, vous alliez tranquillement à la côte, il a fait machine en arrière ! Trois jours plus tard, il rentrait à San Francisco, et c'est lui qui nous a ramenés aujourd'hui à l'île Spencer à la date convenue !

— Ainsi personne de l'équipage n'a péri dans le naufrage ? demanda Godfrey.

— Personne... si ce n'est ce malheureux Chinois, qui s'était caché à bord et qu'on n'a pas retrouvé !

— Mais cette pirogue ?...

— Fausse, la pirogue que j'avais fait fabriquer !

— Mais ces sauvages ?...

— Faux, les sauvages, que tes coups de fusil n'ont heureusement pas atteints !

— Mais Carèfinotu ?...

— Faux, Carèfinotu, ou plutôt c'est mon fidèle Jup Brass, qui a merveilleusement joué son rôle de Vendredi, à ce que je vois !

— Oui ! répondit Godfrey, et il m'a sauvé deux fois la vie dans une rencontre avec un ours et un tigre...

— Faux, l'ours ! Faux, le tigre ! s'écria William W. Kolderup en riant de plus belle. Empaillés tous les deux, et débarqués, sans que tu l'aies vu, avec Jup Brass et ses compagnons !

— Mais ils remuaient la tête et les pattes !...

— Au moyen d'un ressort que Jup Brass allait remonter pendant la nuit, quelques heures avant les rencontres qu'il te préparait !

— Quoi ! tout cela ?... répétait Godfrey, un peu honteux de s'être laissé prendre à ces supercheries.

— Oui ! ça allait trop bien dans ton île, mon neveu, et il fallait te donner des émotions !

— Alors, répondit Godfrey, qui prit le parti de rire, si vous vouliez nous éprouver de la sorte, oncle Will, pourquoi avoir envoyé une malle qui contenait tous les objets dont nous avions tant besoin ?

— Une malle ? répondit William W. Kolderup. Quelle malle ? Je ne t'ai jamais envoyé de malle ! Est-ce que, par hasard ?... »

Et, ce disant, l'oncle se retourna vers Phina, qui baissait les yeux en détournant la tête.

« Ah ! vraiment !... Une malle, mais alors il a fallu que Phina ait eu pour complice... »

Et l'oncle Will se tourna vers le capitaine Turcotte, qui partit d'un gros rire.

« Que vouliez-vous, monsieur Kolderup, répondit-il, je peux bien quelquefois vous résister à vous... mais à Miss Phina... c'est trop difficile !... et, il y a quatre mois, pendant que vous m'aviez envoyé surveiller l'île, j'ai mis mon canot à la mer avec la susdite malle...

— Chère Phina, ma chère Phina ! dit Godfrey en tendant la main à la jeune fille.

— Turcotte, vous m'aviez pourtant promis le secret ! » répondit Phina en rougissant.

Et l'oncle William W. Kolderup, secouant sa grosse tête, voulut en vain cacher qu'il était très ému.

Mais si Godfrey n'avait pu retenir un sourire de bonne humeur, en entendant les explications que lui donnait l'oncle Will, le professeur Tartelett ne riait pas, lui ! Il était très mortifié de ce qu'il apprenait, lui ! Avoir été l'objet d'une pareille mystification, lui, professeur de danse et de maintien ! Aussi, s'avançant avec beaucoup de dignité :

« Monsieur William Kolderup, dit-il, ne soutiendra pas, je pense, que l'énorme crocodile dont j'ai failli être la malheureuse victime était en carton et à ressort ?

— Un crocodile ? répondit l'oncle.

— Oui, monsieur Kolderup, répondit alors Carèfinotu, auquel il convient de restituer son vrai nom de Jup Brass, oui, un véritable crocodile, qui s'est jeté sur M. Tartelett, et cependant, je n'en avais point apporté dans ma collection ! »

Godfrey raconta alors ce qui s'était passé depuis quelque temps, l'apparition subite des fauves en grand nombre, de vrais lions, de vrais tigres, de vraies panthères, puis l'envahissement de vrais serpents, dont, pendant quatre mois, on n'avait pas aperçu un seul échantillon dans l'île !

William W. Kolderup, déconcerté à son tour, ne comprit rien à tout cela. L'île Spencer – cela était connu depuis longtemps – n'était hantée par aucun fauve, et ne devait pas renfermer un seul animal nuisible, aux termes mêmes de l'acte de vente.

Il ne comprit pas davantage ce que Godfrey lui raconta de toutes les tentatives qu'il avait faites, à propos d'une fumée qui s'était montrée plusieurs fois en divers points de l'île. Aussi se montra-t-il très intrigué devant des révélations qui lui donnaient à penser que tout ne s'était pas passé d'après ses instructions, selon le programme que seul il avait été en droit de faire.

Quant à Tartelett, ce n'était pas un homme auquel on pût en conter. À part lui, il ne voulut rien admettre, ni du faux naufrage, ni des faux sauvages, ni des faux animaux, et, surtout, il ne voulut pas renoncer à la gloire qu'il avait acquise, en abattant de son premier coup de fusil le chef d'une tribu polynésienne – un des serviteurs de l'hôtel Kolderup, qui, d'ailleurs, se portait aussi bien que lui !

Tout était dit, tout était expliqué, sauf la grave question des véritables fauves et de la fumée inconnue. Cela faillit même rendre l'oncle Will très rêveur. Mais, en homme pratique, il ajourna, par un effort de volonté, la solution de ces problèmes, et s'adressant à son neveu :

« Godfrey, dit-il, tu as toujours tant aimé les îles, que je suis sûr de t'être agréable et de combler tes vœux en t'annonçant que celle-ci est à toi, à toi seul ! Je t'en fais cadeau ! Tu peux t'en donner, de ton île, tant que tu voudras ! Je ne songe pas à te la faire quitter de force et n'entends point t'en détacher ! Sois donc un Robinson toute ta vie, si le cœur t'en dit...

— Moi ! répondit Godfrey, moi ! toute ma vie ! »

Phina, s'avançant à son tour :

« Godfrey, demanda-t-elle, veux-tu en effet rester sur ton île ?

— Plutôt mourir ! » s'écria-t-il, en se redressant dans un élan dont la franchise n'était pas douteuse.

Mais se ravisant aussitôt :

« Eh bien, oui, reprit-il en s'emparant de la main de la jeune fille, oui, j'y veux rester, mais à trois conditions : la première, c'est que tu y resteras avec moi, chère Phina ; la deuxième, c'est que l'oncle Will s'engagera à y demeurer avec nous, et la troisième, c'est que l'aumônier du *Dream* viendra nous y marier aujourd'hui même !

— Il n'y a pas d'aumônier sur le *Dream*, Godfrey ! répondit l'oncle Will, tu le sais bien, mais je pense qu'il y en a encore à San Francisco, et que là nous trouverons plus d'un digne pasteur qui consente à nous rendre ce petit service ! Je crois donc répondre à ta pensée en te disant que, dès demain, nous reprendrons la mer ! »

Alors Phina et l'oncle Will voulurent que Godfrey leur fît les honneurs de son île. Le voilà donc les promenant sous le groupe des séquoias, le long du rio, jusqu'au petit pont.

Hélas ! de la demeure de Will-Tree, il ne restait plus rien ! L'incendie avait tout dévoré de cette habitation aménagée à la base de l'arbre ! Sans l'arrivée de William W. Kolderup, aux approches de l'hiver, leur petit matériel détruit, de véritables bêtes féroces courant l'île, nos Robinsons eussent été bien à plaindre !

« Oncle Will, dit alors Godfrey, si j'avais donné à cette île le nom de Phina, laissez-moi ajouter que l'arbre dans lequel nous demeurions s'appelait Will-Tree !

— Eh bien, répondit l'oncle, nous en emporterons de la graine pour en semer dans mon jardin de Frisco ! »

Pendant cette promenade, on aperçut au loin quelques fauves, mais ils n'osèrent pas s'attaquer à la troupe nombreuse et bien armée des matelots du *Dream.* Toutefois, leur présence n'en était pas moins un fait absolument incompréhensible.

Puis, on revint à bord, non sans que Tartelett eût demandé la permission d'emporter « son crocodile » comme pièce à l'appui – permission qui lui fut accordée.

Le soir, tout le monde étant réuni dans le carré du *Dream*, on fêtait par un joyeux repas la fin des épreuves de Godfrey Morgan et ses fiançailles avec Phina Hollaney.

Le lendemain, 20 janvier, le *Dream* appareillait sous le commandement du capitaine Turcotte. À huit heures du matin, Godfrey, non sans quelque émotion, voyait à l'horizon de l'ouest s'effacer, comme une ombre, cette île sur laquelle il venait de faire cinq mois d'une école dont il ne devait jamais oublier les leçons.

La traversée se fit rapidement, par une mer magnifique, avec un vent favorable qui permit d'établir les goélettes du *Dream.* Ah ! il allait droit à son but, cette fois ! Il ne cherchait plus à tromper personne ! Il ne faisait pas des détours sans nombre, comme au premier voyage ! Il ne reperdait pas pendant la nuit ce qu'il avait gagné pendant le jour !

Aussi, le 23 janvier, à midi, après être entré par la Porte d'or, dans la vaste baie de San Francisco, venait-il tranquillement se ranger au wharf de Merchant-Street.

Et que vit-on alors ?

On vit sortir du fond de la cale un homme qui, après avoir atteint le *Dream* à la nage, pendant la nuit de son mouillage à l'île Phina, avait réussi à s'y cacher une seconde fois !

Et quel était cet homme ?

C'était le Chinois Seng-Vou, qui venait de faire le voyage du retour comme il avait fait celui de l'aller !

Seng-Vou s'avança vers William W. Kolderup.

« Que monsieur Kolderup me pardonne, dit-il très poliment. Lorsque j'avais pris passage à bord du *Dream*, je croyais qu'il allait directement à Shanghai, où je voulais me rapatrier ; mais, du moment qu'il revient à San Francisco, je débarque ! »

Tous, stupéfaits devant cette apparition, ne savaient que répondre à l'intrus qui les regardait en souriant.

« Mais, dit enfin William W. Kolderup, tu n'es pas resté depuis six mois à fond de cale, je suppose ?

— Non ! répondit Seng-Vou.

— Où étais-tu donc caché ?

— Dans l'île !

— Toi ? s'écria Godfrey.

— Moi !

— Alors ces fumées ?...

— Il fallait bien faire du feu !

— Et tu ne cherchais pas à te rapprocher de nous, à partager la vie commune ?

— Un Chinois aime à vivre seul, répondit tranquillement Seng-Vou. Il se suffit à lui-même et n'a besoin de personne ! »

Et là-dessus, l'original, saluant William W. Kolderup, débarqua et disparut.

« Voilà de quel bois sont faits les vrais Robinsons ! s'écria l'oncle Will. Regarde celui-là, et vois si tu lui ressembles ! C'est égal, la race anglo-saxonne aura du mal à absorber des gens de cet acabit !

— Bon ! dit alors Godfrey, les fumées sont expliquées par la présence de Seng-Vou, mais les fauves ?...

— Et mon crocodile ! ajouta Tartelett. J'entends que l'on m'explique mon crocodile ! »

L'oncle William W. Kolderup, très embarrassé, se sentant à son tour et pour sa part mystifié sur ce point, passa sa main sur son front comme pour en chasser un nuage.

« Nous saurons cela plus tard, dit-il. Tout finit par se découvrir à qui sait chercher ! »

Quelques jours après, on célébrait en grande pompe le mariage du neveu et de la pupille de William W. Kolderup. Si les deux jeunes fiancés furent choyés et fêtés par tous les amis du richissime négociant, nous le laissons à penser.

Dans cette cérémonie, Tartelett fut parfait de tenue, de distinction, de « comme il faut », et l'élève fit également honneur au célèbre professeur de danse et de maintien.

Cependant, Tartelett avait une idée. Ne pouvant faire monter son crocodile en épingle – il le regrettait –, il résolut de le faire tout simplement empailler. De cette façon, l'animal, bien préparé, les mâchoires entrouvertes, les pattes étendues, suspendu au plafond, ferait le plus bel ornement de sa chambre.

Le crocodile fut donc envoyé chez un célèbre empailleur, qui le rapporta à l'hôtel quelques jours après.

Tous, alors, de venir admirer le « monstre », auquel Tartelett avait failli servir de pâture !

« Vous savez, monsieur Kolderup, d'où venait cet animal ? dit le célèbre empailleur en présentant sa note.

— Non ! répondit l'oncle Will.

— Cependant il avait une étiquette collée sous sa carapace.

— Une étiquette ! s'écria Godfrey.

— La voici », répondit le célèbre empailleur.

Et il montra un morceau de cuir, sur lequel ces mots étaient écrits en encre indélébile :

Envoi de Hagenbeck, de Hambourg, à J.-R. Taskinar, de Stockton.
U.S.A.

Lorsque William W. Kolderup eut lu ces mots, un formidable éclat de rire lui échappa.

Il avait tout compris.

C'était son adversaire J.-R. Taskinar, son compétiteur évincé, qui, pour sc venger, après avoir acheté toute une cargaison de fauves, reptiles et autres animaux malfaisants, au fournisseur bien connu des ménageries des Deux-Mondes, l'avait nuitamment débarquée en plusieurs voyages sur l'île Spencer. Cela lui avait coûté cher, sans doute, mais il avait réussi à infester la propriété de son rival, comme le firent les Anglais pour la Martinique, si l'on en doit croire la légende, avant de la rendre à la France !

Il n'y avait plus rien d'inexpliqué, désormais, dans les faits mémorables de l'île Phina.

« Bien joué ! s'écria William W. Kolderup. Je n'aurais pas mieux fait que ce vieux coquin de Taskinar !

— Mais, avec ces terribles hôtes, dit Phina, maintenant, l'île Spencer…

— L'île Phina… répondit Godfrey.

— L'île Phina, reprit en souriant la jeune femme, est absolument inhabitable !

— Bah ! répondit l'oncle Will, on attendra pour l'habiter que le dernier lion y ait dévoré le dernier tigre !

— Et alors, chère Phina, demanda Godfrey, tu ne craindras pas d'y venir passer une saison avec moi ?

— Avec toi, mon cher mari, je ne craindrais rien, nulle part ! répondit Phina, et puisque en somme tu n'as pas fait ton voyage autour du monde…

— Nous le ferons ensemble ! s'écria Godfrey, et si la mauvaise chance doit jamais faire de moi un vrai Robinson…

— Tu auras du moins près de toi la plus dévouée des Robinsonnes ! »

Table

JULES VERNE
1828-1905

I

Jules Verne a écrit quatre-vingts romans (ou longues nouvelles), publié plusieurs grands ouvrages de vulgarisation comme *Géographie illustrée de la France et de ses colonies* (1868), *Histoire des grands voyages et des grands voyageurs* (1878), *Christophe Colomb* (1883), et fait représenter, seul ou en collaboration, une quinzaine de pièces de théâtre. Sa célébrité est plus que centenaire puisqu'elle date des années 1863-1865 qui furent celles de la publication de : *Cinq semaines en ballon. Voyage au centre de la Terre, De la Terre à la Lune*, ses trois premiers grands romans. Dans un siècle qui compte des génies comme Balzac, Dickens, Dumas père, Tolstoï, Dostoïevski, Tourgueniev, Flaubert, Stendhal, George Eliot, Zola – pour ne citer que dix noms parmi ceux des grands maîtres de ce siècle du roman – il apparaît un peu en marge, comme un prodigieux artisan en matière de fictions, comme un enchanteur aux charmes inépuisables et, dans une certaine mesure, comme un voyant, capable d'imaginer, un demi-siècle (ou un siècle) avant leur naissance, quelques-unes des plus étonnantes conquêtes de la science.

On a tout dit sur ce sujet et il est même arrivé qu'on mette du mystère là où il n'y en avait pas, qu'on auréole l'écrivain de pouvoirs surnaturels, qu'on en fasse un magicien. Il est plus véridique de le voir comme un homme de son temps, sensible à la richesse de découvertes scientifiques dont il s'informe avec un soin constant et scrupuleux; comme un travailleur infatigable, attelé quotidiennement pendant près d'un demi-siècle à *faire passer* dans le roman, en les prolongeant par une extrapolation foisonnante, les conquêtes et les découvertes des savants de son époque. Son extrapolation rejoint certes l'avenir, mais elle ne prévoit pas tous les cheminements de la science. Jules Verne est un poète du XIXe siècle, non pas un ingénieur du XXe. La radio, les rayons X, le cinéma, l'automobile, qu'il a vus naître, ne jouent pas dans son œuvre un rôle important. Et on peut remarquer, par exemple, que le moteur même du *Nautilus*, et le canon qui envoie des astronautes vers la lune, sont des machines de théâtre. Mais un de ses plus beaux romans, *Les Cinq Cents Millions de la Bégum*, évoque le premier satellite artificiel, et le *Nautilus* précède de dix ans les sous-marins de l'ingénieur Laubeuf…

Jules Verne ne fournit pas les moyens techniques qui permettraient la réalisation des engins modernes : il évoque l'existence et les pouvoirs de ceux-ci. Il n'est pas un surhomme – mais Edison lui-même, « vrai » savant, n'a pas prévu l'avenir de ses propres découvertes… Les bouleversements que peut apporter la science pure échappent à la prévision, et nos auteurs de science-fiction, ne sont sans doute pas plus proches de l'an 2100 que Jules Verne n'était proche, en 1875 ou 1880, du monde d'aujourd'hui travaillé par la science nucléaire…

Il était quelqu'un d'autre : un créateur qui ne fait pas concurrence à la science mais en incarne la poésie puissante, parfois terrible, dans des mythes fascinants; un créateur qui, aux écoutes d'un monde que les chemins de fer et les paquebots transforment, pressent des aventures où l'homme et la machine vont devenir un couple au destin fabuleux. Il est sur le seuil d'un monde.

D'un monde, non pas de l'univers dans sa totalité. Il n'est pas métaphysicien; ses astronautes n'emportent pas l'âme de Pascal dans leur voyage à travers le champ stellaire; ni sociologue : c'est déraison que de chercher dans *Michel Strogoff* une analyse « cachée » des forces révolutionnaires russes au XIXe siècle. Mais, conteur, romancier-dramaturge, créateur de fictions, il relaie et développe, avec une verve et une santé inépuisables, un génie qu'eut aussi le grand Dumas père. Celui-ci nourrissait son œuvre en la conduisant dans le passé, Jules Verne vibre et crée à l'intersection du présent et de l'avenir.

II

Il naquit à Nantes le 8 février 1828. Son père, Pierre Verne, fils d'un magistrat de Provins, s'était rendu acquéreur en 1825 d'une étude d'avoué et avait épousé en 1827 Sophie Allotte de la Fuÿe, d'une famille nantaise aisée qui comptait des navigateurs et des armateurs. Jules Verne eut un frère : Paul (1829-1897) et trois sœurs : Anna, Mathilde et Marie. À six ans, il prend ses premières leçons de la veuve d'un capitaine au long cours et à huit entre avec son frère au petit seminaire de Saint-Donatien. En 1839, ayant acheté l'engagement d'un mousse, il s'embarque sur un long-courrier en partance pour les Indes. Rattrapé à Paimbœuf par son père, il avoue être parti pour rapporter à sa cousine Caroline Tronson un collier de corail. Mais, rudement tancé, il promet : « Je ne voyagerai plus qu'en rêve. »

À la rentrée scolaire de 1844, il est inscrit au lycée de Nantes où il fera sa rhétorique et sa philosophie. Ses baccalauréats passés, et comme son père lui destine sa succession, il commence son droit. Sans cesser d'aimer Caroline, et tout en écrivant ses premières œuvres : des sonnets et une tragédie en vers ; un théâtre… de marionnettes refuse la tragédie, que le cercle de famille n'applaudit pas, et dont on ignore tout, même le titre.

Caroline se marie en 1847, au grand désespoir de Jules Verne. Il passe son premier examen de droit à Paris où il ne demeure que le temps nécessaire. L'année suivante, il compose une autre œuvre dramatique, assez libre celle-là, qu'on lit en petit comité au *Cercle de la cagnotte*, à Nantes. Le théâtre l'attire et le théâtre, c'est Paris. Il obtient de son père l'autorisation d'aller terminer ses études de droit dans la capitale où il débarque, pour la seconde fois, le 12 novembre 1848. Il n'a pas oublié les dédains de Caroline et écrit à un de ses amis, le musicien Aristide Hignard (qui sera

son collaborateur au théâtre) : « ... je pars puisqu'on n'a pas voulu de moi, mais les uns et les autres verront de quel bois était fait ce pauvre jeune homme qu'on appelle Jules Verne. »

À Paris il s'installe, avec un autre jeune Nantais en cours d'études, Édouard Bonamy, dans une maison meublée, rue de l'Ancienne-Comédie. Avide de tout savoir, mais bridé par une pension calculée au plus près du strict nécessaire, il joue au naturel, avec Bonamy, *L'Habit vert* de Musset et Augier : ne possédant à eux deux qu'une tenue de soirée complète, les deux étudiants vont dans le monde alternativement. Avide de tout lire, Jules Verne jeûnera trois jours pour s'acheter le théâtre de Shakespeare...

Il écrit, et naturellement pour le théâtre. Avec d'autant plus de confiance qu'il a fait la connaissance de Dumas père et assisté, au Théâtre-Historique[1] dans la loge même de l'écrivain, à l'une des premières representations de *La Jeunesse des mousquetaires* (21 février 1849).

En 1849 il mène de front trois sujets, dont deux semblent venir de Dumas lui-même : *La Conspiration des poudres, Drame sous la Régence*, et une comédie en vers en un acte : *Les Pailles rompues*. C'est le troisième sujet qui plaît à Dumas : la pièce voit les feux de la rampe au Théâtre-Historique le 12 juin 1850. On la jouera douze fois – et elle sera présentée le 7 novembre au théâtre Graslin à Nantes. Succès d'estime que suit la composition de deux

1. Fondé par Dumas, inauguré le 20 février 1847, le Théâtre-Historique avait été construit sur le boulevard du Temple, à un emplacement qu'on peut situer approximativement, place de la République, entre les Magasins Réunis et le terre-plein qui leur fait face. Déclaré en faillite le 20 décembre 1850, il sera exploité sous le nom de Théâtre-Lyrique et détruit en 1863, un an après les autres théâtres du boulevard de Crime, en application des plans du préfet Haussmann.

pièces : *Les Savants* et *Qui me rit* qui ne seront pas représentées. Mais le droit n'est pas oublié et Jules Verne passe sa thèse (1850). Selon le vœu de son père il devrait alors s'inscrire au barreau de Nantes ou prendre sa charge d'avoué. Fermement, l'écrivain refuse : la seule carrière qui lui convienne est celle des lettres.

Il ne quitte pas Paris et, pour boucler son budget, doit donner des leçons. Sans cesser d'écrire : en 1852 il publie dans *Le Musée des familles* : « Les premiers navires de la marine mexicaine » et « Un voyage en ballon » qui figurera plus tard dans le volume *Le Docteur Ox* sous le titre *Un drame dans les airs*, deux récits où déjà se devine le futur auteur des *Voyages extraordinaires*. La même année il devient secrétaire d'Edmond Seveste[1] qui en 1851 a installé, dans les murs du Théâtre-Historique, l'Opéra-National, dénommé en avril 1852 et pour dix ans Le Théâtre-Lyrique.

En avril 1852, Jules Verne publie dans *Le Musée des familles* sa première longue nouvelle : *Martin Paz*, récit historique où la rivalité ethnique des Espagnols, des Indiens et des métis au Pérou se mêle à une intrigue sentimentale. L'écrivain de vingt-quatre ans possède déjà cette ouverture historico-géographique qui fera de lui un des visionnaires de son époque.

Le 20 avril 1853, sur la scène – qu'il connaît bien maintenant – du Théâtre-Lyrique, Jules Verne voit représenter *Le Colin-Maillard*, une opérette en un acte dont il a écrit le livret avec Michel Carré et dont son ami Aristide Hignard a composé la musique. Quarante représentations : c'est presque un succès – et la pièce est imprimée chez Michel-Lévy. L'année suivante, peu après la mort de Jules Seveste, il quitte le Théâtre-Lyrique et se met au travail, dans son petit logement du boulevard Bonne-Nouvelle ; il publie la première version de *Maître Zaccharius* (1854) puis *Un hivernage dans les glaces* (1855) sans cesser d'écrire pour le théâtre. En 1856 il fait la connaissance de celle qu'il épousera le 10 janvier 1857 : Honorine-Anne-Hébé Morel, née du Fraysne de Viane, veuve de vingt-six ans, mère de deux fillettes. Jules Verne, grâce aux

1. Celui-ci mourut en février 1852. Son frère cadet Jules lui succéda, mais mourut en 1854 du choléra apporté par les combattants de de Crimée.

relations de son beau-père et à un apport de Pierre Verne (50 000 francs), entre à la Bourse de Paris comme associé de l'agent de change Eggly. Il s'installe alors boulevard Montmartre puis rue de Sèvres. L'œuvre de sa vie continue de se nourrir d'immenses lectures et aussi de ses premiers grands voyages (Angleterre et Écosse 1859, Norvège et Scandinavie 1861) sans qu'il renonce pour autant à l'expression dramatique : il donne en 1860, aux Bouffes-Parisiens, dirigés par Offenbach, une opérette mise en musique par Hignard : *Monsieur de Chimpanzé*, et en 1861 au Vaudeville, une comédie écrite en collaboration avec Charles Wallut : *Onze jours de siège*. La même année, le 3 août 1861, naît Michel Verne, qui sera son unique enfant.

1862 : il présente à l'éditeur Hetzel *Cinq semaines en ballon* et signe un contrat qui l'engage pour les vingt années suivantes. Sa vraie carrière va commencer : le roman, qui paraît en décembre 1862, remporte un succès triomphal, en France d'abord puis dans le monde. Jules Verne peut abandonner la Bourse sans inquiétude. Hetzel lui demande en effet une collaboration régulière à un nouveau magazine, le *Magasin d'éducation et de récréation*. C'est dans les colonnes de ce journal, et dès le premier numéro (20 mars 1864), que paraîtront *Les Aventures du capitaine Hatteras*, avant leur publication en volume. La même année verra la sortie en librairie de *Voyage au centre de la Terre* que suivra en 1865 *De la Terre à la Lune* (avec ce sous-titre pour nous savoureux : *Trajet direct en 97 heures 20 minutes*).

C'est le grave *Journal des débats* qui a publié en feuilleton *De la Terre à la Lune* puis *Autour de la Lune* : le public de Jules Verne, dès l'origine de sa carrière, est double ; un public d'adolescents qui fait le succès du *Magasin d'éducation et de récréation* ; un public d'adultes que le « jeu » scientifique de l'écrivain passionne. Le physicien et astronome Jules Janssen, le mathématicien Joseph Bertrand refont les calculs de Jules Verne – et vérifient, dit-on (il serait sans doute imprudent de ne pas placer ici un point d'interrogation), l'exactitude des courbes, paraboles et hyperboles qui définissent le trajet du boulet-wagon de *De la Terre à la Lune*. Et ceux d'entre les lecteurs du *Journal des débats* que l'astronomie ne passionne pas sont sensibles à la verve d'un Jules Verne, qui met dans son roman beaucoup de la légèreté aimable d'un vaudevilliste boulevardier… Il n'est pas superflu de noter, à ce moment où s'ouvre pour l'écrivain sa carrière véritable, qu'elle l'éclaire alors d'une lumière de gaieté et de fantaisie proche de celle qui règne et régnera chez ses confrères des théâtres – les Labiche, Meilhac et Halévy, Gondinet et bien d'autres moins connus : Jules Verne, qu'on le considère comme un auteur dramatique (homme de théâtre plutôt) ou comme romancier, appartient au Second Empire d'Offenbach autant qu'au XIXe siècle de la science. Il est parisien (et même Parisien) et cosmopolite ; il se plaît dans son époque et avec ses amis, manifestant dans sa vie comme dans ses livres une cordialité généreuse, à peine ironique, qui est, pour le fond, celle-là même des hommes de lettres et de théâtre dont les livres et les répliques ont coloré une part du Second Empire. Et il n'est pas douteux que le succès de Jules Verne trouve sa source, dans cette bonne humeur railleuse, cette allégresse surveillée autant que dans le foisonnement de son imagination. À dix-sept ans, on le lit et on l'aime comme un guide fraternel, explorateur de contrées inconnues ; on peut le retrouver plus tard sous les apparences, à peine désuètes, d'un camarade de cercle disert, d'un conteur inlassable, à l'invention fertile, au jugement rapide, véridique, sagement ironique. Reconnaître ces deux Jules Verne, c'est comprendre une des raisons de sa durable présence. Son succès est populaire, dans ce sens qu'il se nourrit d'une approbation générale, voire d'une manière d'affection dont les racines sont profondes. On l'aime moins gravement que d'autres, sans doute : Balzac, Hugo, Tolstoï, Flaubert, Zola nous tiennent et nous gouvernent. Jules Verne est un compagnon d'une autre race, et sa voix est moins haute mais elle est pleine et juste.

Et surtout, peut-être, elle s'installe dans une durée, dans un monde. Il y a en effet un monde de Jules Verne, extraordinaire et fraternel, ouvert sur l'imaginaire et d'une puissante ressemblance avec le réel. Ce monde il l'explore avec une rigueur inlassable dans la série des *Voyages extraordinaires* que nous venons de voir naître, et qui se poursuivra durant quarante années. Les jalons sont des titres connus : *Les Enfants du capitaine Grant* (1867), *Vingt mille lieues sous les mers* (1869), *Le Tour du monde en quatre-vingts jours* (1873), *L'Île mystérieuse* (1874), *Michel Strogoff* (1876), *Les Indes noires* (1877), *Un capitaine de quinze ans* (1878), *Les Tribulations d'un Chinois en Chine* (1879), *Les Cinq Cents Millions de la Bégum* (1879), *Le Rayon vert* (1882), *Kéraban le têtu* (1883), *L'Archipel en feu* (1884), *Mathias Sandorf* (1885), *Robur le Conquérant* (1886), *Deux ans de vacances* (1888), *Le Château des Carpathes* (1892), *L'Île à hélice* (1895), *Face au drapeau* (1896), *Le Superbe Orénoque* (1898), *Un drame en Livonie* (1904), *Maître du monde* (1904).

On ne peut citer toutes les œuvres ; mais le rapprochement de vingt d'entre elles suffit à évoquer les grands moments d'une réussite quasi continue que l'écrivain, on le sait, avait préparée (sinon prévue) de longue main. Cette préparation explique sinon la fécondité de Jules Verne, du moins une solidité que l'abondance menacera rarement : s'il n'a pas écrit seulement des romans de premier ordre, il n'a rien publié d'indifférent. Il avait une conscience artisanale (on en a la preuve, maintes fois répétée, dans ses lettres) et une dure exigence envers lui-même. Ses années de grande production sont, pour l'essentiel, organisées selon le travail en cours. Voyages, lectures, composition, se succèdent et surtout s'enchaînent.

En 1866, après ses premiers succès, il loua une maison au Crotoy, dans l'estuaire de la Somme, et bientôt acheta son premier bateau baptisé du prénom de son fils : le *Saint-Michel.* C'est une simple chaloupe de pêche, que quelques aménagements rendront propre à la navigation de plaisance ; un lieu de travail aussi ; un instrument de travail et de connaissance concrète : croisières sur la Manche, descente et remontée de la Seine, c'est dans ces petits voyages que naissent peu à peu les voyages extraordinaires. Jules Verne ne se contente pas longtemps des fleuves et des côtes. En avril 1867, il part pour les États-Unis avec son frère Paul à bord du *Great Eastern,* grand navire à roues construit pour la pose du câble téléphonique transocéanien. Et au retour il se plonge dans *Vingt mille lieues sous les mers* dont il écrit une grande partie à bord du *Saint-Michel*, qu'il nomme son « cabinet de travail flottant ».

En 1870-1871, Jules Verne est mobilisé comme garde-côte au Crotoy, ce qui ne l'empêche pas d'écrire : quand la maison Hetzel reprendra son activité, il aura quatre livres devant lui. En 1872 il s'installe à Amiens, ville natale et familiale de sa femme. Deux ans plus tard il achètera un hôtel particulier et un vrai yacht : le *Saint-Michel II. Le Tour du monde en quatre-vingts jours*, qu'il a porté à la scène avec la collaboration d'Adolphe d'Ennery, remporte un triomphe à la Porte-Saint-Martin (8 novembre 1874) où il sera joué pendant deux ans. Livres, croisières, vie bourgeoise : c'est un équilibre où le travail joue le premier rôle.

Le travail et l'argent : Jules Verne sait fort bien gérer le patrimoine littéraire que représentent ses romans – et leurs « suites ». La période de 1872 à 1886, disent ceux qui furent les témoins de sa vie, fut l'apogée de sa gloire et de sa fortune.

Au calendrier des romans et des pièces (*Le Docteur Ox*, musique d'Offenbach sur un livret de Philippe Gille et Arnold Mortier, 1877 ; *Les Enfants du capitaine Grant*, avec Adolphe d'Ennery, 1878 ; *Michel Strogoff, id.* 1880 ; *Voyage à travers l'impossible, id.* 1882 ; *Mathias Sandorf*, de William Busnach et Georges Maurens, 1887), il faut épingler quelques dates. Le grand bal travesti donné à Amiens en 1877 au cours duquel l'astronaute-photographe Nadar – vieil ami de Jules Verne et modèle de Michel Ardan, auquel il a donné par anagramme son nom – jaillit de l'obus de *De la Terre à la Lune*... L'achat d'un nouveau yacht, le *Saint-Michel III*... La rencontre en 1878 du jeune Aristide Briand, élève au lycée de Nantes[1], ses croisières en Norvège, Irlande,

1. Jules Verne a nommé Briant un des personnages de *Deux ans de vacances.* On a commenté cette ressemblance des noms. Cf. Marcel Moré : *Le Très Curieux Jules Verne*, Gallimard, 1960.

Écosse (1880), dans la mer du Nord et la Baltique (1881), en Méditerranée (1884). Son élection au conseil municipal d'Amiens sur une liste radicale que quelques biographes baptisent abusivement « ultra-rouge » (1889). Il a perdu son père en 1871, sa mère en 1887. Son frère Paul disparaîtra en 1897[1]. En 1902, il est atteint de la cataracte…

« Ma vie est pleine, aucune place pour l'ennui. C'est à peu près tout ce que je demande », a-t-il écrit dans les années de gloire et de santé.

En 1886-1887, après un drame dont on connaît peu de chose[2] et la vente de son yacht, il renonce à sa vie libre et voyageuse, et jette l'ancre à Amiens où il prend très au sérieux ses fonctions municipales. Le romancier et l'administrateur sont satisfaits l'un de l'autre. « Paris ne me reverra plus », écrit-il en 1892 à l'une de ses sœurs. 1884-1905 : les biographes de Jules Verne le montrent mélancolique, silencieux et citent ces lignes d'une lettre à son frère (1er août 1894) : « Toute gaieté m'est devenue insupportable, mon caractère est profondément altéré, et j'ai reçu des coups dont je ne me remettrai jamais. » Mais à cette citation on pourrait en opposer d'autres, sans ombres. Et il est aventureux, pour le moins, de colorer tragiquement les dernières années de Jules Verne. Il travailla jusqu'à ce qu'il ne puisse plus tenir une plume. « Quand je ne travaille pas, je ne me sens plus vivre », dit-il en présence de l'écrivain italien De Amicis. Et il travaille, se passionnant pour *Les Aventures d'Arthur Gordon Pym* d'Edgar Poe, l'un des auteurs qu'il admire le plus, depuis cinquante ans. Et il écrit la suite des aventures du héros américain : *Le Sphinx des glaces*. Il écrira encore dix livres, avant de mourir le 24 mars 1905, dans sa maison d'Amiens.

1. Il avait publié chez Hetzel un livre sur les croisières accomplies avec son frère à bord du *Saint-Michel III : De Rotterdam à Copenhague* (1881).

2. Il fut blessé de deux balles de revolver par un jeune homme qu'on a dit atteint de fièvre cérébrale (?).

Le Livre de Poche s'engage pour l'environnement en réduisant l'empreinte carbone de ses livres. Celle de cet exemplaire est de :
550 g éq. CO_2
Rendez-vous sur www.livredepoche-durable.fr

Composition réalisée par DATAGRAFIX

Imprimé en France par CPI
en mars 2016
N° d'impression : 2021754
Dépôt légal 1re publication : février 2013
Édition 03 - mars 2016
LIBRAIRIE GÉNÉRALE FRANÇAISE
31, rue de Fleurus - 75278 Paris Cedex 06

31/6376/3

31/6376/3